U0044663

歐陽昱・著

乾貨……詩話（上）

乾貨一詞，來源於一次講話後，伊沙對我發言那篇東西的評價：好，都是乾貨。

它觸動了我。實際上，這是這麼多年來，我寫作的一個動機：為不管給誰讀的人，提供一種扭乾了所有水汁的乾貨。把浪費讀者的時間最大限度地縮短。[1]

---

[1] 最近上網，看到唐曉渡說的一句話，也用了「乾貨」一詞。他說：「其實，詩歌才是文學王冠上的明珠，詩人寫的是乾貨，小說家往往會摻水。」參見該網站：http://www.poemlife.com/newshow-6517.htm

目　次

淚水

詩人在詩中揮淚如雨，給我的感覺是揮汗如雨，極為厭惡。正如俗話說的：男兒有淚不輕彈，我要說：詩歌有淚不輕彈。

我不喜歡淚水，原因有三。一是自己很少流淚，再值得流淚的事，眼淚一般也不會脫「眼」而出，因此當然就不會有淚水滴到詩裡。其次，別人自己感動得一塌糊塗，淚如泉湧的事情，在我眼中看來，卻覺得十分可笑，這在很多電視連續劇中經常出現。我邊看邊問：有這麼悲傷嗎？他們哭成了淚人兒，我卻笑作一團。

還有一個更重要的原因是，淚水很不真實，其實它就是含有鹽分的液體而已，跟海水差不多。從這一角度看，世上淚水最多的莫過於海洋。海洋並不悲傷。海洋的感情是千變萬化，多種多樣的。人的淚水則很淺薄，很女人。最近看蒙田談到淚水，覺得他說得不錯，特引如下：

女人的悲傷大部分是做出來的，而且是誇張的。[2]

他隨後引用了一個拉丁詩人尤維納利斯的詩歌說道：

女人總備有大量淚水，
它們像士兵嚴陣以待，
但你吩咐以何種方式流出來。[3]
把「女人」二字換成「詩人」，其實也不過分。

這是詩嗎？

有一年，我從一個朋友口中，聽到另一個朋友對我詩歌的評價，說：這是詩嗎？當時我還有點小不樂意，心想：什麼東西！過了若干年，我逐漸體會到，這其實不是罵我，而是贊我，這個世界絕大多數詩人的詩，最大的問題就是，他們的詩太像詩了，精煉了詩意，而剔除了生命的元氣。

---

[2] 蒙田，《蒙田隨筆全集》（陸秉慧、劉方譯）（下）。譯林出版社，2008 [1996]，p. 48。
[3] 同上。

有些人很計較別人稱他的詩不是詩，如伊沙，說某某人「很喜歡」他的詩，「但認為那不是詩」，因此伊沙認為那人「不誠實」。[4]這真是大可不必。我在那句話旁邊用筆注了一筆，說：「不是詩就不是詩，沒啥了不起。」（就在作者本人送我的書旁）。

越不是詩的東西可能越有詩意，越是詩，這是很多人看不到的，為了糾正這些人，跟這些人頂牛，那才是最不值得的。舉個不相干的例子。一個澳洲華人說，他給人做「consultant」（諮詢顧問）的工作，在別人眼中看來，好像啥也沒幹，但卻似乎賺了很多錢。據他說，在英國當個「consultant」，一年只給人提供二小時服務，就能賺他600萬英鎊，這很正常。如果一個中國人聽到這，一定會不相信，一定要跟他爭得面紅耳赤。我兒子這個在澳洲生活了將近二十年的小夥子一聽就說：Good luck to him!（祝他好運）。意思很簡單，你要有這個本事，那你就去賺好了。誰在乎呢?!

對於詩歌也應如此。你覺得不是詩，那是你的事，跟我毫無關係，我犯不著為此生氣，依然故我，想怎麼寫就怎麼寫。

批評

詩人大約是最聽不進批評的一種人，尤其是對其詩歌的批評。我已多次親眼目睹了這種情況。這可能有點像河水不喜歡聽人批評，越聽越執拗地流，風不喜歡聽人批評，越批評越起勁地吹，陽光不喜歡聽人批評，越批評越滿不在乎地照一樣。對於詩人其實不用批評，最大的批評就是不說，這比什麼都讓人難受，但也似乎是唯一可行的方式。如果還在不說上面再去說，這無異於雪上加霜，尿上添糞，是很要命的事。但有一點不能不說，如果一個詩人寫了十多年，還在寫同一類題材和同一種風格的東西，那是需要給他來個建議的，建議他是否少寫點，多想點，休息一段時間再說。這對於我，至少是有點用的。

說到休息，我倒想從最近看的岡察洛夫的《奧勃洛莫夫》中選一段很到位的文字：

「晚上還要寫東西。」奧勃洛莫夫想，「那麼什麼時候睡覺呢？他一

---

[4] 伊沙，《伊沙詩選》。青海人民出版社，2003，第2頁。

年大概能掙到五千盧布！這個數目不小！不過要不停地寫，把心智花在一些區區小事上面，改變自己的信念，出賣智力和想像，違反自己的天性，激動，費改，發狂，不得安寧，東跑西顛……不停地寫啊寫，就像一個輪子，一架機器。明天，後天，逢年過節，無論冬夏，他都必須寫！什麼時候才能停下來歇一口氣呢？可憐！[5]

不知休息的文人，的確很可憐。

何謂詩

我發現，是個人就能對詩下一番定義，換個人定義就不一樣，但無論定義如何，詩歌具有以最簡單的語言，直指事物核心的特質，這應該是毋庸置疑的。曾有一個從不讀詩的人關於小姐說了一句話，至今覺得頗有毒辣的詩意。他說：找小姐，不就是上公共廁所麼！

有些話，我們一直想說，卻始終沒說出來，經詩人、尤其是好的詩人，三言兩語就說得明明白白，穿透古今，比如米沃什就說過這麼一句讓我頗為讚歎，也頗為嫉妒的話：無論我走到世界的哪裡，我的頭永遠朝河流轉去。林彪原來吹毛澤東時說他一句頂一萬句，我看用在老米頭上更合適。旅行中，我幾乎沒有一次不把頭朝河流轉去。

譯一個人換一個地方

如今譯者也像行者，從詩人旅行到詩人。說得更狠一點，譯者更像嫖客，從一首詩嫖到另一首詩。俗話說打一槍換一個地方，放到譯者身上，就可改為譯一個人換一個地方。天下詩人之多，譯者口味之眾，要想像過去那樣，把一生的寶押在一個作者身上，除非作者被譯得獲了諾貝爾獎，否則幾乎是不可能的。關於這一點，作者或被譯者不能不知。

5　伊萬・岡察洛夫，《奧勃洛莫夫》。人民文學出版社：2008 [2006]，第52頁。

好詩、壞詩

剛想花時間把早先想好的一首詩寫下來，但睡覺的念頭壓過了寫詩的念頭。這時心中掠過一個想法：好詩不一定會在想寫好詩的時候產生，壞詩也不一定會在不想寫詩的時候產生。

體位寫作

體，指身體。位，指位置。所謂體位寫作，就是指把身體放在各種位置進行寫作。我開始這篇小文時，正席地而坐，在深圳賽格大廈下面兩扇大門之間。正好朋友的車來，所以寫了頭，就置換體位，來到車前座，趁朋友開車之時，繼續寫作下去。

2004年，我在瑞典斯德哥爾摩大學英文系講學，談到我當時在寫一本英文長篇小說，是採取半躺半睡的方式寫作，過程中發現，這種寫作，能取得一種超乎於射精的創作高潮，這才第一次明白，為何有些澳洲作家寧可寫作，也不作愛的道理，一定是寫作有某中比性愛更過癮的地方在。

長期以來，我採取了多體位寫作，全方位地體味體位。在電腦前坐久了，不是屁股痛，就是腰疼。於是去買了一台可伸降的站立式台桌，站在旁邊寫作，甚至是金雞獨立地寫，一寫就是幾個小時，感到一種前所未有的爽。

詩歌的發生是不管你在哪兒的，拉屎拉尿時，走路散步時，看電視時，喝酒吃飯時，開車走在高速公路時，旅行坐在火車或汽車車窗邊時，關燈上床時，處於全黑狀態時，這些時候，詩歌都可能發生，關鍵就看你是否能夠把它當場抓住。

這次去西安，我在計程車裡寫了兩首，在大雁塔公園的石凳上寫了一首，又在前去深圳的飛機座位上寫了一首。

如你所知，上面這塊文章，是在從深圳到黃江的高速公路上的車座的蘋果電腦上寫的。

材料

問：用什麼材料寫詩最好？答：廢紙。正面寫過字的、被撕成小半的碎紙、他人名片的反面、他人發過來的傳真的反面、書籍中空白內頁，以及凡是留有空白的廢紙。最好的廢紙，其實是人的皮膚。如果有可能，我真想在死人剃光的頭皮上寫詩，在光光的胸脯上寫詩，在脊樑上寫詩。凡是廢掉的東西，都有寫詩的可能。

垃圾

何謂垃圾？人就是垃圾，人就是拉垃，人走到哪兒，就把垃拉在哪兒、就把屎拉在哪兒、就把尿拉在哪兒、就把痰吐在哪兒、就把煙灰揮在哪兒、就把廢話拉在哪兒、就把精液拉在哪兒、就把經血拉在哪兒。正以為有垃圾，詩歌才有創生的可能。

幽默

詩歌已經不幽默了，尤其是女人的詩歌。這就不去說它了。男人的詩歌呢，也相當大幅度地缺乏幽默這種鹽。在澳洲朗誦詩，不笑幾乎是不可能的。讀完一首詩，而聽不到一點笑聲，那就是這首詩最大的失敗、詩敗。

詩歌與生活

最近一位朋友寫信來，提到詩歌與生活，說：「歐陽兄，最近讀你的詩歌最多，並和樹才探討了一番。我發現自己從未搭理大陸上除伊沙之外的其他口語詩，但卻在感受你變化中的詩歌寫作：詩歌即生活；或者掉過頭來：生活即詩歌。你走向口語化實驗，並令人驚訝不已地返視詩與生活這對主賓關係。我需要再度審視二者的紋理與區別。但我首先想聆聽你的看法。」

我當時在忙一份商業翻譯，就從中挖了一個空子，作了一番回答，如下：

「謝謝高尚兄。詩歌已經為世人不齒。當我問我教的那些80後、乃至90後的學生看不看詩時，幾十個人中舉手的僅有一二。當我再問他們是否寫詩時，這些人居然哈哈大笑起來，覺得這個問題實在太滑稽了。

　　「這次在深圳與朋友讀詩，同行的還有兩個商人朋友。他們在那兒如坐針氈，完事後怨聲載道，但我不怪他們，我怪那些詩人，因為他們讀的詩實在距離現實、現世太遙遠，太不相干。用一句時尚的話來說，就是太他媽裝逼。

　　「其實口語並非口語，還是唇語、舌語，以及口腔語和嘴語。它是直接與快感、口感相連的。我以我手寫我口，好像是朱自清說的，就是這麼簡單，但口語詩又跟口一點關係也沒有，因為我們寫詩時，從來就沒有用口去念過，只是從手上、指頭上走了一遭，在心中、在腦中過了一遍，在眼睛中過了一遍，所謂口語，就是一種快感詩，追求快感的詩歌，而不是那種故作深沉，寫得誰都看不懂的詩。直到今天，在中國、在澳洲，這種裝逼詩還大有市場，特別是在澳洲。最難懂的詩，其實最容易寫，我就這麼寫過、玩過，用英語，在澳洲大報發表過，總有一天，我要把這一切拆穿，讓他們知道詩歌的真相。有個澳洲白人傻B誇口說：他一部小說寫了10年。還有一個傻B說：他把一首詩修改了十幾次。可是我要說，我最好的詩歌永遠都是一次也沒有修改的。我的英文詩歌7年連續被收進澳洲最佳詩歌選，沒有一首是修改過一個字的，就這麼簡單。

　　「一個詩人，就是一條不斷創新的河流，流到哪兒，就創作到哪兒，就像我那樣，隨處走，隨處寫，哪怕走進墳墓連骨灰都在寫，通過後世來寫。」

　　儘管路遙對詩人的表現頗帶偏見，但他能比較敏銳地注意到「詩情」，作出這樣的判斷：「難道只有會寫詩的人才產生詩嗎？其實，所有人的情感中都具備詩情—而普通人在生活中的詩情是往往不會被職業詩人們所理解的。」[6]這跟我前面說的情況是一樣的。人人都是詩人，唯一的差別在於，有的人一生寫詩，有的人一生都不寫詩罷了。

---

[6]　參見其《平凡的世界》，鏈結在此：http://www.pingfandeshijie.net/di-san-bu-46.html

詩、畫、音樂

奇怪得很，哪怕從來不看詩，也不寫詩的人，一談起詩歌，就能做出「這哪是詩」或「這是詩嗎」之類的評判，好像他們天生就是詩歌評論家。這與人們對繪畫的態度不一樣。任何人看到一張畫，都不會說：這是畫嗎？而是說：這畫很像或很不像。這又跟人們對音樂的態度不一樣。從來沒人聽到一首歌曲或樂曲，就下結論說：這哪是音樂？而會說：這音樂好聽或不好聽。

對於繪畫，人們關心的是像不像。對於音樂，人們關心的是好聽不好聽。唯獨對於詩歌，人們卻像上帝那樣，無論懂不懂，都要做出是不是的評判，這是很沒道理的，就像詩歌一樣沒道理。下面就給你看俺一首《這不是詩》：

《這不是詩》

天空是一面藍鏡
如果沒有白雲
你會把頭撞破

現在，我越來越喜歡別人看到我的詩後評論說：這是詩嗎？或者更乾脆地說：這不是詩。除了那人什麼都不懂之外，沒有別的意思。

Burning into the souls of my feet

每次跟詩人約會，都會出紕漏，在中國情況反而好些，有人接，有人送，但在澳洲，不是找詩人住的地方老找不到，如多年前到澳洲女詩人Jennifer Harrison家聚會就是這樣，就是什麼都說好了，結果還是敗興而歸。

這次南澳詩人Stephen Brock到墨爾本參加Overload詩歌節。我們五點左右約好晚上六點半到唐人街的小平餐館吃飯。這家餐館有個很悖謬，但又很討好的英文名字：Post-Deng Café，即鄧後咖啡館。這一中一英，頗具匠心，知道中國人講親切，稱小平，要吃，所以是小平餐館，又知道西方人喜歡把一切都後掉，而且更講喝，特別是咖啡，所以是「鄧後咖啡館」。否

則，如果照搬，弄成個Xiaoping Restaurant，首先那個「Xiaoping」，就沒有任何西方人的舌頭繞得過去。

閒話少說。五點Stephen來電話時，我正在電話上，接另一個朋友的電話，也是邀我晚上飯局。我看Stephen的名字在我手機上顯示，就告訴這位畫家朋友，說我等會回電。跟詩人約好後，我就電話給畫家，表示晚上來不了了，再說我和詩人本來早就通過電子郵件有約，只是再度確認一下而已。我們約好，在小平餐館見，因為上次我們也在那兒吃過飯。

電話一放，我就開車上路，走了Albert Street這條路。本來由這條路進城，二十來分鐘就可到，可這天黃昏，不知是何原因，走了大半個小時，還一路車堵得不行，大約6點40多分才到，打電話給詩人，他手機關機，只好留話。一到地方，就在樓下找了一圈，又上樓找了一圈，就是沒有詩人的影子。無奈，只好坐在樓下乾等。他既無電話，也無人影，打了多次電話也無人接聽。末了，乾脆自己叫了一碗擔擔麵吃了拉倒回程。後來才知道，那天晚上是中秋節頭兩天，城裡提前慶祝，把唐人街周圍的數條街都圍堵起來。

那天晚上，我白等了半個多小時，一來一去在路上白丟了將近兩個小時，停車白丟了15澳幣，回到家中，已是晚上8點以後，非常不爽。他後來解釋說，他一直在樓上等我，只是手機出毛病，到了8點以後，我給他打的至少6個電話，才在手機上呈現！我只能歎氣說：這是天意，也都是詩歌惹的禍。如果那晚去了畫家的飯局，不僅不會出問題，而且肯定吃到「小鳥」，即鵪鶉肉。

第二天，詩人來家，還帶了一瓶葡萄酒，算是道歉。我建議朗誦詩，活躍氣氛。他念了一首英文詩，大意是詩人凌晨起床小解，赤腳走回床邊時，腳踩在涼涼的石板上，感覺好像是「stars burning into the souls of my feet」（星星燒灼著我腳下的靈魂）。

我一聽便說：這好像浪漫了一點。詩人卻說：這其實是我全詩中覺得最好的一句。我忙問：何以見得？他便解釋了一番，我越聽，越覺得可能有某個字出現了問題。果不其然，他用的不是「souls」（靈魂），而是「soles」（腳底板）一字，該字如果不看，發音與「souls」是一樣的。

實際上他說的是：「stars burning into the soles of my feet」（星星燒灼著我的腳底板）。

詩歌對眼睛和耳朵所產生的這種歧義效果、笑果，是我一向比較喜歡在詩歌創作中追求的，也就是不怕產生歧義，不怕耳朵錯聽，因為所有的錯誤，都可能成為創造性的錯誤。

浪費

我是到了55歲前後，去武大教書那段期間，才第一次意識到，無論做什麼都沒用，無論多麼爭取時間，時間都會流逝。於是，一天晚上與朋友喝酒，我用英文說—我們都是大學教英文的，並不是附庸風雅，而是生活常態——Life is to be wasted（生活就是用來浪費的）。換言之，to live is to waste living（生活即浪費生活）。

2011年8月第一次去大西北的蘭州，朋友送我一本《甘肅的詩》。翻翻看看，眼睛觸到這一句，說：「也許，時光就是用來虛度的」，不覺一驚，好像是重複我說過的話。[7]

故而記之。

不准寫詩

女人是物質的朋友，詩歌的敵人。有詩為證。王有尾在一首以《斷電》為題的詩中末尾寫道：

> 你說：「如果愛我，
> 今後就不准寫詩」[8]

不知道在這樣的愛情下，詩人是否敢還嘴說：你就是不愛，我照樣要寫下去。

這讓我想起曾聽來的一句話。一個女的對她愛的男人說：以後不准你看別的女人。

我想，即便如此，那個男的肯定照看不誤。那麼詩人呢？答案是明擺著的，用不著我贅言。

---

[7] 人鄰，《時光》，原載《甘肅的詩》。甘肅省委宣傳部文藝處和甘肅省文學院合編。敦煌文藝出版社，2010，p. 2。
[8] 王有尾，《斷電》，原載《懷孕的女鬼》。香港銀河出版社，2011，p. 89。

詩歌罰款

記得前不久在網上看到有人說，在中國，建議對寫詩者罰款，也就是說，誰寫詩，就罰誰的款。

無獨有偶，估計也會無獨有三或有四，只是我暫時不知道而已。英國有個詩人，名叫Andrew Motion的說：「目前，如果有人看見你在火車車廂裡看詩，一車廂的人就會立刻走光。」（At the moment, if you are seen reading poetry in a train, the carriage empties instantly）[9]

這比罰款更甚，簡直就視詩歌為瘟神。

創造性的錯誤（1）

創造性的錯誤是我本人獨創的說法，其源泉之一來自誤讀，而誤讀的文本，往往是最不好玩、最乏味的文本，如美國詩人W. S. Merwin的那本長達545頁的詩集《移民：新詩選》（*Migration: New and Selected Poems*）。整個閱讀過程中，我不斷把他的詩句讀錯，大部分時間是無意，有時還故意讀錯，因為實在太乾癟無味了。下面以清單方式舉證一下：

…faithful custodian of fat sheep（肥羊的忠誠看守者），[10]被我看成：…faithful custodian of fat sleep（肥睡的忠誠看守者）

There I was on my way／To my boat（我上路／朝我的小船走去）（p. 92），被我錯看成：There I was on my way／To my throat（我上路／朝我的喉嚨走去）

I take down the sights from the mantel（我從壁爐臺上取下目標）（p. 108），被我錯看成：I take down the sound from the mantel（我從壁爐臺上取下聲音）

---

[9] 轉引自Wendy Cope, *Making Cocoa for Kingsley Amis*. London: Faber and Faber, 1986, p. 52.
[10] 引自W. S. Merwin, *Migration: New and Selected Poems*. Copper Canyon Press, 2005, p. 82.

The Next Moon（下一個月亮）（p. 218），被我錯看成：The Text Moon（文本月亮）

…the drying seeds（乾燥的種子）（p. 231），被我錯看成：…the crying seeds（喊叫的種子）

…comes at the hour of clouds（在雲的時刻來到）（p. 282），被我錯看成：…comes at the torture of clouds（在雲的折磨來到）

…part cloud part paper（半是雲，半是紙）（p. 320），被我錯看成：…per cloud per paper（每片雲，每張紙，或一雲一紙）

Shore Birds（海灘鳥）（p. 476），被我錯看成：Short Birds（短鳥）

不繼續引用了，但有一種感覺是，錯看或看錯的東西，似乎比正確的好。

當然，Merwin還是不乏好句子的，如寫一個盲女的詩中，這句就很棒：「Silent, with her eyes／Climbing above her like a pair of hands drowning」（默不作聲，她的眼睛／往她頭上爬去，宛似一雙即將淹沒的手）（p. 60）。還有這句，在另外一首詩裡：「a faceful of teeth」（滿臉都是牙）（p. 65）。還有這幾句，在另外一首詩裡：「believer in shade／believer in silence and elegance／believer in ferns／believer in patience／believer in the rain」（相信陰影／相信沉默和優雅／相信蕨類植物／相信耐心／相信雨）（p. 273）。還有這句，在另一首詩裡：「most of the stories have to do with vanishing」（大多數故事都與消失有關）（p. 370）。

總的來說，有句無詩，好詩苦無多呀。

通詩

我們說通神、通靈、通體、通天，但我們還沒有「通詩」這個說法，因為它是我生造的，來自讀詩的體驗。我發現，詩人在表達事物時，哪怕中間隔著久遠的年代和國度，在有些語言點上，竟然會有很相似的地方。下面僅舉三例。

近讀一德國詩人Johannes Bobrowski（1917-1965）的英譯詩，其中讀到一句說：「you come, my river／out of the clouds」（你來了，我的河／從雲中來了），[11]一下子就想起了李白的「黃河之水天上來」。

美國詩人默溫在一首詩中這麼說：「passing the backs of trees／of the rain of the mourners／the backs of names the back／of darkness」（經過樹的背後／哀悼者的雨的背後／名字的背後，黑暗的／背後），[12]讓我一下子就想起大陸詩人于奎潮的詩《背後》：「村莊在一棵樹的背後／黑夜在白日的背後／魚在水的背後」，其結尾猶好：「一生的空蕩／在忙忙碌碌的背後」。[13]後來有個荷蘭裔的澳洲女詩人把這首詩用英文改寫了一下，本來想在這兒引用，卻怎麼也想不起來在哪兒了。

默溫還有一首詩的詩句，讓我想起了我自己的詩。它是這麼說的：「…all the windows facing／west down the avenue were reflecting／a red building flaming like a torch」（林蔭大道所有朝西／的窗戶都反射出／一座紅色的建築物像火把一樣燃燒），它讓我立刻想起了我1980年代初在大學寫的一首中文詩《美》，其中有句雲：「美在朝陽剎那間點燃向東的幾千面金閃閃的窗戶」，與默溫頗似，但那時我根本不知道他是何許人也，更不用說讀過他的詩了。

這種現象，我稱它為通詩。

80後

80後不讀80後。這是今天教完詩歌翻譯課後，從學生那兒瞭解到的一個已經不很新的情況。前兩天上課，一聽我說這次課的關鍵字是「80後」，即80後詩人的詩歌，學生立刻嘖有煩言，說：那能叫詩?!頂多是分行的東西罷了。最後讓他們評選，舉出自己最喜歡的排名前三的詩，他們評了鄭小瓊的《深夜火車》，西毒何殤的《3月15號》和小招的《我就是喜歡》。看來品位還是挺不錯的，儘管這些人平常幾乎不讀詩，更不寫詩。

今天學生一聽我要上80後的詩，反應就更強烈了。有的說80後的東西根

---

[11] Johannes Bobrowski, 'The Memel', in *Word for Word: Selected Translations from German Poets*, trans. by Ruth and Matthew Mead. London: Anvil Press, 2009, p. 53.

[12] 引自 W. S. Merwin, *Migration: New and Selected Poems*. Copper Canyon Press, 2005, p. 276.

[13] 參見：http://book.cnxianzai.com/story.php?id=103881

本沒法看，有的說：老師，能不能選最差的三個?!到頭來，這些80後的學生還是選了鄭第一，小招和阿斐的《拾易開罐的中年人》並列第二，可見就是80後，雖然品味不差，但喜歡的東西還是很不一樣的。

課後，有個生於82年，在澳洲拿了兩個碩士學位的學生對我說：老師，說老實話，我們80後的人，不喜歡80後的人寫的東西，還是喜歡看比較老的、比較有高度和深度的東西，比如中國古代詩歌。旁邊一個同學插話說：70後的還稍微可看一點。我上了一下午課，很累，就不多講，任他們說下去，不外乎同輩人沒有好東西，真正好的東西不在外國，就在古代，或者年齡大的人那兒。哪怕像魯迅這樣的作家，也是後期的作品好，前期都太幼稚，太不成熟，等等。即便大陸搞什麼80後、90後的風潮，這位學生也覺得屬於風氣不正、不好，不過是造勢罷了。

這時我說：你這想法還很對澳洲人的胃口。為什麼？因為在澳洲，人越年輕越沒地位，70後、80後什麼的，寫的東西是根本不讓登大雅之堂的。

他說：哎，這就對了！給我一種感覺，彷彿他們這些生於80、90後的人，遠比我們這些50後的人還成熟、老道。

消滅「的」字

一個「的」字，小得幾乎可以略去不計，但在詩中，怎麼看怎麼不舒服，如果是自己的詩，必欲去之而後快，如果是別人的詩，看到就要把它圈掉或劃掉。這就是為什麼別人的詩集到了我這兒，不能再讓那人看到的主要原因之一，儘管這種幾率很小，且不說還有不希望別人看到的頗狠的其他微詞。

下面舉幾個最近看到的例子。比如「那些試圖淨化他們的語言的人」，[14]其中第一個「的」字就可以消滅。再如該詩集後搜集了一些譯文，其中有篇注解中，提到一本溫茨洛瓦的英文版詩集，英文是Winter Dialogue，中文譯成了《冬日的交談》，[15]這是不對的，應該是《冬日的對話》。即使如此，還是覺得那個「的」字多餘，就像英文是「Winter's Dialogue」一樣不舒服，不如《冬日對話》好。

[14] 高興譯，《湯瑪斯・溫茨洛瓦詩選》。青海人民出版社，2011，p. 56。
[15] 同上，劉文飛譯，p. 150。

由於「的」字太小，以前記得看到有問題的「的」字到處都是，可現在把書拿來，卻怎麼也找不到了。

這天中午在學校圖書室吃飯時，隨便操起一本書看，原來是杜拉斯的《厚顏無恥的人》（王士元譯，春風文藝出版社，2000），其中一句說：「他的妻子的錢像來路不明的錢一樣」（p. 8）。我停下，做了一個記號說：此話第一個「的」字可以滅掉。接著又看到一句，說：「雅克的冷漠的目光盯住他」（p. 13），就又做了一個記號說：這句話的第一個「的」字也可以滅掉。

這天看詩，看到一處說：「他的靈魂發出的聲音」，我就把第一個「的」圈了起來，拉一條線出去，然後打了一個「×」。[16]

「的」字的有無，也見於翻譯。今天翻譯一段英文，是這麼說的："your awful repeated request 'Please shoot me'"。第一遍翻譯成：「以及你『請一槍把我崩了吧』的不斷重複的可怕要求」。覺得不太滿意，主要是有兩個「的」字。稍微考慮一下改為：「以及你不斷重複『請一槍把我崩了吧』的可怕要求」，就舒服多了。

小說雖不是詩歌，但也應從詩歌中學習凝練、雋永，多一個「的」字，就多一個贅疣，麻麻點點的，很不好看，就像上午一學生向我告假，說下午不能來上詩歌課時，讓我看ta膀子上密密麻麻被蟲咬的痕跡似的。

> 我對「的」字厭惡到這種地步，剛剛譯完休斯一書中的一句話，再看之下，就立刻消滅了兩個：「他兒子，也就是我的祖父湯瑪斯・休斯爵士，收藏了大量獎章，除了一枚獎章外，其他所有的獎章都是從歐洲的經銷商那兒買來的。」消滅之後，成了這樣：「他兒子，也就是我祖父湯瑪斯・休斯爵士，收藏了大量獎章，除了一枚獎章外，其他所有獎章都是從歐洲經銷商那兒買來的。」

口

「我以我手寫我口」，這好像是朱自清說的，但是對於我來說，口是個

---

[16] 白連春，《低語》，原載羅暉主編的《中國詩歌選：2004-2006》。海風出版社，2007，第135頁。

有問題的身體器官，它吃、它吐、它吻、它臭、它說話、它罵娘、它沉默、它饒舌、它離大腦近、它離屁眼遠，它還有其他很多特徵，就不去說它了。

Shi既是「詩」，也是「食」，就是說，它是可以吃的，寫的用眼睛吃，朗誦的用耳朵吃。美國詩人Mark Strand就寫過一首《吃詩》的詩，這標題如用拼音，chi shi，聽上去就像「吃屎」。

我們說心直口快，而不是心快口直，就是說口是很快的。詩歌也是一種快，正如口快。口裡要說的話一旦在心裡憋過之後再說，就有了心機、心計。必須通過快口用快詩說出來、寫出來。否則還口語什麼？

美國有個詩人叫David Antin，據說從不用筆寫詩，而是直接上臺說詩，沒有任何準備。答錄機當場錄好之後，再整理成文字。感覺好極了。大陸對這個詩人，幾乎沒有介紹。

今晨吃早飯時，我跟老婆談起一個我們都知道的女性的人生之路時說：「女人只要把身體打開，就有路了，道什麼道？這就是道。」這話一出口，我就覺得：哎，這不是詩又是什麼？便立刻走到書房，把這段話用分行的形式寫下來了。

就是前面說的：我以我手寫我口。

初發狀態

幾年前，我曾想好一本英文詩集的標題，是*Poems Written by Someone Who does not Know How to Write Poetry*，意思是《不會寫詩的人寫的詩》。對於一個詩人來說，永遠保持童心未泯、詩心未泯，一種初發狀態（不僅僅是出發狀態），一種不會寫詩的狀態，這是至關重要的。什麼「大詩人」之類的鬼話，我一點也不相信。一首詩走了幾萬裡幾千年，還有一個地方的人讀了以後覺得心儀，這就夠了。

不會寫詩，一個詩人就永遠處於未開墾的蠻荒狀態、處女狀態，不，處女很噁心，應該是處男狀態，甚至要允許筆誤、鍵誤等各種各樣的錯誤進入詩，讓詩歌重新美醜起來。

不正

　　生活中，我們討厭不正之風，但在藝術中，我們卻要主張不正。一般人攝影，總要照個大正面，如果後面有座高山或大廈，一定要想方設法，蹲上趴下，把相機翻來倒去折騰一番，非要把人臉和大樓高山的尖頂都攝進去不可，實在俗不可耐之至。朱自清的那篇東西好就好在不寫正面，而寫背影。其實，還有很多非正面的東西值得一寫，比如在澳洲，你可能與某人為鄰幾十年，但因中間隔著一壁柵欄，你可能從來都看不到他的正面，有時是個側影，有時是一隻眼睛，有時是半邊額頭，有時乾脆就是個遙遙的背影，我想對於他來說，你的情況也是如此。這其中還有一個更複雜的心理因素：你根本就不想與他正面接觸、甚至正面對視或對望。這種情況在外面也是如此，你剛剛看到一個人，抬眼再瞧時，那人已經轉過拐角去了。你開車時，看到的另一個開車人，也不過是後視鏡中的一爿面目，模模糊糊，不甚清楚。在工作單位也是如此，你正要與某人對視，那人卻已低頭看手機了，這個動作不排除有意不睬的因素在內。藝術，就是要表現這種種千差萬別、千姿百態的微妙人際關係，但我們的電影或攝影或文字中，卻不大去追求表現之，我想，這大約就是藝術家楊福東說下面這番話的意思：「我自己拍（電影）的時候會覺得有點苛刻的。比如這人這麼呆著，我就是很討厭他全部正過來，那我就覺得寧可不拍，太不好看了。如果他全部正過來，我可能會剪掉那些畫面。」

　　從藝術角度講，我個人是很抵制過正的。

好玩

　　評論詩歌，我覺得，只有一個詞好用，那就是「好玩」。看了之後沒有感覺的詩歌，就不好玩。最近碰到兩樁事，屬於好玩加好玩之列。讀者看了我詩之後覺得好玩，我看他們那神態也覺得好玩，所以是好玩加好玩。

　　8月份參加第三屆青海湖詩歌節後，我到蘭州、西安、深圳一帶周遊了一圈，寫了40多首詩，把絕大多數拿出來投稿，其中不少還在長安詩歌節上展示了一下，唯有一首沒有亮相，只是在傅紅家開的派對上，拿出來試讀了一下，效果出乎意料之好。這首詩是這樣的：

《起來，放下》

腿子起來了
身體放下了

身體放下了
東西起來了

東西起來了
精神放下了

精神放下了
身體起來了

身體起來了
一切放下了

惡的起來了
一切放下了

傅紅一聽就說：哎，這首好！一下子等於把前面讀過的幾首都否定了。過不一會，他興猶未盡，要我再朗誦一遍，於是，那天晚上，席間充滿了一個「起來」和「放下」的語序，被詩歌的韻律所主宰，大家都覺得很好玩。要知道，這都是些數十年如一日不讀詩的人呀。

10月份，我又去了一次中國，這是今年第三次去中國，除了講學，還是講學，到深圳後，與非詩歌朋友吃飯時，他的詩人朋友農夫突然來電話了。這很奇怪，因為農夫已經跟他很久沒有聯繫了，可今天我跟他剛在飯桌邊坐定，農夫電話就過來了，好像詩歌長了眼睛，在與詩人共進。那天晚上在懂古達人藝術博物館吃飯喝酒，就是這次來電的結果。我因不知農夫還有誰在一起，就只帶了一本我的新詩集《詩非詩》送他。大家邊吃邊喝，他邊吃邊喝邊翻看我的書。忽然，他念出了聲。一看完便大讚起來，說根據直感，這是一首好詩，比他看到的所有詩都好。同時，他告訴我，他要「綁架」我，不許我回澳洲了，因為14號，伊沙、沈浩波等要去梅州參加詩歌節。

這之後，他開心得不行，一遍遍地朗誦該詩，至少朗誦了三遍。還吐露肺腑之言說：上次我看了你的詩，很不服氣，這回，我澈底服氣了。這首詩，比當今所有人的都好。把我說得心花怒放的同時，也感到憂心忡忡，這可是打擊一大片呀！

回到澳洲後，一個朋友來家玩，我把這事講給他聽，最後還把這詩拿給他看。他也並沒覺得有啥。唔，這就是詩歌的一個特徵。除非是自己發現，自己特別欣賞，任何他人告訴你如何如何，你都會不自覺地打個折扣。想到這兒，我和他談起了伊沙的《唐》。他對該詩集不太以為然，我就告訴他，當年我把該書送給家鄉黃州一個愛文學的朋友後，他電子郵件來信說，看得他「愛不釋手」。這種情況，在伊沙的另一部詩集的讀者反應上，也有反映。當年我很喜歡他的《餓死詩人》一書，還借給墨爾本一家移民公司愛詩的職員看。結果他還書時說：很不喜歡。

事情就是這樣，在文化、藝術、教育、品味、年齡等多元化的今天，不可能有一首詩是人人都喜歡、都愛不釋手的。幾千年前所說的知音，也只求一人。周圍聚滿粉絲，實際上是一件很痛苦的事。有一人理解欣賞，其實就足夠了。

根據這個認識，我決定，不把這首詩拿出來亮相了。

祕密

詩歌有沒有祕密？答曰：有的。5月份在太倉見到嚴力時，談起發表的問題，他說了一句話，讓我留意，大意是：其實，有些詩是永遠也不會發表的，因為作者本人不會拿去發表。細想起來，大約如此。的確，有很多詩都是詩人的祕密，詩人不會輕易拿去發表，重易都不會。

我說的只是一個小祕密，關乎日期。99年我到北大住校（9-12月），收到若干發了我詩的雜誌，其中有《人民文學》，拿到手中一看，不覺啞然失笑。原來，這些詩的寫作年代應寫於70年代末和80年代初，我讀大學那陣。我做的唯一一件事，就是把日期拿掉。眾所周知，詩人除了寫詩之外，最迷戀的事就是記下每首詩的日期，包括寫完時的時辰。我就是這樣，比如昨天寫的一首詩的末尾，我就這樣記到：「2011年10月20日中午12.50分寫於家中，11月5日星期六下午5點23分打字修改于金斯伯雷家中）」。這樣拿出去投稿，雜誌編輯一般都會把這些細節刪掉，只留下日月年。到了以後再入選

最佳之類的選本，可能只剩下年代，甚至連年代都沒有，比如幾千年前的古詩就是這樣。

我把80年代寫的詩拿出來去投90年代或10年代的雜誌，抹去日期的做法，既是基於這一認識，也是基於另一個更重要的認識，即日期往往會成為一個編輯衡量作品高下的重要標準或者說蒙蔽其眼的重要障礙。日期一拿掉，情況就複雜得多了，也好玩多了。你要面對的就是詩歌本身，你無法再以其他要素作為判斷標準。這就跟我把自50年代以來的所有詩歌混在一起，去掉詩人姓名，去掉日期，讓我80後的學生進行挑選一樣，是一件很有意思的事情。

最近，我有一首長詩《大學生活的真實寫照》在《作品》（2011年第9期）發表。我送了一本給昨天那個朋友看，他說了很多，但似是而非，很不到位，直到我告訴他，這首詩寫于80年代初，當我還是個二十六七歲的大夥子時。這時，他就覺得有意思了，覺得我現在的詩歌在風格上，和當年的風格大異其趣，因為某種祕密已經披露，時間的距離有了呈現，可以進行對比，可以進行觀照，可以有很多事情做了。

另一首詩也是如此，先放在下面看看：

《燒吧》

燒吧，把一切都燒光
一丁點都不留
如果不把人燒死的話
就把東西都燒光
首先把錢
其次把各種證件（包括結婚證）
再次把照片（包括所有幸福的照片）
（儘管所有不幸福的表情和動作從來都不攝入照片）
最後把做過愛的床和衣服
一把火燒光
跟大家一起燒光
跟大家一起成為赤貧
跟大家一起重新過「第三世界」的日子
燒光，澈底燒光

然後我們穿著褲衩
離婚

　　這首詩看到最後，朋友「噗嗤」一聲笑出了聲，覺得好玩，但也僅此而已，因為他並不知道這首詩的「祕密」，那就是它寫於2009年3月份的維省大火。當時火勢緊密，到了我這條街通街彌漫著硝煙般煙霧的程度。這首詩在中國發表，又沒有這些詩外資訊，如果詩人死了，寫詩的日期和地點全部抹去，再好的評論家，也無法把詩和現實聯繫在一起，就只能就詩論詩，而無法就事論詩了。

　　從這個角度講，詩歌是需要祕密的，否則就是消息、資訊。

無

　　時間就是無。前面說過，詩歌的年代越久，詩歌的寫作日期就越磨滅，直到什麼都不剩，只剩詩歌本身。以及詩人的名字。

　　英語有句俗話：「There is no money in poetry」。譯過來就是：「詩無錢」，讓人想起中國那句老話：「詩無邪」。既無錢，又無邪，那詩歌還是什麼？還要詩歌幹什麼？

　　詩歌的這種雙無特徵，反倒使詩歌成為一種最平民化的東西。既然是無，那就不要去追求什麼了，寫出來就好了，朋友之間互相傳看傳看就好了，用不著為了一種本來屬於無的東西而去爭得頭破血流。

　　這種平民化，最忌諱搞什麼「最佳」詩選、「最佳」獎之類的東西。那種東西一搞，就等於平地造出一個詩歌貴族，很要命的。那等於是對別的詩人說：你們都是垃圾，只有我最好。詩人看到一本選集中沒收他的詩，就拒絕買，甚至拒絕看，（我就是如此），是很自然的事。憑什麼有他無我、有她無我、有他們而無我！大家都是詩人，就這一點就扯平了。本來就是無的東西，何必要生出種種有來?!

　　瑞典的老特得了諾獎，我一點都不感到稀奇。他在我心目中的地位，一點也不因此而增高。不就是個詩人嗎？不就是個終將化為無的人嗎？幹嘛搞得那麼神祕？搞得好像世界上憑空生出了一個詩歌上帝一樣！去他媽的，老子並不稀罕那傢伙的東西。

　　盧梭說：「Man is born free but everywhere he is in chains」（人生而自

由，但處處都被鎖鏈束縛）。要我說，這句話可以稍微修改一下，成為：人人生而為詩人，但處處都被非詩的鎖鏈束縛。

至於「詩無達詁」，那是詩歌的第三種無，屬於我上面講過的詩歌祕密現象，就不再多講了。

少

據說，瑞典的老特得諾獎時，僅發表過163首詩。1996年得諾獎的波蘭女詩人辛博斯卡至今（2011年）也僅寫過250首詩。若論誰寫得最少，因此最該得諾貝爾獎，恐怕非賈島莫屬，非我老爸莫屬，因為他從生到死，談詩甚多，但卻一首詩都沒寫過。

以少論諾獎，這是當今最大的誤區之一。有點像到賭場賭博，把贏錢最少、輸錢最多、甚至專按所有數字中所沒有的「0」者視為最大的贏家一樣。無聊之極。

詩發得少，有幾個原因。一是投到哪兒去都發表不了。這又有幾個小原因：1、詩寫得不好。2、寫得太超前，不見容於任何雜誌。3、編者眼光有限，趣味不同。一是有些詩過於私密，詩人不願拿出去發表。一是詩人對自己要求過嚴，投稿之前反覆甄選，反覆斟酌，不是百分之百滿意，絕不肯拿出去亮相。發表得少，並不說明詩人不寫或寫得很少。否則，一個詩人活到80多歲，卻只寫了百來首詩，這就像他一生只做過百來次愛、只拉過百來次屎一樣，是不可能讓人相信的。

詩歌的特點是什麼？三點：一像做愛，二像拉屎，三像快活。既多，且濫，且快。最後的集成或集大成，跟詩人沒有太大關係，多與編者和出版社有關，除非詩人喜歡自殘、自慚、自虐，對自己一刪二改三禁錮，只允許精而又精的作品出籠，否則就像我們所看到的那樣，沒有一個詩人的詩是經得住所有人的考驗和所有時間的考驗的。

說快活，是指其快而且活的兩面。澳洲詩人Kris Hemensley有天對我說，還是寫詩過癮。既快又不費力。來了就來了，抓起筆就寫，敲起鍵就寫，寫過就成了，筆成、鍵成、人成、天成，既快又活又快活。只有詩人知道，沒有什麼東西比詩歌更過癮，如果有的話，那就是做愛，那就是拉屎。想想吧，每天都不拉屎，也拉不出屎來，那是一種什麼罪。大約就是一生寫163首詩或250首詩，最後拿諾獎的感覺吧。

月滿星稀

　　我仇恨在詩歌中用成語。凡在詩歌中用成語而不加以改造者，我視為詩歌乃至詩人的失敗、詩敗。成語必須活學活用，創學創用，否則就是懶漢詩人幹的事。

　　1999年最後四個月，我在北大駐校，作為澳大利亞Asialink的駐校作家。我寫了一首詩，題為《成的語》，開頭數句如下：

> 在一個語塞的夜不成寐
> 我騎著一匹黔驢
> 尋找後現代的唱本
> 中午我吃了一個完蛋
> 下午我拋棄了累卵
> 晚上我割了一塊pigs might fly的肉
> 在我用膳的餐館裡
> 素不相識的人都不吃素
> 雞也都不是茅店月下來的

　　這是我對漢語成語進行改寫的首度突襲和進攻。我不喜歡成語，猶如我不喜歡臉上堆滿化妝成品的女人。

　　這幾天教詩歌翻譯課，有學生翻譯特朗斯特諾姆的「Tracks」（《鐵軌》）一詩，最後一句雲：「Two o'clock: full moonlight, few stars」。一同學譯作「月明星稀」，另一同學譯作「月朗星稀」。這都不對、不很對，問題就在於，他們的思維被成語束縛住了，舒服住了就是束縛住了，不用多想就用成語去套，就好像用避孕套去套老二一樣。須知，即便用避孕套套老二，也有個尺寸問題。詩歌就更講尺度問題了。「full moonlight」明明是滿月，因此，俺的譯文是：「兩點：月滿星稀」。就這麼簡單。

　　要從我的詩中尋找演化成語、改造成語、策反成語、挑逗成語的例子，那真是筆筆皆是，讓研究者去做這種吃力也討好的工作吧。僅舉一例，就是今天寫的一首題為《澳洲人》的詩，該詩末尾一段寫道：

> 我不喜歡白人
> 我也不不喜歡白人

對於這樣的白人

除了舉手攤手之外

就把他釘在我的詩辱柱上

中國的詩人，沒有多少敏感到敢超脫成語這件破衣的，穿了幾千年都不嫌臭！今天看一詩，把火葬場比作簫，後面有句就超脫了，說：「大音希聲，大簫無辭」。[17]便給他記了一筆。

後來讀詩，又看到歐陽江河寫騰格爾一首，稱其為「狼」，並用了「蒼茫大地」這樣的句子。不，他化解為「蒼狼大地」。這就是創寫成語。記下來了。[18]

再後來又讀詩，讀到一個詩人說：「那麼多的嘴唇在咀嚼發餿的成語」。[19]正合吾意，記下來了。看來，中國13億人中，還是有像我這樣不服成語的。

彪悍

學期結束的最後一節詩歌翻譯課，是中譯英。我分別選了這樣幾首詩，讓同學們從中挑選他們各自認為最佳的詩譯成英文並請他們談談自己的選稿原因。這些經我挑選過的詩有朱文的《老張的哲學：兩種苦和四種幸福》和《老張的哲學：關於自我認識》，白連春的《母親最無法描述》，馬永波的《瞬間》，周所同的《從這條田埂到那條田埂》，陽颺的《紀念》，鬼鬼的《不是所有的孩子都有新鮮水果吃》和《千里送棉花》，以及我沒有透露詩人姓名的《富人》。

這9首詩，首首都有人首選，幾輪下來，可略見分曉，即有人偏重詩味（田埂、母親、瞬間），有人偏重哲理（四種幸福、自我認識），有人偏重幽默和凝練（富人），還有人偏重輕靈（水果、棉花），四個班學生有上百，基本上不出此例。這跟以前我從最佳詩選中挑選給他們進行再挑選的情

---

[17] 歐陽江河，《騰格爾》，原載羅暉（主編），《中國詩歌選》。海風出版社，2007，p. 185.

[18] 張新泉，《火葬場的煙囪》，原載羅暉（主編），《中國詩歌選》。海風出版社，2007，p. 293.

[19] 一樹搖風，《當我剪下蘭花枯黃的葉片》，原載羅暉（主編），《中國詩歌選》。海風出版社，2007，p. 404.

況一樣。沒有大家一致叫好的「最好」，只有各自眼中的最好，而各自眼中的最好，一樣的時候少，不一樣的時候多。

最有意思的是學生對所選詩歌的評價。話不多，有時就一個字。例如，有位看上去很粗放的北方同學評價「自我認識」這首時，就用了一個字，說該詩寫得「彪悍」。大家笑起來之餘，覺得他用字頗為準確和生動。

另一位來自南方的同學首選了「紀念」。他說：如果他是父親，也會對自己的兒子說同樣的話的。這可是個1989年出生的孩子呀。他能把自己放進詩裡，讀出詩中的況味，也是很令人感動的。

這些孩子在此之前幾乎從不讀詩，相信在此之後也不會再讀詩，這並不讓人吃驚。讓人吃驚的是，他們選能選出好詩，評也能評出道理，只是到了真槍實彈地用英語翻譯時，就覺得窮於應付了。比如有個女同學譯《瞬間》就感歎說：好難呀！

記得我鼓勵他們畢業後多譯詩，多投稿，有一個女生說：我們又不是詩人。我的回答很簡單：人生下來就是詩人。每個人都是詩人，只要你願意，你就是詩人。從不讀詩，一上手就能選出好詩，這就說明問題。

我心裡想的是：有一天我編詩集，絕對要請從不讀詩的老百姓來選詩，不請所謂的編輯。

順便說一下，有些被我稱為「重口味」的學生雖然首選了《老張的哲學：關於自我認識》，但譯「就算全世界的美人兒／都排著隊讓你幹／兄弟，你又能幹幾個？」這句中的「幹」，就顯得「輕口味」了，把它譯成「consume」（消耗）或「made love」（做愛）。而不像我，直接譯成了「fuck」（操或日）。此處我插入一句，說：嚴復的信達雅是有問題的，要信，就不能雅，要雅，就沒法信，此處即一典例。如果把嚴復引申到藝術領域，那老傢伙就更完蛋了。艾未未就是一個在藝術中，通過音譯進行不雅中有雅地創譯的人。他有一個畫展叫「Sensation」，他就音譯成「膻色腥」。[20]他又把他的工作室（FAKE Studio）音譯成「發課工作室」，聽上去則像英文的「fuck」。該字的漢語音譯還有一個例子，是朱大可的「發渴」。是否因為艾朱二人不和，他沒用「發渴」，而用了「發課」，這就不得而知了。到了這兒，嚴復完全失效。

最後再順便說一下，那個隱去姓名的《富人》一詩作者是我，而首選我這首的人還頗多，女學生居多，但都是在不知其人的情況下選的，後來透露

---

[20] 參見徐明瀚（編）《誰怕艾未未？》，第52頁（反看）

後則大吃一驚。

斷行

關於詩歌的斷行，我與大陸一個詩歌朋友曾通信談過，節錄如下：

> ××兄！很好的一篇評價，尤其是對詩行切斷處，本來一行對一行，後來卻弄成很多別的來，這種事不僅發生在中國，也發生在澳洲，我有一首英文詩被選入今年澳洲最佳詩集，也是因為一行太長，而被強行粗暴地截肢了。中國的問題在於，該詩出版之前，是從來不給詩人看校樣的，因此出來是啥樣就是啥樣，（傻樣就是傻樣），像生孩子，主人無法控制。澳洲好一點，給你看大樣，你提出問題後，他來一個「我們也沒辦法」，結果還是個還。多的只是那個小民主罷了。

信中提到的「斷行」，是指《揚子江詩刊》（2011年第5期）「迴紋針」專欄我英譯的於堅一首詩，《陽光只抵達河流的表面》。原詩15行，我的譯文也是15行，但到了該詩刊，卻被生硬地切割成19行。一個雜誌的編輯，對這種事是要負責的，但目前世界上還沒有強暴詩歌罪，就只能任編輯宰割肢解了。

辛博斯卡

辛博斯卡，波蘭的諾貝爾文學獎獲得者，是個詩人，我並不太喜歡她，講老實話。她的詩很乾，可用乾巴巴一詞形容。如果說詩人是溝渠，源源不斷地流著詩歌的清泉，辛博斯卡的那條溝渠裡，流的就是幹灰。

是的，她很幽默，切入點一般都很刁鑽，東西也不長，但如果全世界都她那個寫法，詩歌就完蛋了。

最近買了她一本新書，英文叫Here（《這兒》）。竟然有四個很有名的美國詩人給她寫書背語，在那兒大讚特讚，很倒人胃口。一個得了諾貝爾文學獎的人，還需要人這麼推銷嗎？再說，得了諾貝爾文學獎又怎麼樣，還不是需要別人一而再，再而三地說好話，免得被人忘掉！好慘一個。

創造性的錯誤（2）

關於創造性的錯誤，我已談得很多，不想多說，只想把最近翻譯楊福東的一篇文章中，看到的他的一句話摘錄下來。他是這麼說的：

> 比如你拍一個女孩在咖啡館喝咖啡，你拍到第20遍才OK，那前面的19遍是不是也是電影的一部分？所以我想在電影中想找到錯誤的美。你CUT或喊停的時候，那些做錯的東西是不是也是好的？所以當時針對那個拍了3個小時的電影，我覺得所有的錯誤都是好的。

這跟艾未未說的一句話也很相仿。艾說：我的作品因為做錯了，才發現是對的。[21]藝術家都是時代的錯誤、文化的錯誤和國家的錯誤，只有在藝術中一錯再錯下去，才能產生好的藝術。

政治正確

政治正確的英文是「political correctness」，簡稱「PC」。在西方很流行，等於是女權主義、身分政治、少數族裔等一系列小政治的擋箭牌。女人的自行車倒了，男人去扶一下，女人會怒斥：停住！你以為女人柔弱無力，這點小事都做不了，一定要讓你們男人來做嗎?!男人在文章中稱某女長得漂亮，立刻遭到書評者呵斥：此男以欣賞眼光看待女性！澳洲人提到土著，都不敢吱聲，生怕被人批為種族主義。2010年西澳出了一本英文詩集，因為裡面寫到了土著人，開篇就來了一段非常政治正確的文字如是說：

> 關於已故土著人的描寫和提法，在原住民社區內，可能令人悲痛並令人厭惡。因此，特別提醒原住民讀者，在讀到本書第83頁和106頁之間的文字時，要合適地採取審慎措施。[22]

對於土著人，來這樣一段文字，也無可厚非，畢竟白人霸佔他們的土地

---

[21] 參見徐明瀚（編）《影行者的到來：我與艾未未紀錄片小組》，第12頁（正看）。
[22] 參見：John Mateer, *the west: australian poems 1989-2009*. Fremantle Press, 2010.

200多年，導致他們流離失所，無家可歸，但像那些女性因政治正確而神經兮兮的做法，則是比較可惡。

活力

詩歌跟什麼有關？詩歌跟活力有關，跟活有關，跟力有關。居澳20年，我對西方詩歌普遍感到失望，主要原因就是沒有活力，以至於我第一次去葡萄牙里斯本，在大街上看到修馬路的工人那種渾身泥水，卻又粗放豪邁的樣子，竟然來了詩興，當街寫了一首詩，寫我在發達國家見到老大粗的工人那種既好奇又興奮的感覺，但現在怎麼也找不到了，遺憾。

美國詩人John Ashbery在巴黎住過若干年，也譯過法語詩。沒想到，他對巴黎的一個認識，與我的不謀而合。他說：「我發現當我看到街頭排水溝中流淌的淨水時，看到工人們搬運粗麻布沙袋來分流或者把水堵起來時，我的詩歌會受到更多的影響，這比我當時學習的法國詩歌所給我的影響更大。」[23]這其實不是Edmond White所說的，是「藝術影響力的不可靠性」（同上同頁），而是指書面的東西往往不如實際生活的髒亂差有力、有活力。

關於當年武漢的一個記憶，也給我的詩歌帶來某種靈感的東西，是在外散步時，經常能聞到混合著廁所臭氣的花香，那種味道比詩歌中描寫的任何東西都逼真，都難受地好聞。那就是一種很活力、很詩歌的東西。

一覽無餘

立陶宛詩人溫茨洛瓦有句云：「在我看來，詩若一覽無餘便不再為詩了。」[24]

這樣對詩歌下結論的人，溫茨洛瓦不是第一個，也不是最後一個。我教過的很多從來不看詩，更不寫詩的學生，也會下這樣的論斷，問「這是詩

---

[23] 艾德蒙・懷特（著），何欣（譯），《巴黎：一個閒逛者的回憶》。北京：新星出版社，2007，第41頁。

[24] 湯瑪斯・溫茨洛瓦，《湯瑪斯・溫茨洛瓦詩選》（高興譯）。青海人民出版社，2011年，第10頁。

嗎」這樣的問題。還有個別學生在被問到為何選譯某詩時，回答曰：因為根本看不懂這首。

在此，我一定是與老溫唱反調的。一覽有餘的是詩，一覽無餘的也是詩，關鍵在人、在你如何看詩。就像水一樣。清亮見底、一覽無餘的水是好水，也是好詩。渾濁激蕩、一覽有餘也是水，是壞水，同樣也是詩。本人肯定喜歡前者，而不喜歡後者，儘管有時為了玩耍一下那些不懂詩的詩評家，也會偶爾專寫一些特別容易寫又特別難懂的詩，來盡情耍他們一下。

思鄉

思鄉已成濫調，此處免去不談。只是順便提一下，我曾寫過一首《不思鄉》的詩。

我之所以用了這個濫調名詞，是因為我從一個詩人的詩中，讀出了另一種思鄉或代思鄉，也就是代人思鄉的痕跡。

我在墨爾本看的很多現在早已記不得標題的電視連續劇中，凡是出現海歸或暫時海歸者，基本上沒有一個好東西，某種意義上和程度上，甚至比西方白人或黑人還壞。編導者的用意和醋意一目了然、一聞了然：不還是中國人嗎，出去鍍點金，會幾句英文，有啥了不起！

長期以來，大陸出的詩集和文集中，總是把焦點放在那些身在海外，心還思鄉者，他們的東西，也就壓倒一切地發得很多，到了難以卒讀、終於不讀的地步。

咒罵出國者，特別是出國還小有成就者的原因，不外乎這些人不思鄉，忘了本，或者像上面那首詩裡說的那樣，是臉上「有著一抹漂泊者／特有的顏色／心苦的顏色／營養看似很豐富／但缺祖國這種／維生素」。[25]這當然不是說我，是說詩人在美國「混得不錯」的一個老同學。我卻覺得有點好像說我的感覺，便要像湖北土話說的那樣「張氣」一下。

比如說我，很可能一看，就缺「祖國」這種維生素，但那是我自己有意缺的，心甘情願。反過來說，在海外一看到一張大陸臉，那「祖國」的維生素多到氾濫的地步，已經容不下世界了。也不是什麼好現象。

---

[25] 伊沙，《無題詩集》。趕路詩刊出版，2010，第32頁。

關於譯詩（通信摘抄）

下面是我2011年12月9日與大陸一位詩人兼詩歌翻譯家的電子郵件通信摘抄，隱去了他的話，只留下我的：

> 關於譯詩，我不是見誰都譯，誰名聲大就譯誰，其實都有自己的選取。名聲再大再響的詩人，有些東西也看不進去。待到真感動了，才決定譯。譯起來，也不太花時間，當然會是讀通讀懂，但要留下錯誤空間，因為這是創造空間。同一首詩，10年前譯和10年後譯，就是兩首不同的詩。同一首詩，用四言、五言、六言、七言、自由體譯，又感覺都不一樣。我教學生譯詩時，所有這些都嘗試過，都有意思。而且，從不讀詩的學生，在選取詩歌作為翻譯對象時，卻表現得比真正的詩人還高明，絕不會放過面前的好詩。這使我得出結論：凡人皆詩人，只是不寫詩而已。

我手中的這部裡索斯詩集，是英文轉譯的，收集了1938-1988這50年的詩，將近500頁。老實說，我並不是都很喜歡，但有一些我邊看邊折疊了耳朵，就是很喜歡的。喜歡第一，才能譯好，否則只是譯而已，不會有心在。

再囉嗦一下。每次去上詩歌翻譯課，我都事先準備了若干我喜歡的詩歌，有大詩人，也有無名「詩」輩，但都把名字隱去。其實不隱也可，因為他們從不讀詩，反正不知道是誰。我驚奇地發現，他們一讀之下，普遍評選出用來翻譯的首選詩，都是本來就寫得很好的詩。詩人有福了，因為他們有從不讀詩但卻懂詩的不寫詩的詩人。

就是這樣。一個字都不想多說，多解釋。

成詩的道理

記得讀研究生時看毛姆的英文原著，他關於創作時說的一句話，大意是不深思熟慮，是不輕易下筆的。我當時就有想法，後來越來越不相信，因為我下筆之前，尤其在寫詩的時候，是很少深思熟慮的，往往是寫了上句，下句才開始一個個字地流出來，就像鑿開一道清泉，上水哪知下水何時冒出，以何種形式冒出，以何種容量冒出呢。

昨天晚上來家的前詩人——現在忙於房地產，再不寫詩了——在談別的東西時，也說了一點關於詩歌創作的經驗，大意也是寫詩不能等，得停下來，如果在騎車過馬路時，就得趕快騎過去就停下來，掏筆就寫。

我越來越形成這種看法和這種寫法，即詩歌必須是隨時隨地的寫作，其釀造過程早就在心中和腦中發生，只需要觸發和觸動，碰到什麼就可以出來。哪怕做愛時沒法用筆寫，還是可以趁著下面動的時候，上面口占一首的，還更增強效果。

上面這些想法，就是看到蒙田說的一句話而產生的。蒙田說：「我必須用筆進行思考，跟人走路用腳一樣。」[26]

簡潔

最近國內似乎對長詩產生興趣。這使我想起，我已經多年沒寫長詩了。20歲到30歲之間，我寫過很多長詩，筆一挨紙，就停不下來，常常是幾百行一氣呵成。剛來澳洲那陣子，開始用英語創作，也寫過一首長詩，花了一年時間，寫了3000多行，結果成了一本書。

不久前，一位詩人發來數首長詩，要我評說一下。我就評說了，結果ta大約不滿我的評說，就再也不回信，等於斷了關係。你瞧，這是一個說翻臉就翻臉，只聽得進好話，聽不進任何帶有善意的真話的時代。「諍友」的時代已經一去不復返了。我評說如下：

> 年輕時如此狂瀉很正常，管它是否可讀可看，就像我當年。「××」看起來巨累，最後的結果是掃視，但有眼睛感。還是喜歡看比較分行的東西，但總覺得凝一點煉一點比滿放遍灑要好。也許是年齡問題吧。

隨便說說，而已，別當真。

2011年8月參加青海詩歌節。結識了一位愛沙尼亞女詩人。她有一首短詩的其中一部分被我疊了耳朵，翻譯如下：

---

[26] 蒙田，《蒙田隨筆全集》（陸秉慧、劉方譯）（下）。譯林出版社，2008 [1996]，p. 248.

簡短點，詩人
簡短而說到點子上
請。[27]

　　這，也是我想告訴那位詩人的話。這封信發出後，那詩人再也沒有回音，大約是覺得受到傷害了吧。最近在一次關於別事的通訊中，我順便提了一下說：「關於上次你的詩歌，其實我不是批評，希望你不要介意。我想說的是，那種汪洋恣肆其實很好，很自由。詩歌的核心就是自由，不管不顧，什麼都不在話下，一直寫到絕對發表不了的地步。」

　　還是沒有回音，像死了一樣。既然如此，我也不需要保持任何聯繫了。

洗心

　　中國有句成語，叫「洗心革面」。沒想到，在茨維塔耶娃的英譯詩中，也發現有類似的意象。那兩句詩的英文是：「the island of the heart／Should be washed in every part」。

　　譯成中文就是：「心的島嶼／應該洗淨每一個部分」。考慮到漢語的「心臟」二字，從字面上看就是心臟，有心很髒的意思，這兩句詩就更有意思了。

　　看來，中國古人大約是有鑒於心臟，才建議洗心的。

　　不知道俄語是怎麼說的。

鋪的、蓋的

　　儘管曹乃謙的《到黑夜想你沒辦法》被馬悅然吹得天花亂墜，我個人根本看不下去。整個只記得一句：「她給他當鋪的。他給她當蓋的。」[28]為什麼？因為這讓我想起英國詩人約翰・堂恩一首詩《上床》中的最後兩句，如下：

---

[27] Doris Kareva, *Shape of Time*. Arc Publications, 2010, p. 93.
[28] 曹乃謙，《到黑夜想你沒辦法》。武漢：長江文藝出版社，2009，p. 19.

To teach thee, I am naked first; why then,
What needst thou have more covering than a man?[29]

譯文如下：

為了教你，我首先脫光。那麼你呢，
除了讓男人蓋你，你還需要什麼？

這也應了我多年悟出的一個翻譯原則，即英半漢全，漢語要說鋪和蓋，英文只說「蓋」就成，「鋪」是暗指的，不用說的。

鑰匙

近看一書，是寫義大利的，其中提到，義大利佛羅倫斯旅店「黃銅門鈴上懸掛的房門鑰匙厚重得能帶著你墜入阿爾諾河河底」。[30]

一下子，我就想起了2004年去的丹麥的奧爾胡斯，一個古色古香的小城。我在那兒寫的一首小詩，記的就是類似的一種「打得死人的鑰匙」：

《奧爾胡斯細節1》

「這鑰匙打得死人」
我拎著房門鑰匙
像一把銅錘，在奧爾胡斯
（26/4/04）

詩歌是什麼？什麼都不是，只是一種時間的細節和聯想。

---

[29] http://www.rjgeib.com/thoughts/mistress/mistress.html
[30] 大衛・李維特，《佛羅倫斯：精緻之城的往昔時光》。北京：新星出版社：2007，p. 2.

回憶

　　1991年，我來墨爾本讀博士，剛開始還上點課，後來意識到可以完全不上課時，就乾脆不上課了。剛開始上的課中，我導師John Barnes正好講到一個澳洲詩人Kenneth Slessor和他的長詩「Five Bells」（《五鈴》）。導師當時不斷提到一個東西，即詩人特別強調回憶在詩歌中的作用，也不斷利用詩歌開發詩人記憶中的往事。對我來說，這是一件比較不能接受的東西。詩人放著眼前的東西不去寫，卻存在記憶中，等待以後去寫，那是會在記憶中發黴，變得陳舊的。最眼前的東西，如果能夠抓下來，寫下來，無論過了多久，也最具當前性。所以在當時，我就在心中把他那個搞法否定了。再說，Slessor的東西無論怎麼看，我都不覺得太好，不是我喜歡的那種詩人。我也不會去翻譯他。

　　今年夏天從西安過境，得到何殤的一本新詩集贈本，發現這個80後的詩人，倒有不少詩歌與記憶有關，以致我在快看完時，在書頁的邊角處記了一筆說：「都是回憶。很奇怪，發生在年輕人身上。」[31]

　　在《潛行勞動路》中，有這樣幾句：「三十年前／就是七十年代／那時我還沒出生」。（152頁）

　　在《扳機》中，詩人說：「那時我還年少／同情心是身體的一部分」。（118頁）

　　在《倉皇記憶》中，詩人說：「一隻被我／養成狗的兔子／我經常憶起它」。（112頁）

　　我是有意往回倒著寫的，這樣就能看到我在前面突然意識到這個問題時寫的一句話。那是我讀到《一切堅固的東西都煙消雲散了》這首詩時，我得到了這個印象：「引入了一種新的東西：記憶」。（p. 106）

給死

　　伊沙在他《伊沙詩選》的「代自序」中說，「當集子出版，你這一階段的寫作就被宣判了，被宣判的是歲月，是你永不再來的一段生命」。[32]

---

[31] 西毒何殤，《人全食》。香港：銀河出版社，2011，p. 152。（這其實是我筆記的地方，在任何人的書中都不會有的）。

[32] 伊沙，《伊沙詩選》。青海人民出版社，2003，第4頁。

這使我想起我的澳洲作家朋友Alex Miller過去常說的一句話，每當他完成一部長篇，他就會說：作品的結束不是「give birth」（給生、讓作品出生），而是「give death」（給死、讓它死去）。在這一點上，兩人的認識是很相近的。

我則不這麼認為。作品生出來了，通過讀者而活。沒有讀者它也不會死，只是等著有朝一日，也許幾百年後有人來讀。即使被火燒了，在燒成灰燼之前，它也有一個讀者：火。

「拒絕用漢語」

詩人之敏感，什麼都能招來詆毀。記得2004年參加丹麥詩歌節，第一次見到于堅，就發現他好像有意不說英文，當時見我在左近，一把把我扯過來，為他翻譯。於是想起來前不久在網上看到他寫的一篇文章，裡面就很有情緒地談到對英語的不滿。

近讀伊沙詩，發現一首《亞洲詩人大會》的詩中，有「混在美國的中國男詩人／拒絕用漢語／堅持用英語朗誦／遭人唾棄」這樣的句子。[33]不覺想起我那年在丹麥時，也是這樣的，「堅持用英語朗誦」，結果給一個來自大陸的詩人注意到了，當面問：哎，你幹嘛用英文朗誦，不用中文呢？我的回答很簡單：我喜歡這樣。

是的，詩人就是天馬行空，地馬行地，想怎麼玩就怎麼玩，如果我有十種外語，我還要用十種外語來朗誦呢，氣死那些沒有語言天賦的傢伙！

其實，我也很煩英語，我也痛罵過英語，不叫它「English」（英格裡希），而叫它「Englishit」（英格裡屎），但罵歸罵，我還要用這個語言寫作，因為它和漢語一樣刺激，他媽的太過癮了。不會寫的人怎麼知道，又怎麼能與之溝通呢？

寫事

漢語有「說事」的說法，卻沒有「寫事」之說。長期以來，我一直堅

---

[33] 伊沙，《伊沙詩選》。青海人民出版社，2003，第179頁。

持寫事，像我在一首詩中所說：「寫字、寫事、寫詩」，把「詩」還放在「事」後。[34]

我注意到法國詩人Francis Ponge（國內有譯成法蘭西斯‧蓬熱的），就是因為他專門寫事的散文詩，後來好像國內還出版了他的中譯本《採取事物的立場》，儘管我看的是英文翻譯。

沒想到，裡爾克也愛寫事，據他說：「創造物，不是塑成的、寫就的物—源於手藝的物。」[35]這句翻譯很費解，估計是說不是什麼什麼，「而是源於手藝的物。」

死亡賦格

名作就跟名人一樣，並不一定就能靠標牌把人震倒。每有大陸名人出訪澳洲，舉辦講座，前來聆聽者甚不眾。有年餘華來墨爾本，晚上在澳華博物館舉辦講座，我也在場，來的僅十餘人。2011年北島來墨爾本作家節，那個中文對談，是我和他在一起，來者應該不超過40人。

不少人以為，只要把名作抬出來，讀者或聽眾必然表示欽佩，其實大謬不然。我的個人經歷是，對學生提名作，學生根本不買帳。我一般給學生看詩，要把詩人的名字隱去，看過之後，讓他們選出作為首選的詩來。有一次，我把策蘭的《死亡賦格》拿出來給他們選，三個班的幾十名學生，竟然沒有一個人投票把它作為首選，連第三名的都沒有。我估計是這首詩的「死亡」二字不招人喜歡，因為他們選擇的對象，還是以較美、較有詩意的為主，包括伊沙的《車過黃河》，都有很多人不選，原因是「不喜歡」。我自己的詩有時也混雜在其中，幾乎次次都有首選和三選，甚至落選的。

最有意思的是，有幾次我有意不隱去詩人的名字，包括我自己的，結果發現，就有學生完全不選我。看來，這些80後的學生，還是相當「honest」（誠實）的，不因為老師在場，就非投老師一票不可。

---

[34] 歐陽昱，《詩非詩》。上海文藝出版社，2011，第3頁。
[35] 轉引自北島，《時間的玫瑰》。Oxford University, 2005, p. 84.

特朗斯特諾姆（1）

早就看過河北教育出版社出的老特的中譯詩集，並沒留下多深印象，只是覺得好像此人對非洲比較關切，歐洲的知識份子，只要思想稍微深刻點，都會對非洲比較關注，不像中國知識份子那樣，一個二個全是俯視甚至鄙視的。

2004年去斯德哥爾摩，見到當地作協幾個人，名字不記得了，也懶得去查，但說的話卻還記得，是針對老特說的，說他已經到了「above criticism」的地步。直譯便是「高居於批評之上」，用地道的漢語來說，就是這個詩人已經到了老虎屁股摸不得，誰都不敢批評他的地步。話裡雖有怨氣，但從反面看，也說明老特做得還不錯。

近看北島一書，也提到六七十年代對老特的抨擊，說他是「出口詩人」，「保守派」和「資產階級」，等。[36]這還比較誠實，但接下去，就有點不是那麼回事了，說「如今時代轉過身來，向湯瑪斯致敬。他接連得到許多重要的文學獎。」（p.182）這能說明什麼呢？得了獎就能封住口？就永生永死地「above criticism」？以得獎成敗論詩人，是最要不得的事。這麼一來的話，所有沒有得到諾獎，或險些得到諾獎的被提名人，就全不是人了。詩歌最大的特徵，除了自由之外，就是民主。只要是詩人，沒有小詩人和大詩人之分，都是詩人。

我今年下半年教四個詩歌翻譯班，輪流一趟下來，老特被選中的次數，也不是那麼多，到了最後一個人數最多的班，大約有三十來名，只有一個學生在不知情的情況下，把老特的《軌道》一詩作為首選。當我宣布各詩作者時，我開了一個玩笑，說：今年老特得了諾獎，這個首選他的學生，應該得副諾貝爾文學獎。

乾燥

看完辛博斯卡的詩集，特別是她那首「Clouds」之後，我隨手在頁邊寫了幾個字，說：「Silvia Plath，H，以及WS都有這種極其乾燥，有時到乏味的性質」。我說的「WS」，就是Wislawa Szymborska（辛博斯卡）的首字母

---

[36] 北島，《時間的玫瑰》。Oxford University, 2005, p. 182.

縮寫。我說的H，則是我認識的一個人。我現在把這首詩翻譯如下，看你是
何感覺：

《雲》

描寫雲
我得真的很快才行──
一瞬就足以
讓雲變成別的東西。

雲的商標：
形狀、陰影、姿勢、做派
決無一樣會重複。

雲不承載任何記憶的重負，
它輕而易舉地掠過事實。

雲究竟能目擊什麼？
一有事情發生，雲就散去。

生活與雲相比，
就是腳踏實地，
實際上永恆，幾乎是永久。

傍著雲邊，
就連石頭都像兄弟，
都像你能信任的人，
而雲，則是飄飛的遠親。

人要想存在就存在唄，
然後死去，一個接一個地：
雲簡直就不在乎
下面那些人

在幹嗎

就這樣，雲的傲慢艦隊
從你，以及我的全部生命之上，
平滑地巡航過去，依然不很完整。

我們走了之後，雲也無消失的義務。
雲繼續揚帆而行之時，也不想非讓人看見不可。[37]

　　當然，如果把「雲」譯成「雲彩」，把「雲就散去」譯成「雲就翩然散去」，等，那就太「詩」了，太濕了。「濕」（wet）在英文中的意思，就是水分太多。不好。

不小說

　　大約10年前，見到一個那時還是朋友，現在已經不是的澳洲詩人，知道我出了一本英文長篇小說，表現出很不以為然的樣子，嘟嚷了一句什麼，大意是既已寫詩，何必小說。

　　關於這個，辛博斯卡說得很到位。她說：「散文能夠容納一切，包括詩，但詩歌的空間只容納詩。」[38]

　　我讀了她詩集最後一首詩後，寫下了我的感想：「太好了！看了詩，就不用看小說了。純粹是浪費時間。小說的功能就是浪費時間！」

　　我將該詩譯於下面：

《ABC》

現在我永遠也不可能發現
A對我有何想法，
B是否最終原諒了我，

---

37 Wislawa Szymborska, *Monologue of a Dog*. Harcourt, 2006 [2002], p. 21和p. 23。該詩中譯者為歐陽昱。

38 同上，p. xiv. 該句中譯者為歐陽昱。

C幹嘛裝得沒事人一樣，
D趁E沉默不響時扮演了什麼角色，
F究竟指望得到什麼，
G明明知道得很清楚，卻不知為啥忘記了
H要掩蓋什麼，
I想補充什麼。
也永遠也不可能發現，
我的在場對J、K，以及其他字母
意味著什麼。[39]

這首詩的內容擴展開來的話，至少可以寫個短篇吧。

朦朧詩

我在最近的一次訪談錄中，第一次提到了我對朦朧詩的看法，那就是80年代初在大學開始大量寫詩時，對朦朧詩極為反感和討厭，覺得那東西很假、很做作，不是我心裡想說的話。我的詩風，跟那也完全不是一體。1980年代初我寫的一首標題為英文（即「Candid Camera of University Life」）的長詩，開頭是這樣的：

1.

又是這樣一個夜晚，我回到
散發汗臭、鞋味、混合的屎尿和
冬青的芳馨、咳痰聲、拖鞋擦地的
房間、我脫去夜露舔濕的衣褲、我露出
露出囚禁在衣籠中的裸體、各個房間的
音樂像痰沫、像石灰、像濃霧
穿過汗透的走廊、粘在我的耳輪上、又是這樣

---

[39] Wislawa Szymborska, *Monologue of a Dog*. Harcourt, 2006 [2002], p. 95。該詩中譯者為歐陽昱。

一個夜晚、我坐在桌前、不時提筆又停下
視而不見地看箱子、碗、衛生紙、鎖、書包
看唧唧鳥叫、敞開一窗、紙頭寫兩行
不道德、手把短褲往下拉、往下拉、
腰眼、賭氣眼、半個光光的屁股、我多想
將人類的源頭解放、但有什麼東西拉住我
是蟋蟀？它在夜的音箱中歌唱、是月亮？
它被日光燈逼得黯淡無光、我用摸過腋
窩、抓過蟻瘡、揉過湖波、撿過桐皮、
翻過詩集、看過黃昏的手撥弄詩的琴弦、
那鏽蝕欲斷、久不彈響的琴弦、泉水堵
住了、形成一潭混濁的死漿、飄著一團團
倒斃的蟻蠅和腐爛的羽翅、手摸索著
顫抖著摳進堅硬的岩縫、用勁地抓呀、撥呀、
推呀、擊呀、岩石鬆動、脫落、一塊塊掉下、
泉水緩緩地緩緩地滲透、流沁、細小的水珠、
猶如手臂的汗珠密密、我要泉水暢通無阻、
要你急遽兇猛地奔跳喧囂、要你一瀉千
裡、經久不息、手仍然在清除這擋道的頑石、
又是這樣一個夜晚、我坐在桌邊、
憤怒地清除詩溪擋道的頑石⋯⋯

　　沒想到，廖亦武當年也討厭朦朧詩。他在書中寫道，他和李亞偉「像兩匹餓狼流落街頭，一個勁地咒罵朦朧詩」。當然，個中原因不乏「冷遇」。[40]

　　關於朦朧詩，我想說什麼呢？什麼都不想說，要說的已經都說了。

About nothing

　　美國詩人John Berryman談龐德的《詩章》時，稱該詩是「about

―――――――――――
[40] 廖亦武，《六四：我的證詞》。臺北：允晨文化，2011，p. 49.

nothing」，也就是什麼都不關於。這個說法，讓我想起多年前與澳洲作家Alex Miller的一次電話聊天。他告訴我，正在寫一部長篇。我問他寫的什麼。他說：It's a novel in which nothing happens。（一部什麼故事都沒有的長篇小說）。

還有一年，悉尼一個詩人翻譯了一部冰島還是挪威詩人的詩集，想請我看看並為之寫一段讚語。記憶中，那部集子用盡了各種比喻，但除了冰雪還是冰雪，只能用「空無」二字形容，也就是「nothing」。那段讚語我寫了，但現在一個字都不記得，也歸於空寂，還是「nothing」。用Alex Miller的話來說，這應該是一部「什麼內容都沒有的詩集」。

英國詩人濟慈，把「impersonal」（無人、非人）看作詩歌的最高境界，那不僅如入無人之境，那根本就是不留人跡之境。據他講，做一個詩人，就是永遠退出自己，進入另一人體，否則就不叫詩。

有一朋友評斷好文時愛用「空靈」一詞，好像文字如果「空」起來，就會有「靈」。不對，我想起來了，他愛用的那個讚語是「飄逸」，其實意思也差不多，只是更好聽罷了，因為只有「空」，才能「飄」，才能「逸出」，才可飄逸。

對空無的追求，也表現在命名上。有個朋友曾告訴我，乃父名叫「魏無我」。這個名字如果在英文中進行小簽，即「initial」（利用首字母簽名），那就成了「www」，一個絕對充滿了「有」的「空無」，進入虛擬空間。

對空無的追求，即是對無我的追求。據黃仁宇說，明朝的耿定理最後悟出，所謂儒家的「仁」，即是「無我主義，一個人成為聖人，則是把自我之有化而為無，進入了寂滅的境界，以致『無聲無臭』」。[41]從這點看，有點像把人做得像一座打掃得絕對乾淨的廁所，如日本那樣。

這裡面有個悖論。中國人一方面要「仁」得「無聲無臭」，同時沒有一個地方的廁所不是臭得可以。其次，「仁」字不「仁」，怎麼看都很二。如果把單人旁拿掉，那根本就是「二」。這個「仁」字，是言行不一的典範，不僅字面上看是人而為二，實際上也。中國人要想「仁」到「無聲無臭」，先把自己屁股擦乾淨、廁所弄得「無臭」再說。否則「寂滅」就是一句空話，一句謊言，等於是死滅。生而為人，卻把至高理想定位在寂滅和死滅上，那不很二又是什麼?!

---

[41] 黃仁宇，《萬曆十五年》。中華書局，2011 [2007], p. 196.

John Berryman批評濟慈，說他講究詩人的「impersonality」（無個性、非個性、個性之泯滅），強調詩人「沒有身分─他持續地進駐其他某個人體、為著其他某個人體並充滿其他某個人體」，[42]但他實際上還是很講個性的，否則就不會因為反對蒲柏以及蒲柏寫的荷馬而寫下那首關於Chapman寫的荷馬的詩。[43]

John Berryman對龐德的誇讚，也是基於後者的人性和活力，而不是相反，「so 'personal', and yet very fine」（如此具有「人性」，又如此十分優秀）。[44]

Marry the Night

晚看Channel V音樂台，看到一曲，是Lady Gaga演唱的，叫《嫁給黑夜》，隨後就上網看了歌詞，隨手就譯了其中幾句：

> I'm gonna Marry the Dark
> Gonna make love to the stars.
> I'm a soldier to my own emptiness.
> I'm a winner.

隨譯如下：

> 我要嫁給黑暗
> 我要跟星星做愛。
> 我是陪伴我自己空虛的士兵。
> 我得勝。

看來，以前聽說Lady Gaga唱的東西給人inspiration（激勵），此話不假，儘管她有時性感得彷彿讓人目光一接觸就會射精。

---

[42] Qtd in John Berryman, 'The Poetry of Ezra Pound', in Ezra Pound, *New Selected Poems and Translations*. ed. Richard Sieburth. New Directions: 2010, p. 384.
[43] 同上同頁。
[44] 同上，p. 387.

International Lover

接下來聽的一首歌叫《國際愛人》。我從兒子那兒一聽這個歌名，就說：這用英文來說不就是「promiscuous」（濫交、群交）嗎？用漢語來說不就是「亂搞」嗎？

其中有句雲：

I've been to countries and cities I can't pronounce
And the places on the globe I didn't know existed
In Romania, she pulled me to the side and told me
'Pit, you can have me and my sister'[45]

我去過的國家和城市我都叫不上名字
這個星球上我還去過的地方，我甚至都以為並不存在
在羅馬尼亞，她把我往旁邊一拉，對我說：
「皮特，你想要，我連我姐一起給」

好玩，這個東西！一般來說，這種東西詩意不足，熱情有餘，但個別地方還是不錯的，比如把黎巴嫩的女人形容成「bomb」（炸彈），就很不錯。

Lishi

廖亦武引用一個「哲人」的話說：「從我們身邊逝去的每一秒都是歷史。」[46]

這至少讓我想到了歷史的數種讀法：曆詩、歷史、曆死、曆屎、曆實、曆失，以及無可解的lishi。

---

[45] 參見：http://www.metrolyrics.com/international-love-lyrics-pitbull.html
[46] 廖亦武，《六四：我的證詞》。臺北：允晨文化，2011，p. 149.

陽光

　　我記得自己有首詩裡，把陽光比作「狗屎」，觸發自己想起這首，是因為看到廖亦武寫的一句話，說：「某日清晨，陽光明媚得像嬰兒的糞便。」[47]

　　我通過「Search」鍵在電腦中搜索了半天，也沒有找到那首含有「狗屎」二字的詩，倒是找到了這些年來以陽光為題而寫的若干詩，一首首發在下面，從前往後，循序漸進。下面這首沒有標題，寫於1998年6月2日：

> 陽光有一瞬間
> 使人神情惝恍
> 藍天只是藍得
> 沒有別的模樣
>
> 太陽階石上
> 曬著太陽
>
> 閉起眼睛
> 有一種酸的情結在漾
>
> 耳邊有人在說
> 何必輕生，同時撫摸著手掌

　　好像那時我很悲哀似的，現在，2012年的1月6日晚上，除了這首詩和詩的字，我什麼都不記得了，甚至連為什麼寫都不記得。下面這首是一首散文詩，現在還清楚地記得，那是坐在墨爾本市春天大街和博克大街交界處的一座咖啡館，寫於我2000年9月29日生日的前一天：

《關於陽光的一次經歷》

> 早上。墨爾本。九點半之前。或者之後。半邊陽光的街。半邊陰影的街。半邊陰影的街上走著的我。

---

[47] 同上，p. 180.

綠色潑出的巨大弧度。十九世紀之前的建築。

陽光。曬在身上很暖的東西。看見了Hard Rock Café。在半邊陽光的街。半邊陰影的街的對面。回憶。北京二十世紀最後一年九月我生日的那天。也是一個叫Hard Rock Café的地方。晚上。全是燈光。現在這句話想起了當時那句話：攜帶毒品或武器者不得入內！跟一個女人打了手機。她一如既往地閃爍其辭。燈光閃爍。照相機燈光閃爍。把餐桌往大街上搬的女人。不是外國女人。我是外國人。曬在身上很暖的陽光。和桌面。叫了一杯咖啡。擋住陽光看一本中國的雜誌。半邊陽光的紙。半邊陰影的紙。沒有感覺地看著那些詩。那些叫詩的東西。半邊臉被遮住。半邊思想被陽光照亮。

發動車。撳下電動按鈕窗。駛進陽光。人的腳在半邊陽光的街。半邊陰影的街。漂亮勃起的高跟皮鞋。露出足趾和三橫兩豎白色皮膚的高跟涼鞋。

想起。月亮的詩。從來都是月亮的詩。半邊陰影的街。想起。名字。我的名字。陽。陽性。陽光。曬在身上很暖的東西。曬在我的名字上。一道聚光。曬在中間那個字上。那個勃起的字上。

又想起。去年的那天。今天的明天。Yang. Young. Yes, Young!

　　下面這首寫完後，自己做了一個注解，是這麼說的：2004年12月7日星期二晨寫于金斯勃雷，近中午修改，鍵入自己名字時，出現「獄」字，於是將錯就錯，因此，我這首詩的作者署名就是「歐陽獄」。

《午夜陽光》

因為近視
我發現我的書架上
出現了一本新書
標題是：
《午夜陽光》

這標題挺有意思！
待我走近
才恍然
原來是《午後陽光》
多麼乏味的標題！
難怪我從不記得
自己曾經買過該書

　　接下來這首2004年4月27日寫於丹麥的奧爾胡斯，是在旅館廁所大便時寫的：

《陽光難得》

在北歐在丹麥陽光難得泥塑木雕的臉隨著陽光轉陰、轉晴、轉雨在丹
麥在北歐難得陽光石頭鋪就的老路對我說不發展才是硬道理在北歐在
丹麥陽光、難得、海水在河灣氾濫
　　下面這首是2005年12月8日寫於墨爾本我住的地方，即金斯伯雷，或金
斯勃雷，我倒是比較喜歡後面那個譯法：

《無題》

陽光從樹中照下來的時候
感覺還是樹好，人不好

陽光從樹葉中照下來的時候
有一點煙靄在樹幹間流動

一些黃葉被陽光照亮
感覺還是樹好，人，不好

　　下面這首詩一看標題，就知道寫於何處。那是有一年跟老婆到墨爾本附
近車程一小時的海邊城市Geelong度假時寫的，應該就是早晨在臨海餐館的
大窗戶邊寫下來的，看看最後的細節，才知道這是2009年9月5日，我的細節

是「早飯時寫於Geelong的Chifley on the Esplanade早餐廳窗前。次日晚上打字並修改於金斯勃雷家中」。我很感激我自己，如果當時不把這個細節記下來，現在肯定什麼都記不得了。當然，如果根據那些所謂詩人或專家的意見，詩就是詩，跟週邊的一切都無關，那當然不用記，但幸好我不是那種鳥人。

《在大海和陽光的結合部位》

每天早上
那個地方
就會接受陽光
它特別明亮
它沒有任何
除空氣之外的
東西
它在你看它的時候
把你的目光引去
那是一道很長很長的白光
看久了會在眼球上
燒一個洞的

下面這首乾脆以「陽光」為題。別人不知道，但我是知道的，因為裡面有個密碼，即「洪」字。那是我一個朋友，在蛇口當一家大公司副總，1999年我回國時，才驚聞他41歲時就已去世，而且始終不知道他是因何原因去世的。關於這首詩的寫作，詩寫完後我給自己有個交代：「2010年9月28日星期二早上9點11分，根據第二次大便時的手稿擴展改寫」。詩而屎，屎而詩，shi而shi：

《陽光》

多日不見的陽光
早晨
心情透亮

一些溫暖的陰影
某個亡靈的復甦
洪，例如
寫字、寫事、寫詩
慢慢地，趨於，更亮
隨著陽光的轉移
我下落，進入日子的米

　　下面這首還是以陽光為題。我太喜歡陽光了，特別是澳大利亞的陽光，那是中國的陽光不能比的。不是外國的月亮圓，但的確是外國的陽光亮。

《陽光》

陽光太強烈
我把窗簾拉上
坐在電腦前修改譯稿

陽光突然滅掉
室內黑暗一片
我突然什麼都看不見

陽光轉而回升
彷彿有人滅燈
又逐漸擰亮開關

陽光停在一半的地方
原稿字跡依稀可辨
我詩意陡升，停鍵另開文檔打字

陽光再滅又再起
我懶開窗簾
任陽光在外嬉戲

下面這首也寫於2011年，我給自己和歷史的交代是：「11.6.29午飯後寫於餐桌旁，寫於「I Roll the Dice」一書的前頁，11.7.9號晚上打字修改」。

《陽光下》

我在陽光下
讀詩

身邊，螞蟻
成群

陽光打在臉上
熱熱的

天上好像有人在
拍戲

我轉身開門
進屋

只說了一句
這詩

寫得不好
不看了

不知道詩歌是不是有感應。反正我這首詩寫了後，一直沒有示人，但該詩集的編撰者，一個住在亞洲的澳大利亞詩人，突然之間對我冷淡下來。本來說去年年底要出我一本翻譯詩集的，現在早已過了新年，給他去了兩信，他也拒不回復。想必是詩歌得罪了。但是，我總不能不誠實吧。

《在陽光下行走》

在陽光下行走
在午後的陽光下行走
在午後陽光下的The Fairway行走
天空的雲讓人好想回家去拿相機
又讓人產生把雲攝入眼中的瞬思
在陽光下行走
去Link大街的Milk Bar買煙
見一位華人老婦
在自家院裡摘檸檬
見一戶人家院子裡
明花亮眼，看過之後
回頭又去看，又去看
在陽光下行走
與一白人女子擦肩
而過，不打招呼
在陽光下行走
在澳洲墨爾本8月28日星期天的春天裡行走
是一人，還是一人，永遠都是一人
在陽光下行走
與任何人都沒有關係
準備一進屋
就寫那首詩
與此同時
《在陽光下行走》的標題
已經想好
寫好那首詩
抽好那棵煙
就寫這首

這首詩的細節就在這兒：「2011年8月28日下午3點17分寫于金斯伯雷家
中」。

孤獨

美國詩人羅伯特·弗羅斯特一本609頁的英文詩集看完，總的來說覺得不怎麼樣，一是好的早已看過，二是除了好的之外，其他就很一般。倒是有一首長詩中，有一段詩談孤獨，覺得不錯，隨譯如下：

> 不，從人病得要死起，
> 人就孤獨，而他死的時候，就更孤獨。
> 朋友都假裝跟著一起去他墓地，
> 但人還未下葬，心思就轉到別處，
> 紛紛想法，回到生活，
> 回到活人身邊，回到理解的事物。
> 是的，人世惡極。[48]

這種孤獨，讓我想起廖亦武。他說他寫作時，家裡人全不理解，全「不過問」。接著感歎道：「一個人被冷落久了，就會莫名其妙發火。」[49]

這種感覺，我也有，不僅是被家人冷落，更多的是被朋友，其實根本算不上朋友，都是那種人一死，「心思就轉到別處」的人，甚至人沒死，心思早就轉到別處的人。有時發起火來，就恨不得把電子郵件當槍，一槍打死對方一個，凡是不喜歡的都打死。「是的，人世惡極」，包括自己。

Writing against

下面是今天給大陸一個馬上要去美國，準備寫些介紹性英文文章，向我「求教」的學生的回信：

> 無論你想寫什麼都沒問題。金斯堡寫的人很多，但在中國都觸及不到深處，因有忌諱。你要知道，他是同性戀，寫的愛情都與之有關。所以中國的詩人寫他，根本就連皮毛都沒有摸到，盡說些別的。我要是

[48] Robert Frost, *The Poetry of Robert Frost*, ed. by Edward Connery Lathem. London: Vintage Books, 2001 [1971], p. 54.
[49] 廖亦武，《六四：我的證詞》。臺北：允晨文化，2011，p. 205.

寫他和中國的關係，肯定要探討中國同性戀詩歌問題，這方面有墓草，你可查查看。

另外，不能光為了搞論文而寫論文，要寫自己最想寫的東西，一切都在其次。

關於我，這邊最不瞭解的是我早年的創作，特別是1991年出國之前的。我上次給你的長詩，其實寫於1982年，那時我寫東西的風格，現在已經做不到了，也寫不出那種長度和氣勢了，但絕大多數（總有幾千首）都是沒有發表的。據某詩人認為，那個長詩（其實標題是英文：Candid Camera of University Life），不僅比李亞偉的《中文系》（1985）寫得早，而且也比他寫得好。這不是我說的，是別人說的，而且是站在當代中國文學的角度講的。

中國的文壇還是江湖，誰匪氣、霸氣，誰就占山為王。這不是沒有好處，至少可以暫時翻天，不讓人壓著自己。但是，撇除一切，最終還是要看文本。我20幾歲時寫的東西，是與那個時代的文壇沒有什麼關係的，最討厭的也是當時流行的朦朧詩。

詩歌，說到底，是一種writing against，而不是writing for。
所謂「writing against」，就是對著幹的寫，而不是為著什麼的寫。

羅伯特•弗羅斯特

美國詩人弗羅斯特的詩，大學時代都讀過，還譯過，三十多年後，買了一本他的全集，想重新找回青年時代的感覺，但大多數看了沒感覺，只是有些地方，有些細節還不錯，比如這首詩裡有這兩句：

Like girls on hands and knees that throw their hair
Before them over their heads to dry in the sun.[50]

---

[50] Robert Frost, 'An Encounter', *The Poetry of Robert Frost*, ed. by Edward Connery Lathem.

譯過來就是：

> 就像少女手膝著地，越過她們的腦袋，
> 把頭髮朝前甩出去，在太陽地下曬。

很強烈的畫面感。

在另一首詩中，有這兩句，頗像澳大利亞作家萊維爾・赫伯特小說中寫蜘蛛網那段。他說：

> On the bare upland pasture there had spread
> O'vernight 'twixt mullein stalks a wheel of thread
> And straining cables wet with silver dew.
> A sudden passing bullet shoot it dry.[51]

譯成中文便是：

> 夜裡，山地牧場上，
> 毛蕊屬植物莖杆之間，彷彿布下了
> 一片輪狀的線條和繃緊的拉索，濕濕的滿是銀露，
> 一顆子彈突然劃過，就把它全抖幹了。

弗洛斯特的大多數詩都押韻，我掏心地挖了一塊，就沒有太在乎它的韻律，但其描寫之美是不言自明的。我一邊寫這個，一邊在電腦裡找我翻譯的那個長篇，現在找到了，是這樣的：

> 蒂姆站起身來，提起他那盞畏縮的燈。他在陽臺前停下來看了看兩隻廊柱間扯著的一張蜘蛛網。上面掛著細小的露珠，在新生的陽光中閃閃爍爍，鑽石都沒有這樣好看。它就是一根絞扭的寶石繩子，比世上活著的所有女王的珠寶還要寶貴，那是卡普里柯尼亞女王的大自然皇冠珠寶！[52]

London: Vintage Books, 2001 [1971], p. 121.
[51] 'Range-finding', 同上，p. 126.
[52] 萊維爾・赫伯特（著），歐陽昱（譯），《卡普里柯尼亞》。重慶出版社，2004，p.

看來記憶沒錯，只是不完全一樣，但各有特色罷了。

讀詩之妙還在於，它能觸發許多已經失落的記憶。弗羅斯特的詩不僅寫景優美，而且頗帶哲理，往往是基於日常生活的哲理，這是當代中國詩歌所缺乏的。他在一首詩中說：

> ……知道嗎，
> 考慮市場情況的話，現在
> 生產的詩歌，比任何時候都多？
> 難怪，詩人有時不得不裝得似乎
> 比商人還要商人氣。
> 他們把貨甩出去，要比商人難得多得多。[53]

又簡單，又直接，還很到位，而且幽默，同時，讓我想起2004年在丹麥見到丹麥詩人諾班特時，他關於澳洲詩人Les Murray說的一句話：那個人見過一次，是在以色列，看上去像個商人。[54]要知道，Les Murray向來被認為是澳大利亞最有奪取諾獎的詩人，一度曾經到了像特朗斯特諾姆那種老虎屁股摸不得的程度。有一人在雜誌上批評他後，無數人起而為之辯護。

弗洛斯特還有一個關注的主題，即文學創作的國別問題、動因問題，這從他詩中兩個地方凸顯出來。一個地方他說：「我是個文學動物／我不缺乏讓我睡不著覺的痛苦」。[55]

另一個地方他說：「只要生活一直都過得很不可怕／那我們在美國如何寫出／俄國式的小說？」[56]換句話說，如何在美國寫出中國「文革」或「六四」的小說，如果他們從來沒有過那種痛苦體驗的話？

接著他說：「我們沒有苦難的理由，／那就能體驗多少就體驗多少唄。」[57]聽上去有點兒驕矜，有點兒自視過高，但實際情況也許就是如此。要澳大利亞人或美國人去體驗中國人曾經體驗過的苦難，哪怕是文字中傳達

219.

[53] Robert Frost, 'New Hampshire', *The Poetry of Robert Frost*, ed. by Edward Connery Lathem. London: Vintage Books, 2001 [1971], p. 164.

[54] 如果真要註腳這句話的出處，其出處只能在我的記憶中。

[55] Robert Frost, 'New Hampshire', *The Poetry of Robert Frost*, ed. by Edward Connery Lathem. London: Vintage Books, 2001 [1971], p. 166.

[56] 同上，p. 167.

[57] 同上，p. 167.

出的，也是極為有限的，只能是「get what little misery we can／Out of having no cause for misery」。（p. 167）

弗洛斯特的寫景詩頗有古風，讓人想起唐代詩歌的同時，又完全是美國式的。比如有一首很讓我憶起「花落知多少」：

《到家》[58]

雨對風發話：
「你推我來打。」
花園在風雨夾擊下，
朵朵花跪下，
樣子很到家——一朵也沒死。
我知道，花的感覺是啥。

順便說一下，這首詩從浸透性愛的我們這個時代，還有一種性愛的解讀方式，我就免了解說了，相信你一定是讀得懂的。

讀別人的詩，還有一個好處，那就是讀的時候，會引發詩興，讀詩的詩人或許會欣然提筆寫詩。我不知道別人怎麼做，但我至少做了一點，在讀到某首詩時，連帶著也把寫了什麼詩這件事，在該詩邊上簡單注下一筆。以後詩人走了，想研究他的人，如果有幸找到原書和這一簡單注釋，說不定又是一個研究的好材料。中國搞研究的人，向來不認真，不仔細，我對他們不抱希望。澳洲人雖然比較注重細節，但這個國家條條框框太多，學術領域很不自由，加之懂中文的學者很少，也很不好，所以我對他們也不抱任何希望。我還是把那首詩擱在下面吧：

《春冬》

春冬之交
春冬不交
春動冬膠

---

58 'Lodged'，同上，p. 167.

10月4日
花已開過
仍穿肥衣

滿地煙蒂
風吹灰起
任春歸去

春動冬止
冬止於詩
春去他處

春冬不交
無複良宵
生活如故

一場夢過
紛紛花落
不再提起

春冬之交
春冬不交
春動冬止

　　我想到寫這首詩時，正好看到弗羅斯特「Bereft」那首詩的中段。[59]今後想研究的學者可能還有點希望的是，我一般不會把自己看過的書賣掉。

　　過了很多年我才發現，不少年輕時激進得一塌糊塗的人，一步入中年，就保守得比他們當年反對的人還要保守。這，就是弗羅斯特在一首短詩裡，一針見血提到的情況：

---

[59] Robert Frost, 'Bereft', *The Poetry of Robert Frost*, ed. by Edward Connery Lathem. London: Vintage Books, 2001 [1971], p. 251.

I never dared be radical when young

For fear it would make me conservative when old.[60]

我的譯文如下：

年輕時我不敢激進，

怕的是年老了反而保守。

當我想到這個現象時，腦海中掠過一連串的姓名，都是我能指名道姓說出來的，但我肯定閉嘴不言，因為他們自己心裡太清楚不過自己是不是這樣的人。

我年輕時寫了不少仇恨詩，下面這首（但是我怎麼也找不到那首題為《恨》的詩了，包括80年代初用手寫的），那就暫時作罷吧。我提起這個，是因為弗羅斯特寫的一句詩。他說「The best way to hate is the worst」[61]（最佳的仇恨方式也是最壞的）。

圓，僅就一個圓字，是很有意思，也很有意義的。儘管有個美國人寫了一本《世界是扁的》暢銷書，我還是覺得圓有意思。萬事萬物（包括人）能夠動起來，靠的就是這個圓。弗羅斯特有句雲：

……我們都是球。

我們都是圓的，來自同樣的圓泉。

我倆都是圓的，因為大腦是圓的，

因為所有的推理都是轉著圓圈的。

至少，這就是宇宙為何是圓的道理所在。[62]

為何譯成「圓泉」？因為他用的是「the same source of roundness」（同樣一個圓的源泉）。廢話！與其這樣，還不如創譯一個「圓泉」好。中文裡如不這麼說，就更證明我有理由這樣譯。否則還談什麼創！

中文的「眉目傳情」，我從來沒有在英文中找到合適的表達方式，直到

60 Robert Frost, 'I. Precaution', *The Poetry of Robert Frost*, ed. by Edward Connery Lathem. London: Vintage Books, 2001 [1971], p. 308.

61 Robert Frost, 'The Vindictives', 同上, p. 312.

62 Robert Frost, 'Build Soil', 同上, p. 322.

看到弗羅斯特這句詩：「Eyes seeking the response of eyes／Bring out the stars, bring out the flowers」[63]（眼睛尋找眼睛的回應／把星星請出來，把鮮花請出來）。這個「眼睛尋找眼睛的回應」，就頗有「眉目傳情」的意思。

詩人和詩人之間，哪怕隔著年齡、國度和語言，有時也會找到共同點，比如，弗羅斯特有句詩，就讓我想起我自己的英文詩。他說：

　　我們一隻手愛，一隻手恨。
　　愛手用來相牽，
　　恨手用來打人。
　　打人時下手不比牽手重，
　　否則，就會打得不再相親，
　　衝突過不了一個回合。[64]

我的英文詩集Songs of the Last Chinese Poet（《最後一個中國詩人的歌》）中，第91篇詩章寫道：

　　愛與恨
　　是兩條腿

　　一條腿動
　　另一條腿也得動

　　兩條腿走過的距離很遠
　　就在生死之間[65]

　　你把一條腿截肢
　　另一條腿就殘廢

有誰說得清楚愛是怎麼回事？誰都說不清楚，特別是對弗羅斯特這個曾有過婚外情的詩人來說，就更其如此了。他這部長為607頁的詩集中，幾

---

[63] Robert Frost, 'All Revelations', 同上，p. 332.
[64] Robert Frost, 'The Literate Farmer and the Planet Venus', 同上, p. 371.
[65] 英文原文參見：Ouyang Yu, Songs of the Last Chinese Poet. Wild Peony, 1997, pp. 89-90.

乎很少言愛，值得記取的也就這一句：「There's no knowing what／Love is all about.」[66]（愛究竟是怎麼回事／是沒法知道的）。這大約跟他的一個著名主張有關。他說：「A poet never takes notes. You never take notes in a love affair.」[67]（詩人從來不做筆記。有婚外情的時候，你是絕對不會記筆記的）。看來，這位生於1874，卒於1963年，還沒有體驗過視頻時代的詩人，比我們這個時代的大多數人都智慧，他再活一百歲，會不會改變主意，用視頻方式把婚外情錄下來，就不得而知了。

弗羅斯特對詩歌有這樣一句看法：「A poem begins in delight and ends in wisdom」[68]（詩歌始於欣悅，止于智慧）。我同意，因為我覺得，他本人也是如此，那本詩集越看到後面，這種感覺就越強烈，尤其是他寫的這句詩：「Nothing can go up／But it must come down.」[69]看似簡單，譯起來不易，其實是說：「能夠上去的東西／最後沒有不下來的。」想一想那些火箭一樣升空的暴發戶新星吧，難道不是這樣嗎？這是反說。再想想我們坐飛機去遠方，飛得再高再遠，最後也還是要「下來的」。

我最喜歡弗羅斯特的一句詩，是詩到末尾時看到的。他說：「Failure is failure, but success is failure」[70]（失敗就是失敗，成功也是失敗）。

舉世間沒有不喜歡成功，不想成功的人。前不久與一個藝術家通話，她還津津樂道地談起如何成功的秘訣。我卻告訴她：我越來越厭惡藝術家，他們在我眼中，沒有一個是藝術家，都是金錢至上的商人，唯一比商人多的是，他們知道怎麼玩藝術。這個世界最糟糕的地方在於，一個人一旦不成功，就像狗屎一樣無人理睬，就好像沒有活過一樣。這樣的價值觀念，顯然是不利於大眾的，也是我絕對不能接受的。每一個人，哪怕永遠不成功，也是有其自身的價值的。

至於說為何「成功也是失敗」，只要看看特朗斯特諾姆就夠了。得了諾獎之後怎麼樣？他能再得一次嗎？他能死後再得嗎？那個獎能保證他的書人人看過都說好嗎？當然不能。至少我不認為太好，因為根據我目前看的情況，實在是不敢恭維。這就是成功的失敗。

---

[66] Robert Frost, 'Kitty Hawk', *The Poetry of Robert Frost*, ed. by Edward Connery Lathem. London: Vintage Books, 2001 [1971], p. 429.

[67] 參見：http://www.brainyquote.com/quotes/quotes/r/robertfros113309.html

[68] 參見：http://www.brainyquote.com/quotes/authors/r/robert_frost.html

[69] Robert Frost, 'Kitty Hawk', *The Poetry of Robert Frost*, ed. by Edward Connery Lathem. London: Vintage Books, 2001 [1971], p. 437.

[70] Robert Frost, 'A Masque of Mercy', 同上, p. 512.

　　不能說諾獎對人完全沒有影響。最近老特得獎，就導致我買了他兩本，回來後頗為後悔，因為另一本基本上是這本Robert Haas的1987年英文選本的重複。老實說，看完之後，我還是不喜歡老特的東西，關鍵的問題是過於重複，特別是在一個英文字「dark」上，雖有一些變異，如「darkness」，「darken」，但基本上都是這個字。

　　這本書共有187頁，出現該字的地方有4（2次），7，10，15，17（2次），20（4次），26，29（2次），33，34（2次），36，37，42，51（2次），57，58，62，71（2次），73，77，78，82，84（2次），87，89，91，93，94（2次），100，102，109，110（2次），119，124（6次），150，154，171（2次），173。一本187頁的書，居然在如此之多的頁碼上出現如此之多次，有時一頁多達6次，這是無法令人容忍的。我在懷疑，諾獎是否因為他詩中出現的「dark」字數多於常人（常詩人）而發給他的。不僅如此，詩中用到「black」或「blacken」的地方也不少。現在這本書看完，能夠疊耳朵讓我今後翻譯的少之又少，大約只有三首。當然，我暫時是不會告訴你的。下面把我看詩的感覺簡述如下。

　　一個人的詩如果寫得不動人，看得累，我往往就會把字讀錯或看錯。我跟別人不同之處在於，我不會繼續看下去，而會暫時停一下，把讀錯的字記下來。比如，在第21頁，有這樣一行：「A bagpipe tune approaches, with its skirl／of freedom」（風笛的音調在接近，帶著它銳響的／自由）。[71]我看花了眼，把「skirl」看成了「skirt」，於是這行詩成了「A bagpipe tune approaches, with its skirt／of freedom」（風笛的音調在接近，帶著它裙子的／自由）。

　　繼續往下看，看到「Solitary Swedish Houses」（《孤獨寂寞的瑞典房子》）這首，完事（完詩）後，我用漢語評道：「太一般」，同時又在末尾用英語寫道：「does nothing for me at all」（對我來說一點感覺也沒有），同時注明是「12.15分中午電車回家途中」。

　　接下去那首（p. 27），我的老毛病又犯了，把「May-rain」（五月雨）錯看成「May-ray」（五月光），把「bluish-green」錯看成「bruised-green」

---

[71] 參見：Tomas Tranströmer, *Selected Poems*, edited by Robert Haas. The Echo Press, 1987, p. 21.

（打青的綠色），把「attention's instruments」（注意力的器械）錯看成「attention's furniture」（注意力的家具）。

再繼續看，每首都看，是站著拉尿看的，一泡尿一首詩，沒有感覺，一直看到第50頁，這時，我在下面註腳記了一筆：「那幅畫」。那個註腳說的是，該詩主人公是Nils Dacke（卒於1543年），瑞典一次農民戰爭的領袖，後來打了敗仗。這使我想起在斯德哥爾摩博物館參觀時，曾在一幅畫前久久駐足，被該畫所畫的敗軍將領的英雄氣概所震撼。好奇怪吧，敗軍將領的英雄氣概？是的，敗軍將領的英雄氣概。我很喜歡人戰敗後還有這種堅韌不拔。我在中國人的畫筆下從來看不到這種打敗後也打不敗的精神，所看到的從來都是虛驕和浮誇。所以我提醒自己，這個註腳讓我想起了「那幅畫」。

再看，看到第55頁「Espresso」這首，在末尾寫了一個評注說：「似曾相似」。這兩行詩是這麼寫的：「that give us a healthy push: Go!／The courage to open our eyes.」（靈魂給我們健康的一推：去吧！／給我們睜眼的勇氣）。第二次再看，我覺得很像袁枚的某首詩，那首推松的。結果沒找到。再找，好的，找到了，原來是辛棄疾那首《西江月》，最後兩句雲：「昨夜松邊醉倒，問松我醉如何？只疑鬆動要來扶，以手推松曰去。」

看到第57頁時，我記了一筆：「什麼爛詩」，同時把「a loud clamour」（大聲喧嘩）錯看成「a cloud clamour」（雲嘩）。

繼續往下看（其實，準確地說，我不是這麼順序看的，而是亂翻著看的，看一首做一個記號，免得重複），看到第85頁，我又看錯了字，把「whole house」（整幢房）看成「whole cause」（整個事業）。

看到「The Name」（p. 93）這首，我記了一筆，說：「跟那首很像，喜寫高速公路」。我說的「那首」，就是《揚子江詩刊》（2011年第6期）所載的《孤獨》那首。（p. 49）實際上，那首的英文不止一首，而是分成數段。中譯只是截取了其中一段。這不太好。

看到第102頁時，我繼續犯錯，把「thousands of times」（上千次）看成「thousands of crimes」（上千罪）。

看到「Standing up」這首（p. 103），我在一行詩的地方打了一個讚許和欣賞之鉤。該行雲：「Every man unimpeded, but careful, as when you stand up in a small boat.」（人人都無阻礙，但都小心翼翼，好像站在一隻小船中）。這是一首寫非洲的。中國詩人中，好像只有樹才寫過非洲，其他人都不屑。中國人這種人，是最小人的一種，看歐美是舉眼，看亞非是橫眉。如果做人都這樣，當然讓人瞧不起。

第110頁的「Further In」這首，又被我記了一筆，寫的又是高速公路，講的又是那種孤苦無告的孤獨情緒。我說：「看起來很像那loneliness」。這首詩，在第119頁，又找到一首頗為類似的東西，題為「Elegy」，被我記道：「與110同」。

看到第141頁的「For Mats and Laila」時，我又看錯，把「I notice the hills」（我注意到山巒）看成「I notice the bills」（我注意到帳單），覺得好玩。對了，老特的詩如果說有什麼致命的弱點，那就是乾巴巴的，死氣沉沉的，一點幽默感都沒有。不過，我認為，這首詩還不錯。我也是這麼在該頁記下來的。該詩最後一行被我底線了：「Somebody keeps pulling on my arm each time I try to write.」（每次我想寫字，就有人拽我胳膊）。

接下來的第143頁，我在一行下打了底線，注了一個字「廖」。這行詩說：「he who gets a river to flow through the eye of a needle」（讓一條河從針眼中穿過的那人）。我知道「廖」是啥意思，它指的是廖亦武。廖在書中也有一個類似的比喻，說：「我的針眼裡能過去幾萬匹大駱駝」。[72]

在第146頁，我在「learning to talk after the car crash」（車禍後學會說話）旁邊，我注到：「寫的都是這類東西」。之所以這麼說，是因為我感覺到，他很多詩的素材，都取自他所接觸的精神病人或有精神創傷的人。

在第148頁，我記道：「Cf. 詩xj」。有那麼一刹那，我不知道我在說什麼，跟著我就明白了。先說我側劃線的這部分詩吧：

Because the "last word" is said again and again.
Because hello and good-bye...
Because a day like today...

Because the margins will finally rise
over their edges
and drown the text.

先譯在下面，再講原因：

因為「最後的話」說了一遍又一遍

---

[72] 廖亦武，《六四：我的證詞》。臺北：允晨文化，2011，p. 457.

因為哈羅和再見……
因為一天就像今天……

因為邊緣終將升起
超越其邊沿
而把文本淹沒。

最後這句不錯，但問題出在「因為」，這是因為它使我想起多年前我去北京看高行健，把自己的詩歌習作給他看時，他批評說我的詩歌中用了太多的「因為」。他還建議我學學北京青年使用漢語的那種溜刷。我聽著，但心裡並不服氣，甚至覺得他說得並不對。我筆注的「xj」，指的就是「行健」。

誤讀又出現了，在第150頁，這次我把「a shunting station for freight cars」（貨車調度站）看成了「a shunting station for foreign cars」（外國車調度站），我把「children no one prays for」（沒人為之祈禱的孩子）看成「children no one pays for」（沒人為之付錢的孩子）。

在「The Black Mountains」（p. 151）這首詩下面，我注道：「喜歡用這種sharp contrast，但並不咋的」。我是指他這兩句：「Death, the birthmark」（死亡，胎記）和「Up in the mountains the blue sea caught up with the sky.」（在山上，藍色的大海趕上了天空）。

注意，這裡面的所有譯文都是我的。以下如有，也是。

第154頁有首詩，標題是「At Funchal」（在方卡爾），給我錯看成「At Funeral」（在葬禮上）。

繼續誤讀。在158頁，把「by the hour」（每小時）看成「by the four」（每四次），又把「words flicker」（文字搖曳）看成「worlds flicker」（世界搖曳）。

看完第160頁那首詩的最後一行「although the singing of birds is deafening」時，我記了一筆說：「quite ordinary」（相當平淡）。

快看完了，到了175頁，我用英文注道：「Cf. Lawson's 'Faces on the Street」。這是什麼意思呢？我是說，這首詩的這幾行，讓我想起澳大利亞詩人Henry Lawson（1867-1922）的那首詩，標題是「Faces in the Street」。是的，我錯了，寫成「Faces on the Street」，錯了一個介詞。

這幾行是這樣的：

I am also the man in overalls wheeling his rattling bike down on the street.
I am also the person seen, that tourist, the one loitering and pausing,
      Loitering and pausing

我的譯文是：

我也是穿工作服，推自行車，轆轆順街走去的那人。
我也是被人看見的那人，那個遊客，遊來蕩去又停下來，
    遊來蕩去又停下來的那人。

Lawson那首詩的開頭是這樣的：

My windowsill is level with the faces in the street
    Drifting past, drifting past,
    To the beat of weary feet
While I sorrow for the owners of the faces in the street.[73]

我的譯文是這樣的：

我的窗檻與大街上的臉齊平
    一張張漂過去，一張張漂過去，
    合著疲倦腳步的節奏
與此同時，我為大街上這一張張臉的擁有者而憂傷。

    好像很不一樣，但至少讓我想起了Lawson。他的中文譯名是亨利·勞森，父輩是來自挪威的北歐移民。
    好了，這本書全部看完了。被我折耳朵的三首詩分別是：「Standing Up」，「Answers to Letters」和「Streets in Shanghai」，特別是最後那首寫上海的，比我看到很多西方人寫中國的詩都好。這兒插一句，西方人愛寫中國，但寫不好中國，因為他們的心理障礙實在太大，不是詆毀，就是高歌，極難深入。

---

[73] 參見該詩：http://www.grandpapencil.net/stories/colonial/faces.htm

順便說一下，老特這本詩集，我是在進城教書和回來的電車上看的，後來又放在我家廁所，一邊小便一邊看完的，在其前後的扉頁空白處，我寫了一共9首詩，含一首英文詩。

笨

我現在越來越不喜歡中國文化，是有很多原因的，比如，我不喜歡這個文化的饕餮，在中國住30天，我就吃得脹得再也不想住下去了，趕快要回澳洲。還有，我不喜歡這個文化的張揚和為富不仁。我也不喜歡這個文化的追求表面上的完美，例如，剝奪一個孩子的天性和樂趣，令其學鋼琴。

曾經有一段時間，我用手做詩集，極度追求不完美，以致一個當時還讀博士的大陸人看到後說：喲，這是什麼呀！他當然不明白藝術創作的含義和樂趣。

墨爾本一到耶誕節，就有很多街頭藝術家，畫畫的畫畫，畫像的畫像，拉琴的拉琴，完美無缺的很少，但都自得其樂，面前擺個琴盒或盤子什麼的，誰愛丟錢誰丟，都無所謂。設身處地想想，誰敢這樣？我就不敢在那兒擺地攤賣我的詩，假如一天下來一本沒賣出去怎麼辦？對了，關於這個，我曾經寫過一首詩，如下：

《一個詩歌項目的形成》

在中山
我對YC說：
我要在這兒住一個星期
擺一個地攤
賣我的詩
我早就厭倦
像垃圾一樣地
把詩送出去

在悉尼
我對MB說：

我要和你
在五個星期的時間內
擺幾個國家的地攤
在悉尼墨爾本東京北京香港
賣我們的漢詩和英詩
同時寫我們的現場詩

我們越談越起勁
一杯杯地喝Mabel的紅葡萄酒
我注意到
他的酒杯是一根樹藤
後來我說
我最擔心的是
第一天還沒過去，書都賣完了，沒有後續
他嘩嘩地大笑起來，說：這很strange!

　　我主持的《原鄉》雜誌辦到第二期時，投稿中有篇詩歌譯稿，是趙川從悉尼寄過來的。當時我跟丁小琦商量選稿。我說這篇稿子好像譯文品質不太怎麼樣，丁說：我倒覺得不錯，有點笨笨的味道。後來我覺得她這個意見不錯，就用了。現在越來越覺得，她當年那個一讀之下的看法很本能，很本質，抓到了核心：笨。其實我們看到的很多東西都太聰明瞭，聰明到讓人厭惡的地步。想想吧，如果在學校在單位與之打交道的都是這種聰明絕頂的人，那讓人多麼難受！

　　澳大利亞作家羅伯特‧休斯早年受吉卜林的兒童小說影響很大，在我正在翻譯的這本《我所不知道的那些事情》的回憶錄中，就談到此點：

　　吉卜林就像路易士‧卡洛爾，也發現為兒童寫作，是一種絕對釋放想像的方式。他嚴肅地把兒童作為讀者，幫助他們輕鬆地進入成年。帶著用無核小葡萄乾蛋糕做成磨盤的帕西，以及與自己其大無比的皮作鬥爭的犀牛，這樣的形象直到現在依然伴隨著我。這些插圖都是他自己畫的，而且畫得如此怪異，如此笨拙，也如此才華橫溢，這個事實也讓我做好了心理準備，打算在未來的歲月中，畫我自己的插圖和卡

通畫。[74]

就是這個「笨拙」，才讓休斯有了信心和希望。我從前生活的那個文化，總會搬出一些貌似完美的東西來嚇人，不是讓人嚇怕，把人嚇跑，就是讓做的人沒有興趣，硬著頭皮為了讓別人讚美而做。

某種意義上講，北島那句「我一生下來就老了」的詩，是說得不錯的，但這個老，與其說是生下來的，不如說是社會逼老的，因為那個社會不允許人笨。

勢利眼

人是不是都有點勢利眼？勢利眼是不是都以詩人為最？有一年，我譯的一個澳洲華人詩人的詩在英國發表，他老婆逢人便說此事，好像是一件不得了的大事。同樣的事情也發生在國內一個詩人的身上。我譯他的詩在澳洲發表，他從來不提，一有幾首在英國發表，便寫進他的文章裡。這是勢利眼？還是殖民心理？英國有啥了不起，不就二十來萬平方公里的土地，七八千萬人口嗎？當年我從那過境，寫的第一首詩，就稱它為「小地」：

《倫敦無題1》

半夜時分
火車載我們前行
我知所終
是倫敦
沿途
黃色的路燈
在廣大的黑暗中

---

[74] Robert Hughes, *Things I did not Know*. Random House, 2007 [2006], p. 113. 【譯文為歐陽昱所譯。】

什麼都看不見
列車轟轟隆隆
在英國的小地上奔馳

　　最近從一篇文章中，看到一個詩人談到「中國的漢語詩人對於自己的作品翻譯成維吾爾族或其他少數民族語言的不在乎」。據該詩人說，譯成少數民族語言，他也高興，但一般不提，但譯成英語，「所帶來的興奮會延續不短的時間，我也願意讓更多的人知道」。[75]其實，這個世界上，說漢語的人遠遠超過英文，即便不譯成英文，知道的人也會更多，而不會更少。關鍵的問題是，在我們的心目中，那個國家是「大英帝國」，從來都不是「小英帝國」，而且永遠是「英」，而不是「淫」或「陰」或「蠅」。我用英語寫作了二十多年，我並不想讓更多人知道，只想讓願意知道、喜歡知道的人知道，而這樣的人數，永遠是小的，哪怕用大英帝國的英語寫作，也是一樣的。

　　勢利眼說到底，就是實力眼，見誰有實力，就對誰點頭哈腰，就對誰俯首稱臣，對語言也不例外。其實英語真的沒有什麼了不起，用不著在英語面前，自己作踐自己的漢語。多年來，就算我有勢利眼，我也玩不起勢利眼。雖然早已在英國出了兩本英文詩集，但想繼續在那個國家出書，簡直難上加難，且不說他那個「小地」的詩人還要到澳洲投稿出書呢。

　　陸陸續續，我的詩歌逐漸在小語種翻譯發表，最先有瑞典文，接著有波蘭文，再接下去有日語、韓語，不久前又有愛沙尼亞文，最近又有荷蘭譯者寫信要譯，等等等等。這讓我想起兩句話，一是星星之火，可以燎原，一是老毛的做法，以農村包圍城市。在我這兒，就是以小語種包圍大語種。相信總有一天它八國聯軍的其他語種，如德語、法語、義大利語等等，都會收歸我有，[76]成為我的譯入語，因為一個詩人的一生很長，一死更長。詩人的勢利眼，最好移植到翻譯身上去。

---

[75] 伊沙，《話說翻譯》，原載吉狄馬加（編），《詩歌：無限的可能性——第三屆青海湖國際詩歌節詩人作品集》。青海人民出版社，2011，p. 410.
[76] 實際上，最近已有我的文字譯成了義大利語。

裴多菲

匈牙利詩人裴多菲有一首詩譯成中文後，成了世人所愛，世人所熟知的中文詩，讀起來又押韻，又朗朗上口，意思也似乎很到位。2011年去青海參加詩歌節，碰到一個匈牙利詩人，在車上正好坐在一起，就聊起了這個話題，因為我很想知道，那句詩歌的原文是怎樣的，說著就口占一首，不，我是說口譯一首，把小裴（他去世時才26歲）那首詩譯成了英文。Péter一聽連忙搖頭，笑著說：不對，不對，不是這樣的。同時他又告訴我，這件事是他此次青海之行的一個最大亮點，因為他知道了這件事。

幾個月後，我在墨爾本翻看一直沒有時間看的詩歌節的材料，發現有一個大陸詩人到匈牙利訪問後，也發現了同樣的問題，即譯文差點被一個匈牙利教授「否定」，因為「差異很大，太不像原詩了」。[77]

為此，我特地給Péter發了一個電子郵件，他第二天就回復了，比任何時候都快，郵件中附有該詩的匈牙利文和逐字逐句翻譯的英文譯文。我把匈牙利文和英文譯文放在下面：

Szabadság, szerelem!	Liberty, Love!
Szabadság, szerelem!	Liberty, Love!
E kettő kell nekem.	These two I need.
Szerelmemért föláldozom	For my Love I sacrifice
Az életet,	Life,
Szabadságért föláldozom	For Liberty I sacrifice
Szerelmemet.	My Love.

如果逐字逐句譯成中文，就應該是這個樣子：

自由，愛情！

自由，愛情！

---

[77] 查幹，《也談詩歌語言的差異性》，原載吉狄馬加（編），《詩歌：無限的可能性——第三屆青海湖國際詩歌節詩人作品集》。青海人民出版社，2011，p. 417.

我需要這兩樣東西。
為了我的愛，我可以犧牲
生命，為了自由，我可以犧牲
我的愛情。

由此可見，這裡面並無什麼誠可貴或價更高之類的東西，而是簡單得不能再簡單的自由、生命、愛情等幾個字眼。這一點倒很像我接觸的西方詩歌，把所有的肉都褪掉，只露出一根直指的骨頭。

楊尼斯·裡索斯

這位希臘詩人的英文名字是Yannis Ritsos。這個名字是我很多年前從澳洲Paperbark Press出版的一本書上看到的，該詩集均由單行組成，形式獨特，也不乏上佳詩句。所以，2011年10月12號那天，我借參加澳洲詩人Gig Ryan的詩歌發佈會，到墨爾本最大、也最悠久的詩歌書店Collected Works去時，順便買了一本Ritsos的詩集，搜集了他1938-1988年這五十年的詩，一共486頁，邊看邊記筆記，同時把自認為好的東西疊起耳朵來。像往常一樣，看到乏味時，我就會頻生誤像。在第20頁，我看到一句好詩：「Wherever you may be, the sun sees you」（無論你在哪兒，太陽都能看見你），[78]使我想起米沃什「無論我走到哪裡，我的頭都朝河水轉去」那句，那是我在上面談到的那個匈牙利詩人送我的詩集上看到的。緊接著，我的眼睛就把一句話給看錯了，即把「your left hand」（你的左手），看成了「your leave hand」（你的葉子手）。在第63頁時，眼睛又犯了一個錯誤，把「repentance, they say, wears wooden clogs」（懺悔，他們說，穿的是木頭鞋子）這句錯看成「reluctance, they say, wears wooden clogs」（不甘心情願，他們說，穿的是木頭鞋子）。

有天，一個澳洲電影導演來家商談拍電影的事，我們談了起來，我談了一個自己的看法：文化中有的，即便一時半會被壓下去，到一定時候就會抬頭，比如中國當前的二奶或小三文化，那是曾經一度消失的納妾文化的抬

---

[78] *Yannis Ritsos: Selected Poems, 1938-1988*, edited and translated by Kimon Friar and Kostas Myrsiades. BOA Editions, 1989, p. 20.

頭。又比如澳洲的種族主義，那也是曾經遭到清算的「白澳」的不斷抬頭。再比如西方現在特別嚴打的pedophilia（戀童戀），那其實早在古希臘就已經有了，那時，老年人可與自己照料的童子性交。[79]我曾認識一個希臘裔的澳洲詩人，有年他到哥倫比亞參加詩歌節，走前他告訴我，他已準備好數千張印滿詩歌的名片，到了朗誦的時候，就把這些卡片當著下面幾千聽眾的面拋灑出去！那時，我覺得他的做法還有點衝擊力。看了裡索斯的詩才恍然大悟，原來這很可能就是希臘人的一個慣常做法之一。裡索斯在一首詩中寫道：「as though some gambler had finally cast into the air a marked pack of cards」（p. 115）（好像有個賭徒，終於把一包做了記號的牌扔進了空中）。

　　裡索斯的長詩不太有意思，看得乏味，多少頁都沒留下印象，於是又犯閱讀錯誤，把「certain afternoon」（p. 156）（某個下午）看成「curtain afternoon」（窗簾下午）。不過，下一頁，即157頁，出現了一個很厲害的形象，估計在中國大陸的那些雜誌上是不敢發表的（因為他們太虛偽）：「the moon appeared, soft and moist like a vagina」（月亮出現了，柔軟而潮濕，像陰道）。如果是我，還要譯得更直接一些：「月亮出現了，柔軟而潮濕得像屄」。

　　裡索斯的長詩看得累，偶爾會有一些讓人走神的東西，比如這句：「down to the chin」（直到下巴），第161頁，我的目光卻盯在了「chin」（下巴）字上，因為這是華人的姓：秦或覃或禽。又有一個地方，說士兵晚上無聊，於是就「to joke, to gesticulate obscenely, to compare their penises」（p. 163）：「開玩笑，做下流動作，互相比較雞巴多大」。僅從這一點看，裡索斯還是個真人，不像絕大多數中國詩人那樣喜歡裝逼。

　　詩看多了就會發現，有些主題是詩人都比較喜歡寫的，如兩條狗在馬路當中日屄。只說日屄，好像比較男權，因為那是指男的主動，但我們黃州老家也說「ye law」，大意是「日屌」，就比較居中平衡。他在一個地方寫道：「two dogs／fucking in the middle of the dusty road」（p. 187）：「兩條狗／在塵土飛揚的路當中互操」。這一下子就讓我想起大陸詩人楊邪的《非法分子》一詩，那首詩我翻譯後，先在我主編的《原鄉》上發過，後來投稿到美國，又發表在「*Indiana Review*」（《印第安那評論》）上，主題幾乎完全一樣。世界各地的詩人，對赤裸裸地當道做愛的酷愛，看來也都是一樣的。

---

[79] 參見：Nigel Cawthorne, *Sordid Sex Lives: Shocking stories of perversion and promiscuity from Nero to Nilsen*. Quercus, London: 2010, p. 6.

繼續往下看，看到一句不錯：「how much could death lose by one less death」（p. 190）：「少死一個人，死亡能損失多少呢？」不錯。

所謂推陳出新，往往不是「推陳」，而是「從陳」，從陳出新，從司空見慣的東西裡，發掘出新的東西，比如這句：「underwear hung out to dry will breathe fresh air in／the moonlight」（p. 193）：「晾在外面的內褲，在月光下，也會呼吸／新鮮空氣」。這種感覺真好。

只要看詩，稍微動一下眼珠，錯誤就會層出不窮，這真是讀詩的快樂之所在啊。在203頁，我把「a basket of oranges」（一籃柑橘），錯看成「a basket of strangers」（一籃生人）。

詩歌不是完全無用的。例如，好詩就可做好標題。國內出的很多書的標題，都很沒勁，包括電影。張藝謀最近搞的那個電影，居然叫個什麼《金陵十三釵》，真是俗得淌屎，反倒不如以色列的一個電影，名叫「Footnote」（《註腳》）。當時我從一個朋友那兒聽說這個電影名字後，立刻叫好，而且產生了立刻要看的念頭。現在寫小說或搞其他藝術的人，什麼都不缺，缺的就是詩歌。澳洲有個學者，在編一個選本時，就從我的英文詩中，選了「bastard moon」（私生子的月亮），拿來做了她那本文集的標題。裡索斯的很多詩，都可拿來做標題，比如《月亮像屍》，就是很不錯的標題。又比如我在206頁看到的這行：「the last thing that dies is the body」（最後死去的是肉體），這個「the last thing that dies」，就是一個很棒的標題。221頁這個「the weight of heaven」（天堂的重量），也是一個潛在的好標題，它讓我想起布迪厄的一本書「The Weight of the World」（《世界的重量》）。現在不是連續誤讀，而是好標層出不窮了。在222頁，又有一個：「they understood that their only freedom is their solitude」（他們明白，他們唯一的自由就是他們的孤獨），這個「their only freedom」，就是一個好標，我對好標題的簡稱。

讚揚話剛出口，誤讀就出現了，我把「the critical moment」（關鍵時刻），錯看成「the criminal moment」（犯罪時刻）。在第308頁，我把「statures never betray」（石雕從不背叛），錯看成「statures never stray」（石雕從不走失）。

有些詩句不一定適合做標題，但很適合做警語，如這句：「learned the most difficult, the greatest art: to be silent」（學會了最難、也最偉大的藝術：保持沉默）（p. 230）。又如這句，簡單易記而且雋永：「what's the use of love and of poetry？」（愛情和詩歌又有何用？）（p. 256）

裡索斯也不是偶然沒有怪句，比如這句：「One of them／on the rooftop has embraced the chimney, standing／as though fucking it」（他們其中一個人／站在屋頂，摟住了煙囪，站著／好像在跟煙囪日屄）。（p. 249）

老實說，詩人可能自覺要想存世，必得寫長詩，但我個人的反應則不那麼良好。看到273頁時，我寫了一筆：「到此不細看！」意思就是說，老子看煩了，接下去的東西一翻而過。他是「我們時代活著的最偉大的詩人」[80]又怎麼樣？老子不看就是不看。一下子略過了30來頁，直到看到這幾行：「since you already know that poetry,／naked, modest and arrogant, is nothing／more than the wonderful achievement of the inexplicable」（p. 301）：「因為你早已知道，詩歌／赤裸裸的，謙虛而又傲慢，啥也不是／只不過是不可理喻之物的奇妙成就。」

一個詩人寫得太多，就會出現重複的問題，裡索斯也不例外，比如「murderer」（謀殺者），「mirror」（鏡子）等意象，又比如「ecstatically」（心蕩神馳）（p. 313），「from the moon」（來自月亮）這種字眼，就老是出現。

讀他人詩時，還有一種喚起回憶的現象，比如，看到392頁時，有一行詩說：「there exists yet a heaven below」（下面還有一個天堂），我一下子想起80年代末，在上海讀研究生時，一個澳洲詩人兼小說家Rodney Hall，在談到他某首最得意的詩歌開頭時念出的詩句：「The sun does not set／but the horizon rises」（太陽沒有落下／而是地平線在升起）。說過之後，他好像有點後悔，覺得太自傲了一點，還為此道歉。

順便說一下，這本詩集的前前後後的空白處，讓我寫了四首詩，三首英文，一首中文。

英格裡德・榮卡（Ingrid Jonker: 1933-1965）

下面是我向中國一翻譯雜誌投稿時所寫的一個簡要介紹：

我對詩歌的關注，特別是英文詩歌的關注，主要放在英美，逐漸

---

[80] 參見：*Yannis Ritsos: Selected Poems, 1938-1988*, edited and translated by Kimon Friar and Kostas Myrsiades. BOA Editions, 1989的書背語。

過渡到英譯的其他語種或國別的詩歌，如法國、德國、義大利、塞爾維亞、阿拉伯、瑞典、希臘、古巴、智利、加勒比海等，但很少關注非洲詩歌，只是在2007年，也就是我52歲那年，在坎培拉的一次便宜書市上，看到了一本南非詩選，即 *The Penguin Book of South African Verse*，1968年第一次出版，我花了2澳元買來。

我看詩也有個特點，即無論誰寫的前言，無論其名聲多大，無論該前言有多長，多權威，我肯定略過不看，因為對我是浪費，同時關於詩人的介紹，我也不看，而是直接進入詩歌，所以那些在自己的簡介中吹噓自己得了多少大獎的詩人介紹，也等於是浪費。

就這樣，我發現了一個詩人，就是Ingrid Jonker，一個我從未聽說過的詩人。該詩集中，選用了她的7首詩，共佔有6頁，我把每頁都折疊了耳朵，同時還在兩首詩的旁邊打了鉤，因為非常喜歡。

大多數詩人的傳記我都沒看，詩不好看，傳記再好看也沒用。她的，我看了，一看吃了一驚，只活了32歲，自殺身死。16歲寫出第一部詩集，但被出版社退稿。以亞非利坎斯語（Afrikaans）寫作。她跟第一任男友分手後，帶著女兒一起生活，又同時愛上兩位作家，其中一位即Jack Cope，即該詩集的編輯之一，也是她詩歌的英譯之一。

詩越好，越難譯好，例如她「I Don't Want Any More Visitor」這首，就是她從亞非利坎斯語（Afrikaans）自譯成英文的，個人認為極好，但我無法譯得像原文那樣好。我甚至認為，今後譯詩，只能由用雙語寫作的人自譯，任何他譯或她譯，都有強姦的意味在。

我向來認為，中國對非洲的歧視之重、之深，是任何國家都不能比擬的。在清朝，中國叫非洲「烏鬼國」，後來，當所有的西方國家的名字都叫得美輪美奐，如美國、英國、法國、德國、瑞典、瑞士、義大利、澳大利亞、加拿大等時，只有Africa被定型、定性為非洲，非驢非馬的非，是非之地的非，大是大非的非，非分之想的非。中國不是沒有明眼人、明腦人，五四時期就有人主張把Africa譯成「斐洲」，斐然有成的斐，是的，我同意死人，不同意活人。也許大家還記得，當年中國把Mozambique譯成「莫三鼻給」，後來在人家的抗議下，才不得不改稱「莫三比克」。因此，我在這次的譯詩中，堅稱、堅譯「斐洲」。這是一種不得已而為之但屬打抱不平的政治正確。

現在我到中國各地走動，感到的最大遺憾是，大家都在說普通話，就像到全球任何地方，大家都在說英語一樣。我在武漢，最喜歡

聽的還是武漢話，而不是武漢人憋著說的那種普通話，我們叫「彎管子話」。我們出生在某個地方的意義何在？除了別的意義之外，就是為了說出生地的那個方言。我出生在湖北黃岡，那是林彪的家鄉，也是蘇軾流放四年的地方。我青年的大部分時光都在武漢度過，能說這兩地的方言，因此，我在譯詩中，就有意把方言引入，比如不說酒鬼，而說「酒麻木」。

好的，廢話少說，看詩。

杜秋娘

美國電影*Dead Poets Society*（《死亡詩社》，其實是《死詩人詩社》）中，英文教授John Keating教學生一首英國18世紀詩人Robert Herrick的詩，意在讓他們明白「seize the day」（及時行樂、只爭朝夕）的人生道理。該詩頭四句如下：

GATHER ye rosebuds while ye may,[81]

Old time is still a-flying:

And this same flower that smiles to-day

To-morrow will be dying.

這首詩的意境和寓意，讓我一看，就想起一首唐詩，那是《唐詩三百首》收進的唯一個女詩人的詩，即《金縷衣》，全文如下：

勸君莫惜金縷衣，

勸君惜取少年時。

花開堪折直須折，

莫待無花空折枝。

現在我把那首英文是的頭四句翻譯如下，讀者可以對比一下看看：

---

[81] 參見：http://www.luminarium.org/sevenlit/herrick/tovirgins.htm

《採摘玫瑰須趁鮮》

採摘玫瑰須趁鮮，
時光飛逝更無前。
今日花開今日笑，
明日花落無人憐。

其實，羅伯特的全詩比這更長，還有三段，但因時間有限，只能等到以後再譯了。

肉體

小國的人，詩不一定小，有時可能比大國的詩人牛逼。參加詩歌節時，認識了一個波黑詩人，跟他交換了一本詩集，他的詩集很薄，才四頁，中間用釘書機壓了兩次，就成冊了。五個月後，我在澳洲開始看這本「詩集」，這才意識到，原來這是他從一本詩集中，把他自己發表的幾頁複印下來裝訂成冊的，當時卻沒有跟我解釋。

這位詩人名叫Senadin Musabegovic，是我坐的那輛車中，唯一沖著女導遊發火的一個外籍詩人，因為他覺得女導遊太囉嗦，要求每人唱歌的做法太不能接受。他個子高大，為人和藹，但你能感到，他內心有火，只是沒到發火的時候。

這本小冊子一打開，我就被一句話鎮住了。介紹他的人說（而我譯）：「每場戰爭都是打的肉體。士兵把肉體交給軍隊和領導，目的就是為了摧毀敵人肉體。『自由』（目前，這是英語中最廉價的一個詞）的代價是用肉體來支付的。」[82]

我讀中學時想當兵，卻當不上，因為家庭成分不好。同班同學當上兵的，有的去了越南，有的去了內蒙，都沒死，又回來了。根據他們講的情況，在中國當兵，滋味並不一定好受，至少從性欲上講是如此，例如，誰會讓你在部隊看黃色雜誌？

---

[82] Aleksandar Hemon, *Words without Borders: The World Through the Eyes of Writers*, eds. Samantha Schnee, Alane Salierno Mason and Dedi Felman. Anchor Books, 2007, p. 201.

Senadin Musabegovic的詩中有一段說：

夜裡，他們把色情雜誌發給

我們

讓

我們捏成拳頭，一齊抖動我們的雞巴[83]

詩言事，不言志。看來，在波黑打仗，至少還有那麼一點最廉價的自由，雞巴自由。在中國有這種可能嗎？

Gary Klang

這是一位生於海地，住在蒙特利爾，用法語寫詩的詩人。我和他在青海詩歌節第一次見面，同桌吃過幾次飯，其人為人隨和，但評論起人來，卻褒貶清楚，不事遮掩，比如，談到當今法國很紅的作家Michel Houellebecq時，他就認為其人東西不行，只是流行一時而已，而且說的時候顯得很激動。

走之前，我們互相交換了書，我送他一本「*Songs of the Last Chinese Poet*」，他送我一本他的法語詩集「*Tout terre est prison*」。根據我的記載，他這本書是2011年8月9日在青海賓館收到的，直到2012年1月31日晚上，才在我位於墨爾本金斯伯雷的家中開讀。

讀大學時，我的二外是法語，到大學四年級時，已經能夠看法語文章了，記得當時看一些選自法語名作的片段，看得津津有味，不能自已，很想轉專業，再學法國文學。後來到武漢大學任教，考講師時，也是考的法語，分數還超過了90。

可是，二十多年過去，當年學的法語，早就從腦海中消失，只是他這本書的法語書名，不查字典就知道意思，那意思是說：「整個地球都是監獄」。這句話我喜歡，這也是我決定寫這篇小東西的原因。當年讀大學時，有個同學父親是幹特工的，據他說：整個中國就是一座巨大的監獄。現在跟這位法語詩人相比，那真是小巫見大巫了。其實，以我之見，話不必說得那

---

[83] Senadin Musabegovic, 'The Maturing of Homeland', in *Words without Borders: The World Through the Eyes of Writers*, eds. Samantha Schnee, Alane Salierno Mason and Dedi Felman. Anchor Books, 2007, p. 202.

麼大，一個人就是一座行走的監獄，永遠不能從自身越獄。

寫這段文字時，我正在看一本英文的拉丁文學選集，其中有一段關於聖奧古斯丁的介紹，說他生於非洲，在北非接受的教育，寫的一本「City of God」（《上帝之城》）的書中，把人間分為兩種城市，一種是俗世之城，該城之人是飲食男女，另一種則是天堂之城，這個城市的人在人間居住，只是一種過客，一種「pilgrims」（朝聖者），「like prisoners」（就像囚徒一樣）。[84]是的，這正是我的感覺，居住人間，而像囚徒，片刻不得自由，而且住在西方，比東方更不自由。以後再慢慢細說吧。

Gary Klang的這本書看到第18頁時，我決定不看了，並寫下了這幾個字：「不看了，看不懂！」時間是2012年2月1日。當然，如果我抱著字典看，相信還是能夠看懂的，但那麼一來，就太花時間了，於是決定不看。

該書扉頁上，引用了一位名叫Ernesto Sábato的作者的話，我只查了一個字，相信看懂了，也覺得不錯，是這樣的：「生活不打草稿，就把自己直接寫下來了，這一頁頁的生活，我們是無法修改的。」[85]真是至理名言。

Manjul

曼居爾（Manjul）是我一生中見過的第一個尼泊爾詩人，也是在2011年青海詩歌節上見到的。吃飯時在一個桌邊，人很隨和，特愛照相，抓著個人就照相。希望我這麼說不傷害誰，但發達國家的人和不太發達國家的人相比，似乎不太愛動相機。我到澳洲後剛開始還不覺得，後來有一個時候突然意識到：怎麼周圍沒一個人照相，好像就我一人在照，一下子被孤立起來，顯得土不拉幾的。話又說回來，澳洲人如果出國到了一個陌生的地方，也還是會照相的，所以，看來又跟發達無關。

曼居爾與我交換了一本詩集，從而使我第一次通過英文（是的，這是從尼泊爾文譯成英文的）認識了尼泊爾詩歌，也有了一些新的發現。比如，我們說「父母官」，他卻說「父天」（father heavens）和「母地平線」（mother horizon）。[86]

---

[84] 參見：*Latin Literature: an Anthology*. Penguin Books, chosen by Michael Grant. Penguin Books: 1978 [1958], p. 444.

[85] Gary Klang, *Tout terre est prison*. Mémoire D'encrier, 2010.

[86] Manjul, *Scenes from a Village*. 第一版出版時間1999，地點為尼泊爾，p. 9.

這本書顯然是自費出的，因為沒有版權頁，所謂的版權頁，只有出版時間和詩人姓名。看來，小國的詩人也並不比大國詩人差到哪兒。說到出詩集，大家都一樣。

他有一首題為《詩人》的詩還不錯。我一向以為，詩人是最孤獨的人。過了55歲之後，我逐漸接受了這個事實，甚至開始認為，詩人其實一點也不孤獨，他每天有電腦陪伴，敲鍵的聲音就是他創作的音樂，他一出門，就有鳥在頭上飛翔，有樹上的花沖他點頭，還有無數的車輛從他身邊開過，他唯一缺乏的，是那些其實比猛獸還猛的人。跟那些人在一起，他才真的應該感到孤獨。這種感覺，我居然在曼居爾的詩筆下發現了。這首詩的最後幾句是這樣的：

> 他跟鳥談話
> 跟獵獵的旗幟談話
> 他跟牛談話
> 跟呱呱叫、嘎嘎叫的家禽談話
>
> 他跟虛無談話
> 因此，如果他碰到一個朋友
> 你想想，他會怎麼談話！
> 可見，詩人真不孤獨[87]

當我把這本書合上時，我又想起悉尼一個女作家朋友的話來：有空一定要到尼泊爾去看看。據她說，她已經去過兩次了。這位獨身的女性，很喜歡那種單身獨行的感覺。我也在想，什麼時候去玩玩呢？

翻譯演員

翻譯是什麼？翻譯就是演員。聽說某個獲獎詩人要擇人專門翻譯他的詩，對他來說是好事，對那個翻譯就痛苦死了，因為他這輩子就要拴在那一輛孤獨的戰車上，活要活在上面，死，也要死在上面。這是很不值得的，就

---

[87] 同上，p. 31.

算那人得了諾貝爾獎也不值得，就算那人得了十個諾貝爾獎也不值得。

翻譯是演員。這話怎講？一個好的演員，可以演各種各樣的人物，有一張多變之臉，有一個善變之性格，一個翻譯也是如此。從自己角度講，經我手譯成英文的中國詩人，什麼風格的都有，有伊沙樹才，有于堅楊邪，有徐鄉愁尹麗川，有王小妮阿堅，有黃金明鄭曉瓊，還有——總有一百多，數也數不過來，而且人數還在增長，我的感覺是，譯什麼人，包括女人，就進入什麼角色，文字也不斷變化，決不會出現雷同。相反，不好的翻譯，才只譯一個人。

從翻譯角度講，最快意的是把翻譯當做群交，甚至濫交，操所有喜歡的詩人的詩。不僅要好好操，而且要操得好。從這個角度講，翻譯又是一個大眾情人，通過兩種文字進行交配和交媾。寫得醜的詩，寫得臭的詩，作為翻譯的我，絕對不日。

挑戰

現在的詩人受到的最大挑戰，是沒人讀他們，也沒人要讀他們。這個道理，是我從學生那兒發現的。

最近這個星期，我給新一班的學生上中詩英譯課，把半個多世紀的中國詩歌發展路徑大致梳理了一下，分別介紹了革命時代的詩歌，如艾青的《大堰河：我的保姆》，郭小川的《望星空》；朦朧詩，如舒婷的《致橡樹》，顧城的《我是一個任性的孩子》和北島的《回答》；逐漸過渡到一路向下的「下半身」、「垃圾詩派」和「低詩歌」，等，最後專門介紹了幾位我用英文翻譯並在澳洲發表過的中國詩人，如于堅、伊沙、樹才和楊邪。隨後，我問了一下學生，他們的感覺如何。不問還好，一問，學生就打開了話匣子。可以說，這些生於80後，包括極少數生於90後的男女學生，沒有一個喜歡「下半身」、「垃圾詩派」和「低詩歌」，也極少有人喜歡革命時代的艾青和郭小川，覺得後者做作，前者過於直白，根本不是詩。

「為什麼不是詩？」我問。這些從不讀詩的學生，卻能說出很好的理由。一位男生說：詩歌是語言的藝術，但那些「下半身」或「垃圾」詩人，寫的東西就像白開水，不留一點餘地，沒有一點況味，不能叫做詩歌。一個女生說：詩歌是什麼？詩歌總要給人留下想像，總要有點含蓄的東西，藏在文字的底下。她自言：其實我們這一代人非常「保守」。這位女生甚至說，

上述的所有詩歌她都不喜歡，她只喜歡古詩。這種想法，在年輕學生中，就像在西方人中一樣，佔有很大市場。

不過，我覺得這種挑戰並不可怕。我年輕時，也喜歡古詩，也喜歡浪漫的東西，但老之將至，我對詩歌的口味已經變了幾變。這些年輕人隨著年齡的增大，閱歷的豐富，總有一天也會看到老東西之舊，新東西之新的。

赤裸裸的經驗

廣泛地看詩，就是一種廣泛的吸收，但有些詩人再怎麼看，再怎麼不喜歡，比如那個名叫W. S. Merwin的美國詩人，上次買了一本他的《移民：新詩選》（*Migration: New and Selected Poems*），長達545頁，據說還得了美國的全國圖書獎，但怎麼看怎麼不感動、怎麼不喜歡，大約就那麼一兩首覺得不錯。

看來，詩歌也講個緣分。有些人的東西，一看就喜歡，比如米沃什的全集，即《新詩全集：1931-2001》（*New and Collected Poems: 1931-2001*），約有700多頁，但我頁頁都看下來，獲益匪淺，真是好東西。後來從別人的書上看到他談詩，才明白此人的想法跟我十分相似，或者說我的想法跟他相似。無論怎麼說，我沒接觸他前，就有過那種想法。只能說我們非英雄而所見略同吧。我承認，他得過諾貝爾獎，但我並不因為他得了那個獎，就不是凡人了。諾貝爾這個獎，只能讓人永遠絕望，因為一百年中，全球的上百億人也只有100個人能夠得。所以最好不要去理它。

據米沃什說：「我讀過許多書，但是，把這一卷卷書疊起來，站在上面，我的身高也不可能增高半分。當我試圖捕捉早已逃脫公認思想之外的那種赤裸裸的經驗時，書中那些學問高深的術語對我來說毫無用處。」[88]可說是切膚之語。為此，他要對一切「持懷疑態度，要敢問天真質樸的問題。」（p. 486）這一點使我想起孩子曾經問過的一個簡單問題：爸爸，人為什麼要活著？我覺得要回答這個問題，簡直比什麼都難，至少用同樣簡單的回答是對付不了的。

米沃什的「赤裸裸的經驗」，也與寫什麼有關。我曾在詩集《慢動作》

---

[88] 轉引自John Updike，*Due Considerations: Essays and Criticism*. New York: Ballantine Books, 2007, 486頁。【引文為本人所譯】。

的前言中說：別人寫過的我不寫。這一點，與米沃什寫《安娜小姐和多娜小姐》（「Miss Anna and Miss Dora」）一詩的出發點也很相似。據米沃什講，這兩位小姐是一生未嫁的老姑娘，他寫她們的原因很簡單，即「除我之外，再也沒人記得她們的姓名了。」（p. 490）

在這個世上，被忘掉的人、被忘掉的「赤裸裸的經驗」實在太多了。很值得一寫啊。

跛子

人不能有缺陷，一有缺陷，至少有兩種後果，一是被人看不起，另一是產生一種反作用力，導致有缺陷者奮發努力，取得讓人刮目相看的成就。早年我們同學中有個人稱「徐跛子」的人，常因該缺陷而受人欺負，後來卻成為當地的名中醫。

毛姆（1874-1965）有口吃的缺陷，但在寫那部相當自傳性的《人類的枷鎖》一書時，把這個身體缺陷轉嫁到主人翁菲力浦的腳上去了，讓他成了一個天生的跛子，此後經歷了無數磨難。他這麼做其實大有深意，有一種歷史的觀照，因為比他幾乎大100歲的拜倫就是個跛子，用法語自稱是「le diable boiteux」，即「跛鬼」。[89]據拜倫（1788-1824）的傳記作者Benita Eisler說，他的跛腳造就了他那種「不顧一切，冷酷無情的個性」（p. 503）：

> 拜倫的殘疾給他帶來的情感傷害，超過了他所忍受的任何心理傷害。他的憤怒內向化，一變而為情緒消沉，成了某種暗疾：使他產生一種感覺，好像他得到了特別豁免，別人都受道德約束，他則不受這種約束，一生都有權享受禁臠禁物。（p. 503）

拜倫自己就說過：「我早打定主意，要把苦難朝我周圍所有與我有關的人身上扔去。」（p. 506）

即使後世承認的拜倫這種大詩人，初出道時也很困窘，第一本書不得不自費出版，印刷後又悉數收回並銷毀，結果至今只有四本留存。到了1814年

---

[89] 參見：John Updike，*Due Considerations: Essays and Criticism*. New York: Ballantine Books, 2007, 486頁。

他30歲那年，他發表了《海盜》（*The Corsair*）這本詩集，情況就很不一樣了。該詩集他每天以幾乎200行的速度寫作，出版後頭一天就賣掉了1萬冊，至今仍為詩歌銷售量之榜首。

拜倫的性格很特別，應該跟他的瘸子殘疾沒關係，而是人類共有的某種特性。據他首任老婆Annabella說，她「越愛他，對他越好，他就越覺得不幸」（p. 506）。他跟老婆鬧翻後，又苦苦哀求要她回來。Annabella寫信給他說：「很不幸的是，你這人好像天生如此，東西一*到手*，就看得一錢不值。東西一*丟掉*，又看成是無價之寶。」（p. 509）

病與文學

中國有句成語，叫「無病呻吟」，其實，文學就是「有病呻吟」。文學大師，幾乎沒有幾個沒病的。據說，福樓拜和陀思妥耶夫斯基患有癲癇，普魯斯特患有哮喘。[90]羅馬尼亞的蕭沆年輕時患有失眠症，結果導致他寫出了驚世之作，《在絕望的峰巔》，這也是我最喜歡的作品之一，其中有句說：「Life not only has no meaning; it can *never* have one.」（生活不僅沒有意義，也*絕*不可能有意義）。[91]據說，他當時就是通過寫這本書得以活下去而沒有自殺，該書的標題是當時羅馬尼亞報上自殺欄目的一個通常的說法：「因抵達了絕望的峰巔，年輕的某某某結束了自己的生命……」。[92]

二十多年前，在華師大讀英澳文學研究生時，與周思（Nicholas Jose）認識，得知他有哮喘，竟敏感地察覺到，這可能正是促成我們走上文學的一個成因，還跟他交流過這個想法。現在想起來了，三十多年前讀大學時，我因哮喘輾轉難眠，寫了下面這首詩：

《月亮》

像患肺結核病人一雙失眠的眼睛

---

[90] 參見：John Updike, *Due Considerations: Essays and Criticism*. New York: Ballantine Books, 2007, 525頁。
[91] 參見：E. M. Cioran, *On the Heights of Despair*. trans. by Ilinca Zarifopol-Johnston. University of California Press, 1992 [1934], p. 107.
[92] 參見上面一書的前言，p. xv。

像蟋蟀從夜露沾濕的草尖迸出第一聲
像倏然分開倏然合攏的一對花下身影
像俯臨深淵的山頂上一塊巨石光滑表面的靜
像割破天邊松林烏黑的鋸齒
像癌腫瘤裝在醫生伸到我鼻子底下的小瓶
像無意中扭頭髮現粘在褲管上別人擤的一團濃綠的鼻涕
像紛紛飄落鏽蝕的冬青花
像清風掀動一塊剛洗的大白被單
像幾個狼籍的醉酒人身旁盛著殘酒的玻璃杯
像黃尿潤開鮮豔的玫瑰在幽靜的山谷
像口琴隨著肺葉的起伏在光波下伏動
像作曲的筆在深夜發著哮喘屙著旋律
唉，無論怎樣比喻月亮總是月亮
遙遠而冰涼，喚起許多病態的回憶

　　最近翻譯一部藝術文集的幾篇文章，由中文進入英文，發現其中有一篇趙川對女藝術家陳羚羊的採訪錄，談到她《十二月花》的創作經歷，講了一點女性私密的東西，覺得很有意思，是這麼說的：「我99年夏天大學畢業以後過了一段很自閉的生活，沒有工作，極少跟朋友聯繫，天天待在屋裡，大概幾個月吧……可以說跟公共社會的的關係幾乎降到沒有。在那種情況下，一些身體的生理性的東西就會突顯出來。比如說餓，冷，尤其是月經，以及伴隨月經而來的疼痛，情緒焦躁等等。我注意到天亮到天黑的循環往復，注意到植物的緩慢生長,注意到天氣漸進的變化……」。

　　這雖然不屬生病，但帶有生病的前兆，於是進入畫面，使之帶上經血，讓旁觀者看來頗為心驚，但在藝術家本人，卻是生活之常態，病態之常態。

　　廚川白村說：文學是苦悶的象徵。不止如此啊，老廚。文學是病態的象徵，是心理或生理疾病的曲折反映。

恨

　　人說「老來無情」，也許是。沒人說「年輕有恨」，但實際情況卻是這樣的。人年輕的時候，各種情緒裡面，恨，有時會占主導地位。不僅恨生養

自己的父母—年輕人常說的一句話是：我也沒有讓你們生我！—更恨自己生活的那個國家。當年我有首詩寫的就是這種情緒：

《無題》

今夜
當我想起中國
美妙的音樂
使我心中充滿仇恨
我不知道
為什麼我有這麼多毒汁
要向那些人一樣的人身上傾瀉

我不知道
為什麼我如此仇恨中國

生於1911年的蕭沆（Cioran）是羅馬尼亞人，1937年拿到獎學金到巴黎後，就一去不復返，再也沒有回國了。他對羅馬尼亞的恨，通過下面這段話反映出來：

身為……【羅馬尼亞人】是一種悖謬，必須知道如何利用這種感情狂潮……我仇恨我國人民，仇恨我的祖國，這個國家永恆的農民醉心於他們自己的麻木不仁，幾乎達到了愚魯遲鈍的地步，我居然是這種人的後裔，真讓我羞報，……我無法把他們推到一邊，也無法使他們活躍起來，因此到了夢想把他們全部剿滅的程度。[93]

當年我還寫了一首長詩，題目就叫《恨》。不過，此處暫時不想拿出來以饗讀者。對我來說，從來沒有讀者，因為我從來不為讀者寫作。前面說過文學是病態的象徵，其實，文學也是仇恨的體現。它不為人知的另一面是，普通人仇恨詩，特別是報紙編輯，對於這種仇恨，詩人的仇恨更甚，那就是

---

[93] 參見：E. M. Cioran, *On the Heights of Despair*. trans. by Ilinca Zarifopol-Johnston. University of California Press, 1992 [1934], p. xii.【譯文為作者提供】

一死了之，以死來剿滅一切，包括剿滅仇恨詩歌的編輯和一切人。

　　順便說一下，即使蕭沆被譽為「自保羅‧瓦雷裡以來，令我們法語生輝的最偉大的法國作家」（聖‧瓊‧佩斯語）和「基爾凱格、尼采和維特根斯坦傳統中，最傑出的人物」（蘇珊‧桑塔格語），他總是極力躲避名聲，不喜歡拋頭露面，認為只有這樣才能保證自由。[94]

　　由此觀之，那些沽名釣譽者的嘴臉簡直讓人難以卒「看」。

假

　　早就聽人說詩歌領先時代，像一根刺，非要脫穎而出不可。記得當時說這話的人，就提到葉文福的《將軍，好好洗一洗》這首詩。該詩在《蓮池》1981年第一期發表後，遭到《解放軍報》、《解放軍文藝》、《文藝報》等報刊的批判，認為是「受到資產階級自由化思潮的影響」，均是「呼嘯的槍刺」。[95]

　　我對「刺」的理解，倒不在此，而是詩歌的前瞻性。它能早于所有文學樣式，言眾人所不敢言或尚未言，也不在乎是否有發表的空間，就那麼一意孤行、一意詩行地自我表現出來，凸顯一個時代的特徵。早在1990年代中期，就有一個詩人寫了一系列以「假」為題的詩，計有20來首，如《假B》、《假乳》、《假牙》、《假面》、《假眼》、《假笑》、《假錢》、《假護照》、《假酒》、《假槍》、《假謙虛》、《假人》、《假人自述》、《假日》、《假詩人》、《假詩》、《假想》（2首）、《假洋鬼子》、《假陽鬼子》、《假皇帝》，等。

　　2011年，我從香港過境，買了一本書，標題就是《中國什麼都是假的》，[96]以翔實的材料，揭露了中國「假」無前例的現狀，幾乎到了無所不包、無所不假的地步，有假雞蛋、假包子、假新聞、假大米、假牛奶、假礦泉水、假油條、假蜜蜂、假香腸、假藥、假軍隊醫院、假煙、假酒、假棉被、假化妝品、假車票、假招聘、假公司、假促銷、假短信電話、假傳單、假感情、假和尚、假尼姑、假房東、假仲介、假手機、假畫、假油、假水泥、假案件，等等，比那個詩人寫的多多了。

---

[94] 轉引自同上，p. xiii.
[95] 參見：http://www.readfree.net/htm/200912/4838426.html
[96] 董春燕，《中國什麼都是假的》。臺北：一言堂，2009年。

前面提到的《假人自述》中，末尾兩句是這麼說的：詩人懷疑「生我養我的那個國家／是否本來就是個假冒偽劣商品」。

那天，詩人廖亦武談到中國時，進行了一番抨擊，然後說，中國就是一個「假國家」。雖然那個翻譯漏譯了這句話，但這個「假國家」的說法，與前面那首詩中說的「假冒偽劣商品」暗合。

我又想到了前面那批寫「假」的詩，比這本書早了15年。寫詩的是一個叫歐陽昱的人，那批詩收進了《我操》這部詩集，是用手工製作的。[97]

其實，假的現象早於詩歌，但大批進入文字，還得藉助詩歌，就像古詩說的那樣，「春江水暖鴨先知」，對於世人來說，「人世虛偽詩先知」。

死

二十年前，我在澳洲用英文寫了一首關於死亡的詩，自譯如下：

《死亡：每日之必需》

我在夜裡死去。正在發生的事情就是如此。黑暗在內中降臨。
鳥都走了。我的思緒無一殘留。只有某種東西。
某種如此身後事的東西，我只能推遲想像。
某種非此地非彼地之物。充滿之間。
你這混蛋蠢貨！看你分析來分析去的！

每夜死一次是每日必須的。不在床上，而在桌邊。
把自己活埋在文字中。抗拒全世界。以完全忘卻的形式
而存。

死亡是歡樂。每夜死後，鳥怎麼還唱歌？我喪失的無非是
自我和時光。

為自己而死沒人願做。但卻那麼美，那麼

---

[97] 原鄉出版社2003年出版。

可怕地美，只有文字知道。死人只有
把故事跟自己講。

死在夜裡。在桌邊。在心裡，那兒惟一的朋友就是
文字，文字俯在他的屍體上哀悼，用下面的話：

每個夜晚死去吧，像鳥
從鳥那兒歌聲……

　　在我看來，死並不是一次性的，而是每日發生的。生命是這樣，愛也是如此。永恆的愛不過是句好聽的謊言，自己說給自己聽，為了欺騙自己。古人看得比我們明白，像蒙田就說過：「我們這些人愚蠢地害怕某一種死，其實我們已經經歷過、以後還要經歷無數次的死……不但如此，我們在自己身上看到的還更清楚。中年過後是老年，青年結束是中年，童年後是青年，繈褓後是童年，昨天迎來了今天，今天又會迎接明天，無物可以長在，保持一成不變的。」[98]

　　維吉爾說得更好。他說：「上帝遍佈星球大地，海洋空間，雲天深處；不論大小牲畜、野獸和人，在出生時汲取生命的精華，一切生命在變態以後都回到他那裡，死亡是不存在的。」[99]

　　是的，死亡是不存在的。從詩人角度講，一首詩寫得好，可以傳唱千古。詩人肉軀雖已殞滅，其氣卻借詩行長存。有錢人沒有這樣的福氣，死了就死了，無氣可存的。

眼光

　　什麼是眼光？有一個最近的事例可說明。這位編輯約稿，要編一個關於我的專輯。請了兩人從中英的角度，分別撰文和採訪，完了還要各選一部分詩文附上。寫我中文方面的那人從我2011年的詩集《詩非詩》中，選取了若干詩發了過去。一天之後，該編輯發信說：能否選來作者未在大陸發過的作品。

---

[98] 蒙田，《蒙田隨筆全集》（陸秉慧、劉方譯）（中）。譯林出版社，2008 [1996]，pp. 292-293.
[99] 同上，第231頁。

這一下觸發了我的一個動機：趁國內朋友選的時候，自己也來一個自選，但先不告訴他。選擇的結果，是讓該編輯大喜過望，因為看到了本來會錯過的東西。這，在我來看，就是眼光。有了這樣的眼光，就能做出會產生效果的決定。

在我自選的詩歌裡，是在國內從來沒有發表過的。我選了《不思鄉》，但暫時不想自我發表。我選的另一首是《假想》，如下：

《假想（1）》

今夜
當我站在世界地圖旁
凝視那一塊塊黃色紅色紫色和其他顏色的標誌
我產生了假想
儼然新時代的帝王
我用手指指哈巴羅夫斯克符拉迪沃斯托克布拉戈維申斯克和整個外蒙
自言自語說
明天我要揮戈北上
收復失地
順道吃掉朝鮮和日本
以及小越南
把中文象英語一樣推廣
建立一個東方中華帝國
然後拿掉美、加
以及澳大利亞

今夜
為了當新時期的東方帝王

我假想了很久

該詩原載詩集《我操》。國內朋友選了我的一首題為《操》的詩，如下：

《操》

「他操法語」
《哈紮爾辭典》上說（p.103）

這話讓我發笑
因為我操漢語

剛才律師問我操不操Hakka（客家話）
我說不：我操Mandarin（漢語）

莎士比亞不操漢語，只操英語
普魯斯特操法語

李白杜甫操古漢語
李清照操古漢語

我跟某些「牛尿」根本不同之處在於
我還操英文，決不操心、操行

有些老外操不動我的母語
把「操」發成「靠」

我不靠漢語、也不靠英文
我只是亂倫地操這兩個母的

操戀的結果
便是這雜種的詩！

　　上面這東西你愛看不看，不看拉倒，反正絕對不是為你、為你們而寫
的。我不為之而寫的那個編輯呢？來信說：喜歡。

第三條道路

看布迪厄的東西時，我注意到，他也曾搞過第三條道路，那是當他意識到，要想走出自己的路來，就必須把社會學思想的三個鼻祖抬出來，讓他們自己跟自己作對，「馬克斯對馬克斯」，「韋伯對韋伯」，「杜克海姆對杜克海姆」，從而摸索出自己的「realist third way」（現實主義的第三條道路）。[100]

這一點，使我想起了詩人樹才和他以及其他人搞的「第三條道路」。其實，這個世界何止第三條道路，總有幾十億條，一個人就是一條道，還不說天上有著肉眼看不見的無數條道呢，而我的道，就在其中。與其紮堆，不如走自己那條永遠也無法歸類的道。

聰明

時代的演進，也許會造成一代不如一代的印象，但從另一個角度看，特別是布迪厄的角度看，下一代也許比上一代更聰明。

布迪厄說：由於時間的關係，「一個二十歲的學數學的人，腦子裡可能裝了二十個世紀的數學」。是的，任何比他少活幾個世紀的人，腦子裡裝的知識內容，肯定也少幾個世紀。

昨天和朋友吃飯，其中有位朋友47歲得子。孩子三歲時，因為過於調皮，被他輕輕打了一下。據他說，過了一會兒，兒子走過來，對他說：爸爸，我想跟你談談心。爸爸說：你想談心？好啊。兒子說：爸爸，我覺得剛才你打我，心裡一定很難受的，對不對？

聽到這兒，我不覺哈哈大笑起來，不僅因為三歲孩子的這種口氣不可思議地成熟，也因為孩子的心理成熟，達到了難以想像的程度。孩子雖然三歲，可能腦子裡裝的東西三十年都不止，唯一缺乏的就是能夠表達的語言。

壞（1）【已發表於《關鍵字中國》】

大約1997年前後，我曾想通過《原鄉》雜誌主辦以「壞」為關鍵字的一

---

[100] 參見：Michael Grenfell, *Pierre Bourdieu: Key Concepts*. Acumen, 2008, p. 24.

期，後來因來的東西不夠「壞」而沒有辦成。大約也是在這個時期，我寫了一組詩歌，題為《B系列》，相信已經「壞」到好的地步，果然被臺灣和香港這兩個絕對保守的地方退稿，但不久就在紐約嚴力主編的《一行》上發了11首——本來他說33首全發。後來又有7首在大陸的《三角帆》發表。據當地主管文化的官員說：不過就是B嘛，沒關係！

一種文化藝術有無活力，關鍵要看它是否夠壞。「壞」到一定程度，就能爆發出巨大的能量，火山或地震就是這樣一種壞，但藝術的壞不像這二者那麼傷人，它能留下長久的記憶。一些好的藝術品之所以好到讓人覺得「壞」，是因為缺乏這種創造能量的巨大爆發。西方十八世紀的油畫美人的確很美，但卻不如畢卡索的醜人有味，甚至不如醜人美，就是這個道理。

邁克爾·傑克遜1987年推出了一個歌帶，英文叫Bad，可惜譯成中文後，不倫不類地成了《棒》，很讓人噁心。傑克遜就是因為這個「壞」的歌帶而成為1980年代世界最成功的藝術家之一。

21世紀頭10年結束之際，「壞」以英國女歌手Rhianna的一曲Rude Boy（《粗魯男孩》），又在流行歌曲中被推到了頂峰，其歌詞頭四句是這麼說的：

Come here rude boy, can you get it up?
Come here rude boy, is you big enough?
　　Take it, take it, baby, baby,
　Take it, take it, love me, love me.

譯文是：

來呀，粗魯男孩，你翹得起來嗎？
來呀，粗魯男孩，你東西是否夠大？
　　進來，進來，寶貝，寶貝，
　進來，進來，愛我，愛我。

歌曲唱下去後，甚至還用了象聲詞：Give it to me, baby like boom boom boom（把東西給我，寶貝，嘣嘣嘣）。

Rhianna在另一首歌《S&M》中就有一個對「壞」的定義，說：Cause I may be bad, but I'm perfectly good at it（因為我可能很壞，但我絕對會搞）。

壞，作為一個關鍵字，早已出現在當今中國的詩歌中，特別是年輕女詩人大腿的詩歌中，越年輕，越「壞」，也越好。

《手機已經放逼裡了》[101]

> 我把手機調成振動
> 我給你發去消息說
> 我把手機放逼裡了
> 你瘋狂地打我手機
> 一次次的振動
> 讓我達到了
> 前所未有的高潮

你們如果覺得太壞，就把這次登載此文的這一頁撕掉。如果覺得壞得太好，就去看看吧，不要落伍喇。

壞（2）

藝術中的壞可以容忍，不僅可以容忍，甚至還很好玩，而且越壞越有藝術，就像蔡國強說的那樣：藝術就是亂搞。

現實生活中，就不能太壞，人一壞，就讓人很難受。其實，很多時候不是大壞，而是小壞，但壞得讓人討厭。有一次，我從西安去深圳，在機場遇到一件小事，壞到了我把它寫進詩裡的程度：

《壞》

> 我從西安去深圳
> 在7號登機口
> 1點30分登機時間早過
> 仍泥機入海無消息

---
[101] 該文鏈結在此，但刪除了最後的"高潮"二字。

我便趕快去廁所拉屎
回來後一見驚心：
7號口已無一人候機
莫非那頭泥機已提前開航？
看見檢票小姐
我又轉憂為喜，上前打問
她用手指指說：
你看桌面上的信息
我走到桌面跟前
卻什麼也沒看見
一旅客問了一個同樣的問題
她又指指說：
你看黑板上的資訊
我趕快返回
看了一眼，上書：
深圳航班改為8號登機口登機
媽的B
我心裡一句惡罵
你就壞到這種地步
用嘴說一聲不就得了
偏要害得老子在桌子和黑板之間
背著包包跑來跑去
有時在中國
人就是這樣壞之入骨

還有一種壞，是當詩人才碰得到的。也被我寫進詩中，如下：

《壞》

詩人中有一種壞
比殺人不見血的刀壞
比悶在肚子裡不說的腹誹壞
比把人撞死後開飛車跑掉的車壞

這種人

也跟你一起吃飯

也跟你一起喝酒

還跟你一起讀詩

甚至不在本國

甚至都在異國

讓你以為

他是好得不行的朋友

只到有一天他編一期詩刊

你給他投稿去

結果被他退稿

讓你一是覺得

他可真是不徇私情

二是覺得

你寫的東西真的不值

三是覺得

這朋友還真不是朋友

至少，當年你還選過他一首詩

入選一部重要詩集

還給他譯成你生下來就使用的文字

詩人中有一種壞

比什麼都壞

跟這種人交過朋友之後

你絕對不想再活一次

撞見這種人了

　　還有一種壞是這樣的。我因每週要在城裡上四天課，天天都得搭電車進城出城。一張2-hour Ten的票（去一次為時兩小時，回一次為時兩小時），五個來回就用完了，所以隔不多久就要到城裡下車的地方買兩張票，總共65.60澳元。今晨照例去那家7-11店買票，照例是那個幾乎沒有任何表情，聲音輕得像蚊蟲的華人女的。店裡人很多，我一進去就排隊，等我排到櫃檯時一問，她說都賣完了，接著說如果要買，就得買Myki卡，也就是電子充值卡。這個卡我沒用過，就問她能否告訴我怎麼用。其實她三言兩語跟我講講

也就完了，但她卻不肯，只吝嗇地說了一句：那裡有資訊，你看吧，說完就轉向下一個顧客。

我拿著那張單子出來，看了半天也沒看個所以然，就去另一家7-11店，也是一個華人，簡單兩句就把這件事解釋清楚了。我就在那兒買了兩張他們還沒賣完的2-hour Ten票，決定以後再也不去原來那家店了。這樣，他們那家店至少以後每兩周少收我65.60澳元錢。

最後還有一種壞，仍然是小壞，是朋友告訴我的。據她說，店裡來了一個新招的年輕營業員，週末上班時，因公車稀少很不方便，來去都需要她開車捎帶一腳。這倒沒什麼，發揚一下「階級友愛」嘛，但有一天她帶她時，想起身上沒帶錢，可又要去買東西，就順口問了她一下：是否能借十塊錢。回答是：錢是有，但不能借，因為已經跟男友約好，要請他吃飯的。朋友說：一聽就是撒謊，純粹是因為怕借了不還給她。既然如此，那以後還順便帶她幹嗎?!結果周日那天下午我問她：帶了嗎？回答是：帶了！為什麼？因為當天下午沒有公車。要是換了我，可能就不會這麼客氣了：你自己搭計程車去吧。

Come

這一個星期，我讓學生譯的，都是德里克‧沃爾科特寫的一首詩，是我從他詩集中選出來的一首。我跟他們一起譯，他們朗誦後，我也朗誦，譯了四天，我也修改了四次。其英文全文如下：

Bleecker Street, Summer[102]

Summer for prose and lemons, for nakedness and langour,
for the eternal idleness of the imagined return,
for rare flutes and bare feet, and the August bedroom
of tangled sheets and the Sunday salt, ah violin!

When I press summer dusks together, it is

---

[102] 原文鏈接在此：https://www.poetryfoundation.org/poems/57109/bleecker-street-summer

a month of street accordions and sprinklers

laying the dust, small shadows running from me.

It is music opening and closing, Italia mia, on Bleecker,

ciao, Antonio, and the water-cries of children

tearing the rose-coloured sky in streams of paper;

it is dusk in the nostrils and the smell of water,

and gathering islands and lemons in the mind.

There is the Hudson, like the sea aflame.

I would undress you in the summer heat,

and laugh and dry your damp flesh if you came.

詩這個東西很奇怪，如果好，你一讀之下就知道，但其中的種種妙趣，不譯的話，就不是很大清楚。這是一。其次，只有動手譯起來，才知道，原來得做一點小研究才行。例如，譯到the Hudson時，我就有點疑惑起來，這是說的什麼地方啊？沃爾科特不是西印度群島人嗎？難道那兒也有the Hudson？一查之下發現，原來Bleecker Street在紐約，而那裡有個*Italia mia,*是一家義大利餐館。決定了該詩發生的地點，就能確定，這個the Hudson就是哈德遜河。

第一段中有個字，是salt，即「鹽」的意思。當然，根據字典，它也有「風趣」之意，許多學生也選了這個意思，生怕把意思弄錯了。我呢，直接譯成了「星期日的鹽」。詩歌講究形象，既簡單，又複雜。鹽的形象就是鹽，它內含的意思千差萬別，但它一出場，你還是把它當鹽，不管它裡面是否還有別的意思。

接下來那段的第一句中，有個動詞press不太好懂，我邊譯邊改，依次為：推、推擠、推壓，最後落實到「拉」上。為什麼？因為詩人顯然是在用拉手風琴的動作，來形容「夏日所有的黃昏」，也就是把「夏日所有的黃昏拉在一起」，才出現下句的「一整個月的街頭手風琴」。

再接下來，有一個令所有同學費解的字「water-cries」，不是譯成「哭喊」，就是譯成別的什麼說不通的東西。我跟他們講了一個小故事。2007年12月，我去阿德萊德參加一個學術會議，那天41度大熱，我在離海灘不遠的街頭等人。此時水從街地上噴出，一排排的，一片片的，澆濕了不少路人，

卻吸引了很多孩子，在水的噴射下歡呼跳躍。他們的歡呼，就帶著水滴聲。我說：這個「water-cries」，是英文中常用的一種合成方式，是詩人創生的一個字典尚未收進去的詞，就像我今晚從電視上收聽到的那個美國表現新誕生的華人籃球新星林書豪的字：Linsanity一樣，把他的姓Lin，跟insanity（瘋狂）縫合在一起。

接下去的這一行，「tearing the rose-coloured sky in streams of paper」，就更令學生摸不著頭腦了，譯成什麼樣的都有，但就是譯得不像那麼回事。其實，這句真要直譯，才能譯出詩味，一點都不能企圖把別的意思讀解進去或譯解進去，即「把玫瑰色的天空撕成紙的河流」。

緊接著的第三行是「it is dusk in the nostrils」，也更有意思，它讓我想起澳洲詩人Les Murray的一首詩，題為「The Nostril Songs」（《鼻孔之歌》）。當年我和John Kinsella合編《當代澳大利亞詩選》（我本人翻譯），本來看中這首，卻遭到他本人拒絕。原因現在已經忘記了。一個學生把它譯成「鼻子裡聞到了黃昏的氣味」。不好。原因很簡單，譯者一解釋，詩歌即崩潰。要旨是，詩歌必須和盤托出，才有原汁原味，故譯為：「那是鼻孔裡的黃昏」。是詩人就懂，不是詩人也能體會。

過去常說什麼「詩眼」，找個半天也找不到，我倒願意貢獻我自己的一個說法：「詩尾」。歐美詩人寫詩，往往把寶押在最後一個字上，例子很多，我現在都記不得了，但眼下就有一個，又何必到別處去找，就是這個「came」一字。這個字，我第一遍譯成「來」，第二遍譯成「高潮來時」，到第三遍時，才意識到都不行，因為它好就好在既明白，又不清楚。如果詩人用了比較粗俗的「cum」的話，那一望而知是性交達到高潮的意思，但英文的「come」，同時兼具來和高潮之意，譯此而不譯彼，就顧此而失彼，沒法兼顧。

今天第四稿時，我採取了不譯法。這個方法，我在自譯我的英文詩「Moon over Melbourne」時就採用過，把下面這三句：

dreading so bloody dreading to see
the bloody bastard moon

over Melbourne

譯成了：

害怕呀bloody害怕
墨爾本上空

那雜種的月亮

　　最近我的一個學生翻譯我的英文長篇小說「*The Eastern Slope Chronicle*」（《東坡紀事》），處理其中一個名叫Wu Liao的人物時，我也建議他採取了「不譯法」，因為Wu Liao雖是「無聊」的諧音，但譯成他的名字就叫「無聊」，或「吳聊」，顯然都沒有「Wu Liao」好，因為Wu Liao就是Wu Liao，裡面含有的意思幾乎是無盡的。

　　最後，我把這個「詩尾」通過不譯法，譯成了「come」，譯文全文如下：

《布利克大街，夏日》

散文和檸檬的夏日，赤裸和倦怠的夏日，
想像你會回來，永遠慵懶的夏日，
難得的笛聲和赤腳的夏日，以及八月臥室
亂成一堆的被單和星期日之鹽的夏日，啊，提琴！

當我把夏日的所有黃昏拉在一起，那就是
一整個月的街頭手風琴和灑水器，
壓住清塵，小小的陰影從我身邊逃離而去。

那是布利克大街Italia Mia餐館的音樂打開又關上，
Ciao，安東尼奧，以及孩子帶著水聲的歡叫
把玫瑰色的天空撕成一條條紙的溪流；
那是鼻孔裡的黃昏，水的氣味
沿著布滿垃圾的大街而去，引領你來到無水之地，
把島嶼和檸檬在腦海中聚集。

哈得遜河就在那兒，彷彿著火的海洋。
我要在夏日的炎熱中，把你衣服脫光，
你come時，我要大笑著擦乾你潮濕的肌膚。

對了，你可能注意到，文中有兩個地方有外國話，一是Italia Mia，一是Ciao。這我也都本著「不譯」的原則，直接保留下來，比原文還有原味。諸位可能有所不知，英文詩寫者，常會通過在英文詩中星星點點地灑下一點外語，以增其色，以補其味，不知寫詩的你或譯詩的你，是否注意到了這點，或甚至學到了這一點？

藝術

　　時間是2012年2月18日星期六下午的5點56分。收音機裡播放著爵士樂。我在翻譯*Things I didn't Know*。作者是Robert Hughes。翻譯的地點在澳大利亞墨爾本的Kingsbury，我家所在地。剛剛翻譯完的這段如下：

> 吉羅德・鐘斯還讓我的雙腳又邁出蹣跚的一步，對藝術產生嚴肅的興趣。這一年是1954年，適逢新南威爾士藝術畫廊，即悉尼博物館舉辦了一次畫展。我不記得畫展叫什麼名了，但主題是歐洲抽象繪畫。鐘斯神父把一小幫高年級學生聚集起來，生拉活扯地拽去看畫展，這一點很不符合他的性格。大家，包括我本人在內，都覺得這大約是在開玩笑——全都是斑斑點點，圈圈框框的，藝術家的姓名我們一個都沒聽說過。有一幅繪畫特別突出。那是一方塊棕色的粗麻布，上面甚至——我覺得這一點尤其可惡——都沒有塗顏料，只是隨處輕抹了一點。上有一個蜘蛛般的黑星星，好像一隻多毛毒蜘蛛的屁眼（我產生了這樣一個聰明的想法），還有一些紅色的斑塊。該畫的母題是47的數碼，塗成黑色，用的是一種樣子很怪的草字體。簽名的是一個名叫米羅的人。我覺得，這不可能是藝術。[103]

　　譯到這兒，我想起詩歌翻譯課上，我教的那些80後學生經常掛在嘴邊的一句話：這哪是詩？這麼簡單的東西誰都會寫。只要不斷敲回車鍵就行。

　　可是他們不知道，世界走到義大利Piero Manzoni（1933-1963），才第一次親眼看到把自己的大便封存在罐頭盒子裡的藝術。這種事情誰不會做？能叫藝術。

---

[103] Robert Hughes, *Things I did not Know*. Random House, 2007 [2006], p. 173.

有意思的是，青春是很美麗，操起來的感覺真棒，但是，絕大多數（大約有99%）的青春和藝術不搭界，老一點，再老一點，才會對不藝術的東西產生感覺。

龐德

龐德的英文名字是Pound，是重量單位一磅兩磅的磅，也是貨幣單位的一鎊兩鎊的鎊。進入中文後，卻帶上了沉重的道德色彩：龐德，龐大的道德。

總的來說，龐德的英文詩，不如他翻譯的中國古詩，但筆下時有驚人之舉。英語中有七重天，漢語有九重天，龐德筆下出現了「千重天」（all the thousand heavens），應該是受漢語喜歡誇大的影響。[104]

龐德生於1885年，相當於那個世紀的80後，卒於1972年，這又有點像中國那個文言白話交錯的時代，古文往往比今文還好，或者今文中常常夾雜著古文。龐德的英文詩最有意思的，就在這個地方。隨手就可拈來數例：「Her grave, sweet haughtiness／Pleaseth me」。這個「Pleaseth」，就很古，如用今語，應該是「Pleases」。又如這句：「he on dry land loveliest liveth」。這個「liveth」，如用今語，就應該是「lives」。再如這句：「Neareth nightshade, snoweth from north」，也都是把本應以「s」結尾的動詞第三人稱全變成了古語的「eth」形式，其古意頗令我欣喜。

他的有些詩句也清新可喜，如這句：「The dew is upon the leaf.／The night about us is restless」（露落在葉上／周圍的夜，躁動不止）。（p. 43）又如這句：「I long for your narrow breasts」（我渴望你的窄乳）。（p. 45）

有一首較長的詩，其中一個部分很不錯，如不全譯，見不到本色，但一直又找不出時間來譯，此時已是夜裡11點10分，本來是上床睡覺的時候，但還是決定來做這個工作，從該詩的中間下刀，來玩玩看是怎麼回事：

我說過：
　　「這兒，曾有這樣一個人走過。
　　「這兒，獅心曾被宰殺。

---

[104] Ezra Pound, *New Selected Poems and Translations*. ed. Richard Sieburth. New Directions: 2010, p. 22.

「這兒，歌唱得很好聽。
「這兒，一個男的加快了腳步。
　　「這兒，一個人躺著喘氣。
我從霍特福朝南望過，
　　　想起南邊的蒙泰裡亞克。
我在羅卡費夏達躺過，
　　　　與落日齊平，
見過銅色往下
　　　　染盡群山，
我見過田野，淡色，清亮如同翡翠，
削峰，高馬刺，遠城堡，
我說過：「古路曾在這兒躺過。
「男人都曾從這座以及這座峽穀走過
「那兒，大廳挨得更緊。」
我見過岩上的富瓦，見過圖盧茲，以及
　　　變了大樣的阿爾勒，
我見過廢墟中的「朵拉塔。」
　　　我說過：
「Qiquier! Guido。」
　　　　我想過第二個特洛伊，
奧維尼亞某個受人珍視的小地方：
兩個男人拋起一枚硬幣，一個男的留有一座堡壘，
一個走上大道，唱起了歌。
　　　他唱一個女人。
奧維尼亞在歌聲中挺起：
　　　法國皇太子做他後盾。
「城堡屬於奧斯特！」
　　　「皮埃爾繼續歌唱—
「一個美男子，而且也愉悅。」
　　　他贏取了那淑女，
把她偷走了，為了他自己，留下她，抵抗著武裝力量：
那個故事就這麼結束了。
那個時代走了。

皮埃爾・德・蒙薩克走了。

我在這些路上走過。

我以為他們都還活著。[105]

　　我在最後一句的下面，當然是英文的下面，即「I have thought of them living」下寫道：「真棒！」

　　接著再看，英文是這麼說的：

Say this or that, or speak my open mind,

Say that I hate my hates,

　　　Say that I love my friends,

Say I believe in Lewis, spit out the later Rodin,…

…

…, the loveliest die.

That is the path of life, this is my forest.

看刀！譯文如下：

說這說那，要不就說出自己敞開的心思，

說我恨我的恨，

　　　說我愛我的友，

說我相信路易士，把後來的羅丹吐出去，……

……

……，最可愛的都死了。

那就是生命之道，這就是我的森林。[106]

　　真的很特別，尤其是這種口吐真言的方式。

　　有的時候，一首詩讀完，都沒有感覺，但結尾那句，簡單得不能再簡單，卻讓你停留了半晌，甚至還劃了一個底線。例如這句：

[105] Ezra Pound, *New Selected Poems and Translations*. ed. Richard Sieburth. New Directions: 2010, pp. 46-7.

[106] 同上，p. 50.

⋯⋯There is nothing to do but keep on.[107]

我的譯文是：「沒別的事可幹，只有繼續下去了。」

覺得他好像是隨便說的一句話，卻又像意味著別的東西，還意味著很多，特別是好像是在指詩，或寫詩。不說了，繼續讀吧。

看到龐德的譯詩。據說老龐不懂中文，古詩都是通過日語轉譯的，李白在他筆下成了Rihaku，但那是何等的譯詩啊！簡直不是翻譯，而是創譯！比如Rihaku的這句：

And the water, a hundred feet deep, reflecting green eyebrows
——Eyebrows painted green are a fine sight in young moonlight,
Gracefully painted——[108]

簡直美不勝收，比李白還Rihaku，比Rihaku還李白，我恐譯筆不勝，但先譯為快，譯了再說：

而那水，有百尺之深，映出綠眉
——畫出的綠眉，在年輕的月光下，樣子多麼秀美，
描畫亦屬優雅——

如果細讀，還是英文過癮。否則就乾脆讀Rihaku的中文詩。

從老龐那兒，學到了一些中國古代詩人的別名，比如Rosoriu。此人不是別人，而是盧照鄰，即寫《長安古意》的那位。老龐的譯文有句雲：「Night birds, night women」。[109]我在旁邊做了一個記號。知道為什麼嗎？因為，我多少年前翻譯的一位中國詩人的詩，就是這個標題。這位詩人是楊邪，他的中文詩名是《夜晚的女人》，我呢，那時還沒看老龐譯的這首，但英文的標題是「Night Women」，跟這句一模一樣，後來發表在美國的《印第安那評論》上了。

你別說，關於「夜晚的女人」，英文中還有另一種說法，也就是「ladies

---

[107] 同上，p. 52.
[108] 同上，pp. 61-62.
[109] 同上，p. 66.

of the night」，[110]直譯即是「夜之淑女」。

中國人有九重天的說法，西方人只說七重天（seventh heaven），少兩重，但在老龐筆下，則出現了八重天的說法。他譯老陶，陶淵明的《停雲》一首時，把其中的「八表同昏」的「八表」，均譯作「the eight ply of the heavens」（八重天），這顯然是不對的，因為「八表」在中文中，有極其遙遠的意思。[111]不過，老陶的名字，他沒有日本化，而是譯得相去不遠：T'ao Yuan Ming。

現有跡象表明，很多寫作的人，其實是在撐持著，有的中途放棄了，有的只是在無可奈何地支撐，不寫不行，一直寫下去，也好像沒有什麼希望。本人就時有這種想法。西人也是同樣的，比如老龐，看了他這句你就知道（免去原文，直接給你譯文）：

借我一家小小的煙草店，
再不就讓我幹任何營生，
千萬別搞寫作這種混蛋行業，
時刻都要用腦子。[112]

龐德的雋語不多，主要靠詩歌的流動，像在荒野中走路，隨便撞見的小溪或大河。但有時，也會驚豔一閃，飄出一句動人的東西，如：「mid-crowd is as bad as mid-sea」[113]（置身人眾，就如置身大海一樣糟糕），言簡意賅，一語到位。

還有一句也不錯：「At any rate I shall not have my epitaph in a high road」（無論如何，我不會讓人在大馬路上寫下我的墓誌銘）。後面小半句「epitaph in a high road」，幾可作為一本書的書名。

中文有以「多」組合的片語：多話、多情、多心、多餘、多疑、多少，等，這些都無法直譯成英文，但英文也有類似的「多」片語。1986年春，我第一次去加拿大，在抵達的第一座城市溫哥華，晚上第一次收看了電視上的一個音樂台，台名就叫「Much Music」。如譯成多音樂，那很難聽。如譯

[110] 參見：Nigel Cawthorne, *Sordid Sex Lives: Shocking stories of perversion and promiscuity from Nero to Nilsen.* Quercus, London: 2010, p. 65.
[111] 同上，p. 67.
[112] 同上，p. 79.
[113] 同上，p. 93.

成多音，又好像少了很多東西。龐德有句雲：「Much conversation is as good as having a home」，[114]感覺很好，好就好在這個「much conversation」上，也是無法在漢語中如法炮製的，意思是說：「話有得談的，就好像回到家一樣」。這句話，漢語怎麼說，都沒有英文有味，關鍵是無法用「多」來譯那個「much」。

我搞翻譯，計有33年歷史，逐漸發現，英語是以少勝多的語言，當然這是針對當代漢語說的。這段時間一直教漢譯英的課，我就告訴學生一個心得：漢譯英，就是一個吃瀉藥的過程，因為相比較而言，漢語太囉嗦，太廢話。比如說，我們說她「淚水漣漣」，龐德有句就很簡單：her undryable eyes（她幹不了的眼睛）。[115]

龐德的詩簡白舒服，寫愛情一點也不費勁，看這幾句：

> 然而，你問我憑什麼寫那麼多愛情抒情詩
> 這本軟書從哪兒跑進我嘴裡。
> 卡利俄鉑和阿波羅都沒把這些唱進我的耳朵，
> 　　我的天才不過就是一個女孩。
> ……
> 如果她把襯衣脫了跟我玩，
> 　　我們就可以創作許多《伊利亞特》。[116]

看，平實而又大氣。

龐德對詩歌，儘管很效忠，卻是看得很透的。他說：「誰在一見之下，都不知道某書是否是傑作。／放棄詩歌吧，孩子，／從中一無所獲。」[117]這使我再次想起，一位澳洲作家朋友多年前說過的一句話：「There's no money in poetry」（詩無錢）。奇怪當年怎麼沒把這話聽進去，一意孤行，一詩孤行到如今，看來一生終與錢無緣。

有些話，龐德說得很淺顯，卻又大有深意，如這句：

---

[114] Ezra Pound, *New Selected Poems and Translations*. ed. Richard Sieburth. New Directions: 2010, p. 95.
[115] 同上，p. 96.
[116] 同上，p. 97.
[117] 同上，p. 116.

...time for arrangements—

Drifted on

To the final estrangement;[118]

譯成漢語就是：

……到了該做安排的時候——

繼續漂流

漂到最後分手。

不是淺顯，簡直就像箴言。處於熱戀中的人要知道，熱戀結束後的更清楚，但龐德這首詩，好像又不是談的這件事。倒是最後的「estrangement」那個字，今天下午教詩歌翻譯時，被我用上了，也被一個學生用上了，那是他們在翻譯水晶珠鏈的《疏離》時用的，其實就是分手，不過比分手好聽點罷了。

多頁地掠過不看或粗看，到了152頁，隨手寫了一句：「很有意思」，我是指他在詩行中，有意把整個字不寫，只寫其中一個字母，如：

And with them……r,

又如：

and……….m

又如：

...n and the press gang[119]

這種玩法很過癮。現在詩壇有種傾向，是我不喜歡的，寫詩就像打炮，詩到射精為止。事實是，詩還是天寬地闊的，有各種玩法和寫法。有些詩人一看就知道，無論寫多少，都只是加零的重複而已。俺不稀罕。

---

[118] 同上，p. 120.
[119] 同上，p. 152.

繼續掠過大片詩歌地帶不予光顧，來到165頁，看到我用英文寫的兩個字「multicultural + multilingual」。順便說一下，等我看到龐德這本書時，我的讀詩方式，早已甩脫傳統意義上的從第一頁看到第n頁的習慣，而是風一樣地亂翻，翻到哪兒算哪兒，當然，從一首首的角度看，還是從頭開始的，但很有可能是從最後一首開始。只是需要為自己做一個記號，提醒自己不要重複，除非該詩特好。這一頁用這兩個字，是因為龐德的詩歌開始出現以前令我羨慕的多語言雜交的現象。那時年輕，迷戀先鋒，現在已近黃昏，早已不對這種雜交太感興趣，所以，倒是節約我很多時間，因為反正是看不懂的，查字典也沒法查。你說說看，希臘字從哪兒下手？

嘩啦啦翻書，像踩倒麥田一大片，突然一行被底線的詩迸濺出來，像射精：

Time is the evil. Evil.[120]（時間是惡。惡。）

龐有粗的時候：「Twin arse with one belly.」[121]（一個肚子，兩個屁眼）。

龐有詩的時候：「By prong have I entered these hills:／That the grass grow from my body,／That I hear the roots speaking together,⋯」[122]（我憑著乾草叉尖，走進這片山崗：／草從我體內長出，／我聽見草根一起說話）。

龐也有細的時候：「where the young boys prod stones for shrimp.」[123]（那兒，小男孩戳著石頭找蝦）。以及這：「dead grass breedeth glow-worms」[124]（死草滋養出螢火蟲）。其中，「breedeth」的動詞，還是用的古英語形式。古意十足。

就像所有的詩人一樣，龐德也對時間極為敏感，如前面那句「時間是惡」，[125]以及現在這句：「a day as a thousand years」[126]（一天就是一千

---

[120] 同上，p. 171.
[121] 同上，p. 182.
[122] 同上，p. 188.
[123] 同上，p. 189.
[124] 同上，p. 192.
[125] 這句話在另一個地方還出現過一次，參見p. 209.
[126] Ezra Pound, *New Selected Poems and Translations*. ed. Richard Sieburth. New Directions: 2010, p. 205.

年）。在這一點上，他不如我。我曾說過，對自己說過，因為我沒人可說：一秒就是一億年。

龐談到時間時，說了一句比較費解，但讀起來有味的話：「Time runs in envy of us,／Holding our day more firm in unbelief.」[127]（大意是，也只能是大意：「時間跑著嫉妒我們，／握住我們的日子，不相信它更堅實。」）

也像所有的詩人一樣，龐德對美頗有感受，不是那種見美撒嬌的傻瓜狀，而是直言：「beauty is difficult」，「beauty so difficult」（美很難，美太難了）。[128]使我想起一句自己的詩：看到一張美女的臉，就彷彿看到了一張錢。

龐德有時也會直面人生：「當朋友互相仇恨，／這世界上怎可能有和平？」[129]

他說得更絕的是：「man seeking good／doing evil」。[130]（求善／卻作惡的人）我幾乎能把這跟某些人對上號來。

我總說，直譯就是詩。比如，漢語的「東山再起」，譯成英語，有個對應詞，就是「to line up」，但那索然寡味，還不如像我說的那樣，譯成「eastern hills rising again」。龐德大約受了漢語影響，不僅一字一字地硬譯、死譯，而且有的地方，簡直讓我覺得，既是好的翻譯，也是好的詩歌，如「word-work」。[131]這不就是中文的「文字工作」嗎？可它比「文字工作」更勝一籌，因為它還利用了英文的「alliteration」（頭韻）。

很多年前，我教澳洲人學詩歌時，就注意到，澳洲人是不大看書的。現在教80後的學生，發現的還是同一個問題：中國人也不看書。西人的勸學，跟中國人不同，但很人性，那是要罵人的，如龐德這段話：

Know how to read? you MUST
Before you can write. An idiot
Will always
Talk a lot.[132]

---

[127] 同上，p. 279.
[128] 同上，p. 219.
[129] 同上，p. 252.
[130] 同上，p. 252.
[131] 同上，p. 266.
[132] 同上，p. 281.

譯文如下：

知道怎麼閱讀嗎？你必須先讀
才能開始寫作。一個傻瓜
才會總是
誇誇其談。

以我為中心，以西方為中心，應該是從西方來的。中國文化是人格分裂的文化，心腦分離的文化，幾千年前就知道說「無我」，幾千年後也知道用「無我」來做名字，古詩中甚至從來沒有我字出現，其實處處有我。沒我是假的，有我才是真的。龐德受中國文化和詩歌影響，大約錯誤地以為，無我是至境，在詩歌中也有所流露，如他說：「所謂‘我’，是暴君」，而「我，加上ME，我害怕。」[133]

最近看了一本英文的拉丁文學選集，有了一個新發現，即西元一世紀的拉丁詩人Propertius。隔了兩千多年，其詩仍頗富衝擊力，龐德當年譯他，1919年3發表後，惹怒芝加哥大學一教授，罵他譯文錯得一塌糊塗，說：「假如龐德是拉丁教授，他剩下的唯有一條路，那就是自殺。」龐德的回答是：與其說他「翻譯」了普羅帕夏斯，不如說他「讓一個死人活了轉來」。[134]我向來重詩人，不重教授。在這一點上，我絕對站在龐德一邊。教授可能每個字都是正確的，但那是死的。下一句話不說你也知道：龐德最大的功勞就在於創譯，讓死人活轉來。

這本書的後面，有艾略特當年寫的序和John Berryman後來寫的序。艾略特的文字清晰，但有發號施令的嫌疑，第二次再看，我就覺得討厭。Berryman的東西一般，無甚可寫。倒是艾略特引用的若干龐德詩文不錯，不過，寫到這兒，我已經有些累了，就此住手。再說，文章絕對不是千古事，不要看得那麼重，該收手，就要收手，而且，今天34度呢，儘管是2月24日。

---

[133] 同上，p. 281.
[134] 同上，pp. 298-299.

學生

　　詩歌是最民主，最自由，最俗世的。詩歌一冠以頭銜，就完蛋了。一個學生說：老師，我之所以選譯這首詩，就是因為我不喜歡它，不像他們，都選自己最喜歡的詩翻譯。我心想：別看你這個肥肥的上海妞，說出話來還挺有詩意。一男生說：知道我為什麼選《小屋》這首嗎？因為所有的詩都被別人挑去翻譯了，唯獨這首沒被人挑，我同情它，所以譯了它。我心想：哎，這理由不錯，而且，這也是一首沒掛我名字的詩呢。

　　上學期畢業的學生中，也有個類似的學生。本來我複印的詩頁，往往總會帶上頁留下的幾行詩，或這頁沒完，又轉到下頁的詩，這個學生明知如此，偏偏就選這種兩三行或四五行有頭無尾，或有尾無頭的詩，言之鑿鑿地說：我就喜歡這首或半首，你告訴我原因後，我反而更喜歡了！

　　這些孩子，以前不看詩，以後也不一定再看詩，但都是詩人。所有的人，包括不寫詩的人，都是詩人。詩人沒啥了不起，得了獎的就更沒啥了不起。我的原則是：凡是得了獎的詩集，我絕對不買。得了獎的詩人，我一律不看。我，就做一個人，一個碰巧寫詩的人。

一詩多譯

　　昨天大陸一友人，也是從前在大學教我英文的老師，發來一個郵件，請我幫忙給他翻譯一首英文詩，因他要把譯文用在他擬出版的一本書中。這段英文詩歌作者是William Dunbar，在下：

> Soveraign of cities, semeliest in sight;
> Of high renoun, riches and royaltie;
> Of Lordies, barons, and many goodly knyght;
> Of most delectable lusty ladies bright;
> Of famous prelaties, in habitis clericall;
> Of merchauntis full of substaunce and of myght;
> London, thou art the flour of cities all.

　　一看我就知道，這是首古詩，因為裡面充滿要在現在看來一定是錯字的

英文，如renoun（正確的是renown）和myght（正確的是might），等。最後一句裡的「flour」，按今天的意思，應該是「麵粉」，而按當年的意思，應該是「flower」（花）。這裡面只有一字查不到，即「semeliest」，估計是「stately」（威嚴）的意思。我怎麼知道的？當然是查的。

這首詩的詩人其實是Anonymous（佚名），但一般歸在Dunbar名下，標題是「To the City of London」（《致倫敦城》），寫作時間約為1501或1502年，那時應是明末。我想了想，譯在下面：

> 萬城之巔，位尊威嚴，
> 譽高富饒，王室之驕。
> 爵士遍地，騎士丰姿。
> 窈窕淑女，美色可餐。
> 著名教士，道袍岸然。
> 富商大賈，力強財富。
> 倫敦一花，萬城獨雅。

我這麼譯，是有講究的。我有個理論是，譯詩可一詩千面，風格迥異，形式百態。比如，一首詩譯成中文，可四言，可五言，可六言，可七言，也可自由體。我譯雪萊的「Love's Philosophy」（《愛情的哲學》），就是這麼玩的，好玩極了。注意，我說玩，而不說譯，不是小看翻譯，反而是大看了，只有進入「玩境」，才算登堂入室，先看英文如下：

> THE fountains mingle with the river
> And the rivers with the ocean,
> The winds of heaven mix for ever
> With a sweet emotion;
> Nothing in the world is single,
> All things by a law divine
> In one another's being mingle—
> Why not I with thine?
>
> See the mountains kiss high heaven,
> And the waves clasp one another;

No sister-flower would be forgiven
If it disdain'd its brother;
And the sunlight clasps the earth,
And the moonbeams kiss the sea—
What are all these kissings worth,
If thou kiss not me?

再看我的第一招，系四言：

泉水入河，
河流入海，
九天之風，
情感甜蜜。
神聖法律，
成雙捉對，
精神肉體，
不分你我。
山吻高天，
波擁波去，
兄弟姐妹，
友好相處。
陽光泄地，
月吻海波。
你要吻我，
才有意義！

再看吾第二招，系五言：

清泉匯百川，
百川入海流。
九霄雲外風，
甜情蜜意多。
萬物不成單，

靈肉均相伴。
自然之規律，
你我何必異？
山有天象親，
浪有浪相接。
花朵不相踐，
骨肉不相殘。
陽光照大地，
月亮吻海波。
你若不吻我，
一切無意義。

再看吾第三招，系六言：

清泉注入河流，
河流注入大海，
天堂之風永遠
充滿甜蜜情感。
根據神聖法律，
萬物成雙捉對，
精神肉體相依，
何不善待我你？
高山親吻天空，
波濤相擁相抱，
姐妹花好月圓，
兄弟友好相處。
陽光摟住大地，
月亮親吻海波。
如果你不吻我，
一切有何意義？

看到這兒，如果嫌累，可以走掉。如果還想看，那就請看我最後一招，
系七言：

泉水清洌入河流，
河水奔騰到大海，
天堂之風永遠吹，
不盡甜蜜滾滾來。
自然規律超神聖，
萬事萬物需配對。
精神肉體相依託，
為何你不善待我？
高山之唇吻高天，
波浪之臂互相挽。
兄弟姐妹並蒂蓮，
互不相輕互不賤。
萬裡陽光摟大地，
千頃海水月光親。
此時你若不親我，
甜蜜又有何意義？

　　諸位如果喜歡看自由體的，網上有一個叫王正麗的，已經試筆過，在此：http://www.360doc.com/content/11/0511/15/3114071115966008.shtml

　　其實，前面那篇寫倫敦的詩，如果有時間的話，我倒很想以自由體來全譯一下。

　　美國詩人Edna St Vincent Millay，女，當年有首小詩頗轟動，為人傳唱一時，題為「First Fig」（《第一枚無花果》）。我分別以五言、七言和自由體各譯了一遍，按英文以及上述順序分敘如下：

My candle burns at both ends;
It will not last the night;
But ah, my foes, and oh, my friends—
It gives a lovely light.

五言：

蠟燭兩頭燃，

一夜淚始幹。
敵友不必憂，
煥然且四濺。

七言：

小小蠟燭兩頭亮，
一夜之間即燒光。
朋友敵人不必慮，
蠟燭四射放光芒。

自由體：

我把蠟燭兩頭點亮，
可能維持不到次日天光。
可是，我的敵人和朋友啊，
它放射出多麼可愛的光芒！

譯詩，譯詩，最大的樂趣在於，創譯的空間是無止境的。

伊沙

　　詩人送我的詩，我一般都看。去年到西安，所見的幾個詩人送的書，有伊沙的，有朱劍的，有秦巴子的，有西毒何殤的，都看了。說起來，我跟伊沙交往時間已經將近二十年了，大約從辦《原鄉》的1994年起就開始了，後來還陸陸續續譯他的詩，在澳洲和英國發表，總有二十來首。

　　他送我的幾本書中，有一本很散碎的談詩的散文集，題為《晨鐘暮鼓》。我看書的習慣，隨翻隨劃線，覺得有意思的就留下痕跡，沒意思的就翻過去不再看了。下面寫的，就是我的隨感。

　　從小，我們填寫履歷表時，都要在出身這一欄填寫，當年最令人羨慕的是諸如「貧農」、「下中農」、「工人」之類的出身。我的真實出身，應該按父親的填寫成「偽官吏」才對，因為他曾在國民黨的考銓處當過科長，但

母親總說，你填我的就行，「職員」。就這個不卑不亢的出身，我也曾遭早年的玩伴咒罵，說我母親是「地主女兒」。沒想到，伊沙也有類似經歷，說其父教他填「職員」，而不填「資本家」。[135]我1991年離開中國，到現在已經有20多年，雖然多次回國，但已不在任何單位工作，不知道這個情況是否有所改變。倒是出身一詞，曾喚起我寫詩的欲望，寫過一詩，如下（對不起，找不到了）。一會兒後，又找到了，原來是記錯了標題，應該是《成分》，如下：

《成分》

你那天給我打電話時
我跟你講起澳洲這個國家不同的做法
無論你名氣多大
無論你出版了多少書
出版社或雜誌社永遠對你白頭如新
不認你人，只認你文
這就叫唯名聲論
不唯名聲論，重在文章品質
一下子，我想起了從前那句老話：
唯成分論，不唯成分論，重在政治表現
你說你沒聽說過這種說法
也不懂是什麼意思
啊，你這八十年代初出生的牛犢！
我們那個時代的人
是按成分劃分的
有的是富農成分
有的是資本家成分
有的是貧下中農成分
比如我，就是偽官吏成分
因為父親是國民黨考詮處一名科長
算是官吏，而且是偽的

---

[135] 伊沙，《晨鐘暮鼓》。山東文藝出版社，2007，p. 3.

為了保護我們兄弟仨政治上不受影響
母親讓我們用她的成分：職員
這樣升學或入團就不會有太大的問題
當年，我記得，有一個小時的玩伴
在河邊釣魚時含沙射影地罵我說
我們中間有個人媽媽是「地主女兒」
為這事我不開心了很久
那個時代，就是這個成分
像陰影一樣籠罩了我們
後來，1979年
我們弟兄仨一起考上大學
我父親，這個偽官吏
很開心了一陣
你聽著我說，很久都沒做聲
成分啊，成分，我正在考慮如何把你翻譯成英文

　　當年讀大學，畢業分配時，一般遵從哪兒來哪兒去的原則，雖然如此，有些人總比別的人分配得如意。伊沙沒有留在北京，言語中似有怨氣。[136]我1983年大學畢業時，也曾因詩蒙難，被發配到雲南羅平一座水電站當翻譯，後來進行一番抗爭之後，留在了武漢。

　　我發現，文學這個東西，有很多人看不起，但最看不起的，就是那些當年想搞，最後卻失敗而歸，半途而廢的人。這些人終將一輩子耿耿於懷，當然，這些人中有不少後來賺了大錢，因此更覺得有理由不把文學當回事。沒想到，伊沙一句話就把這種人戳穿了。他說：「你有一千萬也是背著一部文學棄兒的血淚史來的」。[137]

　　有一個地方我看錯了，伊沙說：「婦女是我們用來愛的」，[138]我卻看成是「婦女是我們用來做愛的」。我想，都不錯。

　　有些話，我並不同意，如伊沙說：「一定要把你的‘讀者’虛擬得高一些，你才可以一直好下去。」[139]對我來說，這不成立，因為一，我心中從來沒

[136] 伊沙，《晨鐘暮鼓》。山東文藝出版社，2007，p. 11.
[137] 同上，p. 18.
[138] 同上，p. 19.
[139] 同上，p. 20.

有讀者。愛看看，不看拉倒，拉雞巴倒。二，我對「一直好下去」沒興趣。保不准我還想一直壞下去，因為好和壞從來都不是一樣的，甚至還可能易位。

中國一直都有「官方」這個說法。因此，伊沙在指出北島、楊煉、舒婷、顧城、江河等人，1980年代時，小傳中都稱自己是什麼「作家協會」的成員[140]這一事蹟時，是大有深意的。我只能從自己角度來談此事。我從來都不是中國任何作協的成員，倒從一開始就加入了澳大利亞作協，以及維多利亞省作協，後來退出維省作協，但繼續保持澳協會員身分，原因是交了不低的會員費，遇到需要資訊或保衛作家權益事，這個協會是會為會員工作服務的。就這麼簡單。今後，中國作家如想加入澳洲作協，只要每年交一百多澳元的會費，保證來者不拒。

伊沙對高行健頗有微詞，稱他為「專幹髒活累活的高行健」。[141]我倒好像沒這種感覺。實際上，我在出國之前，一直是很欣賞其人的。不過，一個作家要想贏得所有人的認可，光靠諾獎肯定是不行的。

伊沙談到一個朋友曾被女友誣告強姦而被判五年徒刑，[142]不覺使我想起我在這邊因工作而接觸到的很多類似案例，某女因某男未替她辦身分，而告其強姦等，也曾親眼看到被告獲勝的結果，總的感想是，澳洲的法庭至少不像某些人想像的那樣，可以隨便隨口把人告下來的。有沒有不公平的現象？當然也有，但在談詩的地方，我就不想多談這個了。

最近澳洲紀念達爾文市在二戰被日本轟炸70年，有一個老兵被採訪時，就說他直到現在都厭惡日本人，認為他們都是「animals」（野獸），這一點並未因時光的流逝和日本的強大而改變。沒想到，我在伊沙這兒也看到了這種觀點，認為「對日本的仇恨應該當做我們民族的日常情感加以培養和傳承，我擁有，我的下一代也必須擁有！」[143]對此，我很贊成。我到日本去時，感情是很複雜的，寫了一些可以說是仇日、鄙日的詩，一首如下：

《日下的本本》

牙齒往往就是牙恥
如日本

---

[140] 伊沙，《晨鐘暮鼓》。山東文藝出版社，2007，p. 26.
[141] 同上，p. 35.
[142] 同上，p. 89.
[143] 同上，p. 183.

從墨爾本到日本

前臺服務員

一個叫江澤

另一個

叫根本

提到神戶

我想起神經

提到大阪

我想到大便

日本

英文直譯應該是

Fuck Root

雅譯應該是

Sun Origin

提到橫濱

我想到橫行

路遇一地名

叫「八千代」

這為中國人的罵人話

增加了一個dimension

這裡什麼橋都叫bashi

我們叫稻田

他們叫飯田

我們叫社會

他們叫會社

我們叫公社

他們叫神社

我們叫書店

他們也叫書店

我們叫區

他們叫丁目

我們叫交通部

他們叫交通省

我們叫墨爾本

他們叫日本

我們叫銀行

他們也叫銀行

我們叫酒

他們也叫酒

我們叫廳

他們也叫庁

只不過他們的「廳」字頭上多打了一點

我們叫自行車

他們叫自転車

我們叫限制

他們叫制限

我們叫停車場

他們叫駐車場

我們叫一張

他們叫一枚

我們叫銷售

他們叫販賣

他們寫可愛

發音是kawaii：卡哇伊

他們寫日本

發音是nihon：泥紅

門還是門

發音也還是mon

新幹線是新幹線

發音也還是Shinkanshen

我們說號

他們說番

我們說車輛

他們說車兩

我們說牙科

他們說齒科

我們說地鐵

他們說地下鐵

活脫脫一個

中國文化日下來的本本

伊沙提到「中國呢喃」這種遊戲，[144]其實，英文是「Chinese whispers」，
應該是「中國人的耳語」，是一種傳話遊戲，把話從最後一個人，傳到最前
面一個人，最後的結果跟最先的大相逕庭。據說是17世紀西方人去中國後，
發現中國文化和語言極為難懂，才得出的一個結論。這個說法很受西方人歡
迎，澳洲作家Nicholas Jose（周思），就曾出版過一個文集，題為「*Chinese
Whispers*」（《中國人耳語》）。

模仿

最近譯一本書，是澳大利亞藝評家Robert Hughes寫的，書中談到，
他年輕時愛寫詩，經常會從一些英美大詩人的筆下「剽竊」一些詞句或想
法。對，他用的就是「plagiarizing」這個詞。[145]在澳大利亞，這是個很重的
詞，輕則導致學生丟分，課業全軍覆沒，重則可令大學校長丟掉職務，如
Monash大學曾經發生過的一次校長剽竊案那樣。

一般來說，人們不用這個詞，而是用「模仿」，年輕詩人或寫小說的，
在走往成功的路上，多少都會有寫模仿的成分在內。最近，我看一本放在手
裡多年，卻一直沒看的詩集，翻到一首詩時，突然發現，該詩的前幾句很像
某個英國詩人寫的，這三句是這樣的：

二月，休耕的大地克制著欲望

銀白的幸福在泥土中腐爛，混合著

死花與落葉衰敗的氣息[146]

我想，這不是很像艾略特的《荒原》前幾句嗎？同時在詩旁隨手記了幾個

---

[144] 伊沙，《晨鐘暮鼓》。山東文藝出版社，2007，p. 281.
[145] 參見：Robert Hughes, *Things I did not Know*. Random House, 2007 [2006]。
[146] 沈葦，《故土》，原載《在瞬間逗留》。百花文藝出版社，1995，p. 4.

字：「仿艾略特」。讓我上網查查看。原來，《荒原》的頭四句是這樣的：

四月是最殘忍的一個月，荒地上
長著丁香，把回憶和欲望
參合在一起，又讓春雨
催促那些遲鈍的根芽。[147]

我無意充當義務偵探，去查找別人的蛛絲馬跡。我只是在讀到那段文字時，想起了另一段來。就這麼簡單。是不是模仿，明眼人一望而知。

無獨有偶，在另一個地方，我看到一句，又讓我想起另一個詩人的詩。在一首題為《告別》的詩中，詩人說：

最後一次告別，在死亡的陣陣冷顫中
空氣的皮膚繡滿睡眠的圖案
寂靜籠罩群山和群山下的居所
稍等一會兒，你我也要安眠[148]

這首詩一看到這裡，我立刻在旁邊用手寫了幾個字：「歌德句！」因為，我想起了歌德的一首被不少人譯過的小詩，即《浪遊者的夜歌》，如下：

群峰一片
沉寂，
樹梢微風
斂跡。
林中棲鳥
緘默，
稍待你也
安息。

這是錢春琦譯的，當年我讀大學時看過，有印象，沒想到竟然在這本詩

---

[147] 參見：http://dujingdian.diandian.com/post/2011-08-08/3634751
[148] 沈葦，《故土》，原載《在瞬間逗留》。百花文藝出版社，1995，p. 79.

集中，為這一行詩所觸發。正好老婆在身邊，找她來看了一下。她說：幹嗎要這麼模仿呢？難道不能寫點自己的東西嗎？這不是我需要回答的問題，所以我沒有回答。

聶魯達

老實說，我不是太喜歡聶魯達。如果我在青春期接觸到他，也許會被他感動，但可惜我是過了五十歲才看他，看英譯作品感覺稍可，但最近從家中偶然發現我已經忘掉何時何地買的一本他的愛情詩漢譯作品後，覺得特別矯揉造作，幾乎沒有什麼感覺。至於他得了諾貝爾獎，那跟詩歌又有什麼關係?!現在，我從頭到尾再把我看過的地方翻一遍，看我寫下了什麼印象。

有些地方我疊了印記劃了痕，但現在看來，那並不是我覺得最好的東西，而是感到過於誇張而已，如這句：「你在愛戀之中放鬆自己，像海水：／我幾乎無法測量天空最廣闊的眼睛／我傾向你的嘴唇，親吻大地」。[149]

另一個地方，也是這麼喜用大詞：「你一出現／我體內所有的河流／都澎湃作響，天際／響起鐘聲，／讚歌充滿世界」。（p. 6）

如此表演，還有更多：「我的手臂把它形成一條河／在你甜蜜的身體流上一千年，……」（p. 19）說句實話，我不喜歡這種華而不實的誇張東西。

還有更多往大說的詩句：「……一張嘴／遺落在我所吻過更美麗的一千張嘴中」（pp. 27-28）。

看到第41頁，出現了一個錯字：「我的愛滋乳你的愛」。大概應該是「滋潤」吧。

這之後，我就再也看不下去了，儘管仍然把該書的109頁都看完，依然等於沒看，因為沒有折頁，也沒有任何筆記或感想。只是最後把書丟開之前，寫了這樣兩句：「太一般了。2012年2月8日夜拉尿時站著看畢於家中」。

另外，雖然我手頭沒有英文原文，但我覺得，有一句「當我毫不歇止的／給你生命的天賦」，（p. 21）譯得有問題。我想，所謂「天賦」，肯定是「gift」這個字，亦即「禮物」。它是有「天賦」之意，但在此很簡單，就是男人的陽具，送給女人時，就成了「禮物」。非要強說什麼「天賦」，有點安不上。這跟米沃什那首以「Gift」為題的詩，道理是一樣的。不少人都

---

[149] 程步奎（譯），《聶魯達愛情詩選》。四川文藝出版社，1992, p. 4.

把它譯作「天賦」，其實是把英語的樸素，施行了漢語喜歡濃墨重彩，不知輕重的文化強姦而已。一個男人的雞巴，對一個所愛的女人和愛戀的女人來說，就是最好的禮物，而不是什麼天賦。哪怕一個沒有天賦的人，也是要日的，要把陽具當做禮物奉送、奉獻的。

　　老聶也不是一味貪大、貪烈、只求重口味，他也有小的時候，如這句「我比昆蟲還小」。（p. 25）個人覺得，這恐怕是他最值得記憶的一句詩。我為什麼這麼說？在我生命的某一個時期，大約55歲前後，也就是當教授那段期間，「小」成了我的關鍵字，到了幾欲成為隱身人的地步。那時寫了一首詩，題為《小人》，有詩為證：

《小人》

　　他往下看著這個小人
　　小到用機槍不可能點射的地步
　　小到還能分辨出臉型和眼睛的角度
　　他能體會到這個人的企圖放棄
　　他甚至能與他合一
　　就像一句完整的詩
　　被排版者切成不完整的數段
　　被他要求重新歸一
　　他聽見這個小人的心音
　　小得像一個螞蟻的心
　　小得像微塵
　　在說：這種生活
　　其實幾千年前在別的地方就有過
　　只是你把他澈底
　　小化了

　　話又說回來，我對老聶還是尊重的，畢竟，他的智利同鄉胡安，是我在澳洲的一個詩人朋友。從談話中得知，他，以及他所知道的智利人，都是很敬佩老聶的。我買過一本英文版的老聶全集，這就是我尊重他的明證。這本書花了我83.95澳元，相當於600多元人民幣，共996頁，購於2003年12月30日，讀後停下，又於2007年2月6日開讀，一口氣到2008年1月5號讀完。讀者

不嫌累不嫌煩的話，我就再囉嗦一下，把我的點點滴滴記錄在下面。不為別人，也是為了我自己。

　　一般詩集，我從來不看前言，總是一竿子插到底，直接進入詩歌。這次看聶魯達不知為什麼，先看了前言，但也無所謂，倒覺得值。前言之前，有段引自西班牙詩人費德里戈·加西亞·洛爾卡的詩歌，隨譯在此：「詩人近死，遠哲學；近痛苦，遠智性；近血，遠墨。」能在很久之後看到一段雋語，值。[150]

　　長期以來，我還有個習慣，不大看其他文字的中文譯本，原因很簡單，極難看到原作者全貌，有時連半貌都看不到，所看到的，基本都是溢美之詞。不好。關於聶魯達詩集的前言，是一個名叫Ilan Stavans的人寫的，一上來沒說幾句話，就引用一個名叫Juan Ramón Jiménez的人的話說：聶魯達是個「偉大的壞詩人」。[151]哈哈，還是第一次看到一個得諾獎的人被別人這樣評說，過癮。這麼一來，我對老聶的看法就起了轉變，好得多了。原來，據老聶自言，他更喜歡「一種露出指紋的詩，一種水能唱歌的沃土之詩，一種人人都可吃的麵包之詩。」[152]老實說，如果我看的那本中譯本能寫進這樣的話，我肯定不會半途而廢。老聶甚至在1935年的一篇宣言中，以《走向不純之詩》為題。[153]多麼好的標題和想法，幾乎就跟我1990年代中後期，通過《原鄉》雜誌，以「壞」為題，向外約稿一樣。

　　最近國內有個從前教過的研究生，寫信給我說，她在用英文寫詩，想讓我看看。我看了之後回信說，她的詩有種「honest quality」（誠實的素質）。她問我怎麼寫詩，我記得我的回答是：誠實就好。關於老聶的前言中提到，聶魯達的三個詩歌關鍵字是：「simplicity, honesty, and conviction」（樸素，誠實和信念）。[154]

　　諾貝爾獎並不重要，至少，非中國人不會因該獎而迷眼。博爾赫斯曾說，聶魯達是個「優秀詩人」，但「作為人，我並不欽佩他」。[155]是的，一個獎總不能把所有不好的東西都抹殺吧。墨西哥詩人奧克塔維歐·帕斯*也曾形容聶魯達，說他是「法西斯的僕人」。*[156]

---

[150] 轉引自Pablo Neruda, *The Poetry of Pablo Neruda*. Farrar, Straus and Giroux, 2003, front page.
[151] 轉引自Pablo Neruda, *The Poetry of Pablo Neruda*. Farrar, Straus and Giroux, 2003, xxxiii.
[152] 同上，p. xxxiii.
[153] 同上，p. xxxiii.
[154] Pablo Neruda, *The Poetry of Pablo Neruda*. Farrar, Straus and Giroux, 2003, xxxiv.
[155] 轉引自Pablo Neruda, *The Poetry of Pablo Neruda*. Farrar, Straus and Giroux, 2003, xxxv.
[156] 同上。

撤去這一切都不談，我同意老磊關於他自己詩歌的一個字描述：「organism」，即他的詩歌是一種「有機物」。是的，詩歌就像濟慈說的那樣，是「葉生樹」，一種自然長成之物。用我的一句話來說，「詩歌就是那種卓爾不群，不為任何人生長的花。」[157]

接下來，我把這本詩集過一遍，把雁過留聲的地方都挑出來，供自己瀏覽。在一個地方，他寫道：「I've gone marking the atlas of your body」（我去你肉體的地圖上打下印記）。[158]這讓我想起我三十出頭，在上海讀研究生時寫的一首詩中的一句：「在心靈的版圖上你已走了很久、很久」。[159]

由於老磊的長詩很多，看過即忘，實在無法記住，不可能記住，也沒必要記住。詩人寫長詩，都是為自己樹碑立傳，對讀者來說，是一件比較痛苦的事。有兩句倒不錯：「You are more than this white head that I hold tightly／as a cluster of fruit, every day, between my hands.」（我雙手每天作為一束水果／緊緊捧住的這顆白頭你要比它更多）。[160]很特別。接下來，在下一頁，有一句也不錯：「How you must have suffered getting accustomed to me,」（你為了適應我，一定吃了很多苦）。[161]這很人性，使人想到，詩人一定有點暴君作風，讓愛他的女人一切都順從他的同時，也在暗中吃了不少苦。好在詩人能夠面對自己，把這一面也勾勒出來。

讀大學時，還是個24歲至28歲的年輕人，那時，我理想中的女人，可用一個字來形容：靜，一個靜靜的女子。實際上，後來接觸的女人，沒有一個是靜的，而且，我發現女人一旦靜下來，那就有問題了，不是動了怒，就是有別的說出來可能讓人害怕的原因。現在看來，我當時對靜女的喜愛，老磊也有。他說：「I like for you to be still」（我喜歡你靜）。[162]

老磊的詩有一個特點，就是自然，發自內心。他說：「I love what I do not have」（凡是我沒有的，我就愛）。[163]他又說「Write, for example,「The night is starry,／and the stars are blue and shiver in the distance」（比如說，這麼寫：「夜裡都是星星，／星星都是藍的，都在遠方顫抖」）。他又說：

[157] 歐陽昱訪談錄（楊邪採訪），《華文文學》（2012年第二期）。
[158] Pablo Neruda, *The Poetry of Pablo Neruda*. Farrar, Straus and Giroux, 2003, p. 13.
[159] 《流浪者》，引自我的英漢自譯集，《Twin Tongues》（暫名），2012年待出【注：截至此書2017年年底出版，該書仍未出版】。
[160] Pablo Neruda, *The Poetry of Pablo Neruda*. Farrar, Straus and Giroux, 2003, p. 14.
[161] 同上，p. 15.
[162] 同上，p. 16.
[163] 同上，p. 18.

「To hear the immense night, still more immense without her.／And the verse falls to the soul like dew to the pasture.」（傾聽巨大無邊的夜，沒有了她，就更加巨大無邊。／而詩歌墜入靈魂，就像露水落到牧草上。）他還說：「What does it matter that my love could not keep her.／The night is starry and she is not with me.」（我的愛留不住她，這又有什麼關係？／夜裡都是星星，而她不跟我在一起。）[164]

我現在想起來，長詩其實並不像我想像的那麼糟。長詩像什麼？長詩就是長河，你順河而下，不一定記下每一個時刻，但順河而下的感覺，哪怕是在河上漂流，進入夢鄉的夜晚，也與平常不一樣。這，應該就是我讀長詩，特別是好的長詩的感受。

我選的這些句子，來自他的《二十首情詩》，是美國詩人W. S. Merwin 譯的，那是個我並不喜歡的詩人，其譯詩整個兒來說也並不動人，能夠打動我的，就是上面你看到的這些，已經快結尾時這半句詩：「…in you everything sunk！」[165]（……一切都陷入了你）。棒極了！

老聶寫女人不俗，如這句：「the deep body in which you took refuge」（你在其中避難的深度肉體）。[166]

聶也有抽象中有具象的詩行，如這：「they emigrate to a star of ice」（他們移民到冰的星球）。[167]聽上去像在說澳大利亞，一個沒有多少人情味的國家。又如這小半句：「a heart completely fictional」（一隻完全虛構的心），和這小半句「quantities of leaves overturned by a sudden autumn」（被突然秋天推翻的無量數樹葉）。我的譯文念上去有點小問題，因為「數」和「樹」發音完全一樣。

漢譯的聶魯達愛情詩我不愛，是因為太不「honest」（誠實）了。其實，老聶寫愛寫性，從來都是十分開放的。不開放，談何性？！他的一首題為《單紳士》（Single Gentleman）【對不起，問題跟上面一樣，「單身」和「紳士」，又有兩個字「身」和「紳」在一個音上交疊起來，只好這樣節約點。】中，就有一些可圈可點之句；恕我不引用原文了：

　　……

---

[164] Pablo Neruda, *The Poetry of Pablo Neruda*. Farrar, Straus and Giroux, 2003, p. 19.
[165] 同上，p. 26.
[166] 同上，p. 38.
[167] 同上，p. 43.

宛似一根抽動的性欲牡蠣的項鍊，

……

勾引者的晨昏，配偶的夜晚

就像兩張床單，埋住了我，

以及午飯後的時辰，青年男生

和青年女生和牧師手淫，

以及野獸直接交媾，

以及蜜蜂散發出血腥，以及蒼蠅憤怒地嗡嗡，

以及表兄弟跟表姐妹奇怪地玩耍，

以及醫生七竅生煙地看著年輕病人的丈夫，

以及早晨的時光，老師心不在焉地

完成了他的夫婦義務，然後吃早飯，

而且還有更多，那些真正相愛的通姦者，

在又高又長，像船一樣的床上；

我被這座偉大的呼吸而又糾纏的森林

安穩而又永恆地圍繞著

有大花，像嘴和牙

有黑根，像指甲和鞋。[168]

畫面感極強，尤其是最後。

其實，聶魯達並不像他自陳的那樣簡單，也有用險句的時候，比如這句：「coffins going up the vertical river of the dead」（棺材順著死人垂直的河流上溯）。[169]媽的，寫得真好！是的，我要罵人，因為是從已故父親那兒學的。據他說，東西如果寫得好，不罵人不足以抒發胸中之讚美。還有一句也刁：「a sexy knife」（一把性感的刀）。[170]這方面的例子不少：「overturned elephants」（被推翻的大象）；「the uterine flower」（子宮花）；「great pale cows／with hoofs of wine.」（蒼白的大母牛／長著葡萄酒的蹄子）；[171]「her mound flutters with nocturnal eyelashes」（她的土丘飄動著夜的睫毛），[172]等。

[168] Pablo Neruda, *The Poetry of Pablo Neruda*. Farrar, Straus and Giroux, 2003, p. 46.
[169] 同上，p. 56.
[170] 同上，p. 59.
[171] 同上，pp. 66-67.
[172] 同上，p. 70.

頗有西班牙畫家米羅的詭異特色，是我所想不出來的。

讀人家的詩，有時也會不由自主地想起自己的詩。例如，讀到這一句「if I could take out my eyes and eat them」[173]（假如我能把自己的眼睛挖出來吃掉）時，我想起多年前，我在澳洲用英文寫的一首詩，標題是《發瘋》，其中有句雲：「or i spit into everything i eat and eat it」（我往所有東西裡吐痰，然後吃掉）。老聶還有一句類似的話：「要是我能把從自己腦袋摳下來的眼珠大吃大嚼一番就好了」。（p. 80）

老聶好句頗多，懶得每句都評，乾脆流水帳一下，寫詩一樣，如下：

「沉默的精液船跟蹤著你」（p. 78）
「詩歌不為露水那為什麼呢？」（p. 79）
「在天空和氣氛的懷疑中的某物」（p. 87）
「我摸著仇恨像每天都摸的乳房」（p. 90）
「你看見像氧氣一樣苗條的腰」（p. 98）
「laminated hearts」（層壓結構的心）【而我更願意譯成：層巒疊嶂的心】（p. 149）
「被腐蝕的過去」（p. 200）
「多唇河」（p. 200）
「高高露水的簡歷」（p. 211）
「進口的折磨
美國造」（p. 214）
「大地是蒼白眼瞼的教堂」（p. 246）
《洋薊頌》（p. 367）
「我要東西

讓數字

坐牢去」（p. 389）
「高山是怎樣在教育我們」（p. 426）
「潮濕的大陸，最

遙遠的西邊天空的

群島」（p. 431）
「二手夢」（p. 434）

---

[173] 同上，p. 77.

「要一個緩慢移動的大眼的執照」（p. 457）
「我將打開，把自己囚禁起來

跟我最狡詐的敵人在一起：

巴布羅・聶魯達」（p. 467）
「我寫作的時候，我很遙遠」（p. 475）
「要多少自我，有多少自我」（p. 476）
「樹葉的語言

在血中移動」（p. 482）
「他們生殖器的耳朵」（p. 486）

「他們生殖器的耳朵」，是我在停下來，有兩個多星期因去中國參加文學活動而不寫之後，才摘錄的第一句。這期間，人發生了很多變化，去了上海、北京、成都、深圳、中山和香港等地，回到墨爾本的當天，掉了一顆牙齒，但是，這篇文本發生了什麼變化呢？什麼變化也沒有發生，連一個字都沒動。從這個意義上講，文本是永恆的，除非我的電腦自我毀滅掉。

在488頁，聶魯達寫道：「人對我來說還不夠，／我還得走得更遠／而且還得走得更近。」看到這兒，我記了一筆：「我指的是天、人、獸合一。」我的意思是說，在西方生活，你就會意識到，中國人說的天人合一，是不夠的，即使從老子的三生萬物的觀點看，也是不夠的，因為那只是二合一，而不是三合一。這種二合一，往往是以、也必須是以犧牲獸類為代價的。只有天人獸三合一，才是真正的合一。看看現在西方人與獸保持的那種親近，就是這種三合一的具體體現。

接下來，在一首長詩中，連續有幾句不錯，分別為「我對鹽的熱情」，「他們將發表我的短襪」和「一切清晰都是模糊」（p. 490）。跟著，有一整段都不錯，隨譯如下：

他們曾一度問我，

我的作品怎麼那麼晦澀。

他們還不如去問夜晚這個問題，

或者去問礦石或樹根。

我不知道該怎麼回答。

跟著，不久之後，

兩個瘋子襲擊了我，

罵我太簡單—
回答就在流水中
於是我唱著歌跑走了。（491）

  詩人是不忌諱小的。實際上，喜歡言大的詩人，不可能是好詩人。即便
「念天地之悠悠」，最後也還是「獨愴然而涕下」，孤孤獨獨的一個人在那
裡，很細節地流著「涕」，那是摸得著看得見有流質的東西。我注意到，老聶
也喜歡小。他在一首詩裡寫道：「直到有一天，我如此之小／風都會把我帶
走／我都不知道我自己的名字／而且，我醒來時，也不會在那兒。」（497）
  我也是個求小的人。從2005年到2008年，我到武漢大學英文系，當
了三個半年的講座教授，記得有一天，在滿窗陽光下看書，忽然來了感
覺，就寫了一首英文詩，題為「Writing a Poem, in the Sun」（《在陽光
下，寫詩》），後來收在我的英文詩集「*The Kingsbury Tales: A Complete
Collection*」（《金斯伯雷故事集全集》）中。該詩的最後兩行是：「My life
becoming extremely small at this moment／Turning into this poem and, that's it」
（此刻，我的生命變得極小／成了這首詩，就這麼回事）。[174]
  老聶的詩富有肉感，如這句：「我想吃你的皮，就像一整只杏子。」
（p. 512）
  不僅肉感，而且賦予了國土之感，如這句：「你的皮膚是我親吻建立的
共和國。」（p. 524）狗日的，真不錯！
  老聶的詩，我總覺得太長，就像我們常說的那樣，有句無篇，如這句就
好：「古巴，加勒比海的純粹玫瑰。」（p. 531）
  有時候，就兩個字，也不錯，如「impossible sky」（不可能的天空）。
（p. 561）
  這句也還不錯：「never to be lost in death's translation」（永不失落在死
亡的翻譯中）。（p. 578）
  這句也還可以：「from eternity not a drop of time fell」（從永恆中，沒
有一滴時間滴落）。（p. 588）
  老聶的詩歌，有著旺盛的生命力和生殖力，這就是為什麼他的詩句中，
經常出現此類字眼，如「如果覆蓋他的新的沉默，是一張性高潮的／生殖器

---

[174] Ouyang Yu, *The Kingsbury Tales: A Complete Collection*. Kingsbury, Vic: Otherland
Publishing, p. 142.

毯子⋯⋯」（p. 590）。又如他這句「一滴公牛的精髓，濃稠的精液」（p. 592），讀起來很過癮，甚至很爽口。

老聶其實也有他內向的時候，如他此處所說：「我看向我自己的內心──我自己／狂風驟雨的旅程」（p. 593）和「人們纏繞在他們個人的網中」（p. 593）。

看來看去，我還是不在乎他的詩歌長篇大論，只愛看他可愛的細節，如「群山之上，四十個帶雨的太陽」，（p. 596）「深邃、執著的森林中，樹木的戰爭」，（p. 596）「石頭般記憶的孩子」，（p. 597）「我會抵達，像移民在打敗之前抵達」。（p. 601）

從600頁到996頁，還有300多頁要走，再這麼絮叨下去，不僅寫得累，恐怕看得更累，就只再順次選幾個好句子，一捅到底拉倒吧。

「金屬昆蟲折磨著天空」（p. 609）
「因為在這具棺材中，流放仍在持續，／流放的男人繼續在死亡中流放」（610）
「剛從黎明偷來的水果，／又進一步被露水的子彈打傷」（614）
「石榴藏匿的鮮亮罪惡」（614）
「第三種寂寞」（625）
「他不知道拿這麼多天空怎麼辦。

他能犁它、在上面撒種、在上面收穫嗎？

⋯⋯

一切都已定好

為了讓他吃飽天空」（627）
「心蕩神馳的河流」（652）
「流放的形狀是圓的」（698）
「為了要愛，我們被恨」（705）
「⋯⋯愛的

傷痕⋯⋯

⋯⋯你一條條大街

絨毛脫光的音樂」（712-3）
「⋯⋯你的刀叉，你的假牙。

⋯⋯

在愛情的河口⋯⋯」（730）

「它飛飛飛飛
它在空間的純粹方程式」（752）
「移民的世紀，
無家可歸之書──
……
但是，作為一個飽經風霜的浪遊者
回到家裡，我兩手空空」（783）
「……為什麼，
為什麼我們被規整，被降格
為數量？」（815）
「沖著大海拉尿」（837）
「雨的長長的L緩緩地落下」（841）
「讚美顏色呈糞色的古老土地」（846）
「我清晰的窗玻璃月亮」（858）
「大家互相朝對方臉上吐痰」（860）
「死亡的地理學」（885）
「蒼蠅囚禁在彼特拉克
一首商籟體詩裡，還能怎麼辦？」（887）
「《失敗選集》」（893）
「為什麼這片邊境之地選擇了我？」（906）
「愛情張開了嘴，滿嘴都是牙齒」（909）

　　本來說選一兩句，卻一下子選了一個長單，但我總的印象依然如舊，即老聶的詩是有句無篇。順便說一下，我早年沒有看他的東西，那時看別的東西還看不過來呢，是到五十歲之後才看的，但我早年寫的一首詩，所用的形象卻在他的詩中看到了，甚是驚訝和驚喜。我那首題為《「少女，陌生的少女，我愛你，我愛你」》的詩中有句雲：「恨你在懷中轉動，像刺蝟紮得人生疼」，而老聶有首詩有句雲：「她像頭刺蝟，像只板栗」。（801）

　　聶魯達雖然得了諾貝爾獎，但褒貶不一。據Seldon Rodman說：米斯特拉爾1957年在紐約去世之後，「聶魯達完全主宰了智利詩壇，以致其他智利詩人要想活下來，只有兩種方式：要麼仇恨他，要麼跟他站到一起。」[175]

---

[175] 轉引自Pablo Neruda, *The Poetry of Pablo Neruda*. Farrar, Straus and Giroux, 2003, p. 976.

攻擊他的人給了他這樣一些稱號：「資產階級帝國主義者」，「偉大的壞詩人」，「工人的敵人」和「一個白癡，其價值就是短視」。[176]

據說，聶魯達1973年9月23日剛剛去世，他在Valparaíso和Santiago的兩幢房子就遭人洗劫和破壞，但這本將近一千頁的書，對此卻未給一個細節。（977）

墳墓之城

羅伯特・休斯在談到義大利的一些小市鎮，如維泰博、奧爾維耶托、阿雷佐、科爾托納、格羅塞托和沃爾泰拉等時，說它們就像在時光中凝固，成了「墳墓之城」。[177]

譯到這兒，我一下子想起，這不正是我2011年8月在西安時，對那個城市的一個看法嗎，那是我獨自去兵馬俑玩時，產生的一個想法，隨後便坐在馬路牙子上，寫了下面這首詩：

《墳墓之城》

（給高尚）

兄弟來電問：
今天怎麼安排

我說：
去玩兵馬俑

兄弟說：
哎呀，那就是個墳墓

我說：

---

[176] 同上，同頁。
[177] Robert Hughes, *Things I did not Know*. Random House, 2007 [2006], p. 317.

此言極是

一座三千年的古城
無異於一座三千年的古墓

活著的是人
死去的是雨

隨便抓住一個活人
也像出土文物

就連我坐在路邊寫詩
也像在墳裡做夢

此時蟬聲大作
農女挎籃賣起了石榴

那個紅呀
頗似三千年前的骨血再生

順便說一下，高尚是我剛剛在蘭州通過黃梵認識的朋友。兩人在蘭州幾日，吃蘭州的風味，到藏巴聽歌，甚是開心。所以一寫那詩，第一個想到的就是他。

黑與白

19世紀的澳大利亞文學中，出現華人形象時，總以白人的價值觀來衡量。壞的形象就不去說它了，但在出現稍有的好形象時，總少不了用這樣的話來形容他：皮黃心白。素有澳大利亞短篇小說之父的亨利・勞森就曾這樣描寫過筆下一個名叫阿宋的華人。

最近看完了英國詩人威廉・布萊克的那部帶有他自己插畫的小詩集，*Songs of Innocence & Experience*（《天真之歌和經驗之歌》）。以前大多

看過，所以並未留下特別的印象，還是覺得，當年感覺好的，現在感覺基本上也如此，如他的「The Fly」（《蒼蠅》）和「A Poison Tree」（《毒樹》），等。

倒是在一首詩中，也發現了以白人價值觀來衡量黑人的事例。在「The Little Black Boy」（《小黑孩子》）這首詩中，詩人借黑孩子的口說：「And I am black, but O! my soul is white/White as an angel is the English child:/But I am black as if bereav'd of light.」[178]

譯成中文就是：「而我很黑，但是啊，我的靈魂很白／英國孩子白得像天使：／可我黑得好像被剝奪了光明。」

不過，讀完全詩，表達的思想還是超越了那一句話，也就是無論黑白，孩子最後都會在上帝那兒得到愛。從這一點上來講，至少在布萊克的筆下，不像那個時代不少澳大利亞詩人那樣，對其他有色人種，表現出那麼強烈的種族憎恨情緒。

性

三十幾歲的時候，譯過兩本西方性愛詩集，一本到澳洲後出版，另一本連稿子都弄丟了。現在到了五十過半，對這個話題不能說不感興趣，也不能說很感興趣，但只要碰到好的東西，就會折個耳朵，有機會逮著了，也會譯一點下來，如這首拉丁詩人Petronius所寫，題為《性》的詩的開頭：

> 性的歡樂短促又難受，
> 很快就結束，完事後又厭煩。
> 咱們就別那麼匆忙：
> 人一盲目，沉溺於歡欲，
> 愛情就減弱，光彩黯然——
> 咱們還是慢一點來的好；
> ……[179]

---

[178] 參見：William Blake, *Songs of Innocence & Experience*. London: The Folio Society, 1992, p. 8.
[179] 參見：Petronius, *Latin Literature: An Anthology*. Chosen by Michael Grant and published by Penguin Books, 1978 [1958], p. 329.

接下去的就不那麼好，因此懶得花時間譯，就半途而廢吧，也是一種心境和情境。

醜

年輕時有個感覺，這個世界上，從男人角度講，長得好看的女人並不多。那時候不講化妝，除了太美和太醜的兩個極端外，看上去都還行。

不過，有年我去加拿大隨團做翻譯，出去才一個來月，等我回到北京時，我有了一個驚人的發現：大街上的女人個個都長得好看！後來想想，這大約是與出國到了一個完全不同的文化中生活了一段時間的緣故。

小時候，包括成人的時候，我還有一個自己的發現，即當時結合到一起的夫婦，經常呈現一種男美女醜或女醜男美的狀態。我很不解地曾就此事問過父親，可他的回答不讓我滿意。他說：大概是長得不好看的女的追得比較厲害吧。可是到了現在這個年齡，越想越覺得父親的話說得對，尤其是他直到死都沒有說的下半句話：一旦被女人追得緊，任何男人最後都會卡不住的。卡，在我們那兒讀上聲，發「qia」的音，也就是把持不住、撐持不住的意思。

我自費出版的第一部中文長篇小說《憤怒的吳自立》中，寫了一個很醜的女人，她的上場，是這樣描寫的：

> 我誰都不愛，連我自己在內。我倒是有個女朋友，她長得奇醜。我疼她，從內心深處疼她，她也是一個沒人愛的人，她說她父母親認為生她是給自己丟臉，是奇恥大辱，是黴運，好幾次想親手把她殺掉，她睡在床上，常常看見母親手裡拿著一束尼龍繩，父親則舉著一把明晃晃的刀，一個想把繩子套在她脖子上勒死她，一個想把尖刀刺進她的心窩殺死她。她嚇得跑了，十五歲。不知怎麼到這兒來掃廁所。誰也不注意她。可她掃的地真乾淨，連鼻涕痰跡都用破抹布一抹一抹地擦淨。廁所常堵，尿水被大便一泡，黃稀稀的，再倒入菜根、飯團、報紙、煙蒂、破瓶渣、畫片，散發出千種怪臭，她卻不在乎，用手扒開塞住的糞池口，一桶桶地拎水，把渣滓沖走，再一遍又一遍地用板刷將瓷磚上的積垢刷除。我不愛她，然而我疼她，我送電影票她看，我請她上館子，我們在一起聊天。她對人生頗有見地，她說，最美的即

是最醜的，最乾淨的即是最骯髒的，最有學問的往往是白癡。生是渺
小的，死才偉大。我想顯出我很懂，但其實我感到困惑，我礙於面
子，不屑於深究。

我現在又有一個發現，那就是雖然很多女的長得不好看，但這些女人卻
遠比長得好看的似乎幸福一些，至少從俗世的觀點看是如此，那就是她們到
了該結婚的時候都結了婚，到了該生孩子的時候，又都生了孩子，而且事業
上也都還似乎比較順利，不像那些長得很有姿色的，不是去當了小姐，就是
老大還是單身，老大徒在傷悲。

說了這麼多，其實不是想談這個，而是想談最近看完的一本英譯義大利
詩歌選，其中有個詩人寫了醜女人。我之所以專門提及此事，是因為我們
的詩歌從來不提醜女，彷彿詩人眼睛都瞎掉了，或者有意不去理會我們生
活中充滿了那些再怎麼化妝，也好看不了多少的女人。這個詩人名叫Guido
Gozzano，他這首長詩中，我只截取一個片段，如下：

你幾乎長得很醜，沒有魅力，
穿的農村衣裙差不多平平而已，
但你脾氣好，長相平凡家常，
捲髮帶著太陽的顏色，
一綹一綹的結成細瘦的髮辮，
使你頗像佛來芒的一個小美人兒……[180]

詩歌就應該這樣，不避生活，虛寫也好，實寫也好，除了美學以外，也
要有一種平衡的醜學。那從某種意義上講，也許更美。

Alfredo de Palchi

2011年10月12日這天黃昏，我到墨爾本的詩歌書店Collected Works去，
買了幾本書，其中一本就是這本*An Anthology of Modern Italian Poetry*（《現

---

[180] Guido Gozzano，原載*An Anthology of Modern Italian Poetry*, ed/trans. by Ned Condini. New
York: The Modern Language Association of America, 2009, p. 123.

代義大利詩集》），是雙語版。關於雙語版，有一點可說，就是比較浪費時間和錢，因為說到最後，左邊的義大利語，依然半句都沒學會，一個字都不記得。

這本書2012年1月19日夜讀畢，基本沒留下太深印象，但因為它後面的空白頁多，我看書的時候又詩興大發，竟隨手寫了7首詩，5首英文，2首中文。值。

我在把書收起來之前，又從頭到尾掃了一遍，發現有個地方，有一句詩，被我當場譯成了中文。英文是這樣的：「you know how distance kills」。[181] 我譯成：「你知道距離是怎麼回事：它會把人殺死！」後面還記了日期，竟然是2011年10月12日！說明是當天買了後就看，看了後就譯的。然後就忘了，直到有一天，我接到一封來自義大利的信，是一家叫Storie的雜誌，向我約稿。一上來這位叫Valentina的女士就說，美國紐約一家名叫Chelsea的雜誌主編，名叫Alfredo de Palchi，向她推薦了我曾在那兒發表的一篇英文文章，云云。

我一看，這個名字怎麼這麼熟！原來，當年我給那家雜誌投稿時，文章詩歌都有。據一個編輯講，他看中了一首詩，推薦給主編Alfredo，說他看後哈哈大笑。我還記得那首詩，叫《過節》，應該是86、87年在上海讀研究生時寫的，在中國沒有發表過，後來自譯成英文。全文如下：

《過節》

晚上想去跳舞他娘的沒有舞伴
過節想大吃一頓他娘的又沒錢
盡他娘的作業做也做不完
盡他娘的說教聽也聽不了

到郵局發信他娘的老沒膠水
想去看場芭蕾舞他娘的買不到票
老是他娘的稿子一封封往回退
老是他娘的拙品一篇篇往外登

---

[181] *An Anthology of Modern Italian Poetry*, ed. by Ned Condini and published by the Modern Language Association of America, 2009, p. 365.

想出國他娘的總沒機會
想出頭他娘的總有人搗鬼
想說話他娘的沒人肯聽
想貼大字報他娘的也被撕了

他娘的孬活不如好死著
他娘的有大腦不如沒大腦
他娘的沒有舌頭和龜頭不更好？
他娘的不如乾脆清靜無為拉倒

　　不過，這首自譯的英文詩，到了兒也還是沒有發表。這就不去說它了，倒是它進而使我想起，好像這個Alfredo在我買的這本詩集中也出現過，便一下子翻到那兒，看他的小傳，一望而知，他就是同一個Alfredo，即那本已經停刊的*Chelsea*雜誌的主編。我還在他名字下化了一道線，用中文在他頭上寫到：「就是他！」

米

　　米是不是進入詩，我不大清楚，儘管我們幾乎無一日不食米。我有一首詩《陽光》，最後一句是「我下落，進入日子的米」。
　　令我吃驚的是，我在澳門朋友送我的一本葡萄牙譯詩集中（英文），發現一句詩，說：「And so that the day's rice should never lack」[182]（這樣，就永遠不缺日子的米）。
　　看到這兒，我驚歎了一句，說：My God!
　　該詩集間或會有好句，如：「at the knife point of poetry」（Wai Mei, p. 416）（在詩歌的刀尖下）。又如：「Everyday the setting-sun is an abortion」（Yao Feng, p. 422）（每天，落日是流產）。又如這句「sip bowls of rain」（Jose Silveira Machado, p. 360）（啜飲一碗雨水）。

---

[182] 參見：Leonel Alves, *Portuguese Poets of Macau*, eds. Christopher Kelen and Lili Han, published by ASM, 2009, p. 366.

陳言

詩歌最忌陳言。這就是我為什麼說,寫詩要盡可能避免成語,也是我為什麼在詩中一看到有人用成語,就要對該詩人的東西,打一個問號,用的成語越多,問號打得越大。在我的詩歌語言中,成語等於就是陳語。

詩人評詩人,只能說好話,否則就會壞事。朋友好意送書給我,看後不僅一句好話不說,還來個批評,這好像有點說不過去。那我就不提名字,也不加注,指出是哪本書,只把我在某頁看到的情況,以及我在該頁寫下的反應寫下來。

有一首詩中,詩人說:「正柔腸寸斷地把你攪絞」。讀到這兒,我在「柔腸寸斷」下面劃了一杠,評了一句:「最忌」。接著,又在下面加了一句話:「詩歌要新得好像用外語寫成。」

錢

詩人窮,寫詩不賺錢,但奇怪的是,跟詩人碰到一起,還總是有吃有喝有玩的,從來都不像缺錢花的樣子。

這當然跟現在詩人不再專業化,而是各自都有自己的職業有關,原本就不靠它吃飯。日本的谷川俊太郎據說可以靠詩歌吃飯,養家活口,但看關於他的那個報導,也夠辛苦的,好像什麼都得寫,包括廣告類的東西。

很多年前,跟一個澳洲文人同桌午餐,第一次聽來一個詞,叫「詩歌銀行」,是說詩歌雖然不賺錢,但在一個詩人的餘生,卻會一次又一次地給詩人下金錢的毛毛雨。當時我並沒有體會,因為發詩不多,還處在打天下的階段。現在,他說的這個「銀行」開始逐漸發揮作用了。

前不久,澳洲一家專門出版中學課本的出版社跟我聯繫,說是有一首詩被入選。這首詩應該是用中文寫於1993年前後,1997年在臺灣的《中外文學》雜誌發表,那時,那個學術雜誌還發詩,給美元稿費,後來就不發了。我自譯成英文後,又於2000年在南澳一家名叫*SideWalk*的雜誌發表,沒稿費,距今已經20多年了。我問她付多少錢,是否有樣書,她告訴我:一首詩從100到300澳元不等,再加10%的GST(消費稅)。我想想,便說:你看300是否可行?我只是這麼說說,誰曾想她立刻回信說:可以,只是沒有樣書,因為這個課本是電子書,但可以把整個文本發給我。我同意了。

沒過幾天，又來一家出版社找我，說選中了我一首詩，英文是「Moon over Melbourne」。這首詩原創用的是英文，一個很清朗的夜晚，我坐在班格樓的窗邊，正在寫博士論文，窗外蟲聲唧唧，我抬頭看月，想起中國，想起古代，想起我現在一個窮學生的處境，又想起將來不知會是一種什麼樣子，等等，於是一口氣就寫了這首詩，連一個字都沒改動，就拿去投稿了。那應該是1992年的事。這首詩後來刊登在悉尼1994年第二期的《南風》（Southerly）雜誌上。記得當時接到一封來自該刊主編Elizabeth Webby手書的信，因為寫得潦草，怎麼也看不大懂，但能猜出個大意，應該是已經接受了此稿，會於不日內登出云云。由此也明白了一個淺顯的道理：英文學得再好，也會在最簡單的事情上栽跟頭，手寫信就是一例，因為從學士讀到博士，教科書中從來不教手寫體。

　　這首詩發表後，還於1995年獲得該刊1994年度最佳詩歌獎，那個獎的名稱太長，叫H.M. Butterley - F. Earle Hooper Memorial Award，我永遠也記不住，每次要提，都得到澳大利亞文學門戶網站去查。獎金500元，應該是。這首詩從寫作，到發表，到獲獎，一切都是未曾預料的，比雨還無法天氣預報。現在來找我，要收我這首詩進入另一本課本的人，卻告訴我：僅付50元。

　　我告訴她──又是一個她，這是因為，在澳大利亞出版界工作的，女性約占45%強──這個費用好像小了一點，因為另一家願意支付300元加GST。她回信說，75元行不行。我想都沒想就說，那就100元加GST吧。

　　讀者看到這裡，覺得我一介文人，怎麼在這兒討價還價的？這就是你只知其一，不知其二了。原來，在澳大利亞，有些雜誌或出版社，在付費上面，是要討價還價的。有一年，Eureka Street雜誌主編向我約稿，我當時還（中）不更事，因為已經四十來歲了嘛，但對澳洲很不瞭解，就問他多少錢，他說：你看200塊怎麼樣？我想都沒想──又是想都沒想──就答應了，只是覺得有點奇怪，好像他問話的意思，是想參考一下我出個什麼價，可我做文人的，怎麼能做這種事呢？

　　後來據瞭解，他們給錢是看人打發的，也看作者能夠出到什麼程度。如果當時我跟他要400，他可能給我還到300，最後成交。

　　回頭來說這家出價50，後來漲到75的。我剛把100的價還過去，她那邊就回信同意了。這一下，我吃虧了，覺得要是當時就找她要300，看她能還到什麼程度，也許說不定可升到150也未可知！不過，這都是後話，好在這家出版社答應送書兩本。也算不無小補吧。

髒話入詩

　　髒話是否能入詩？這問題問得很幼稚。應該問的是：髒話入詩後，是否還能發表？在何處發表？中國好像不太可能，因為那是個做得說不得，說得寫不得，寫得發表不得的文化，把髒話逼到嘴邊，咽到唇下，只好暗無天日地在地下寫或在網上發，反正網上是人人都可拉屎拉尿滿嘴噴糞胡說八道的地方。

　　我1990年代早期，以髒話寫入的一首英文詩，在澳洲兩家雜誌發表後，又被收入丹麥一家全國發行的中學英文課本中，因為這是一個雙語國家，需要這樣的材料。這首詩的英文標題是「Fuck you, Australia」（《操你，澳大利亞》）。網上可以看到，但詩人還沒死之前，不同意別人來譯。再說，他自己已經譯好了，只是沒有投到中國去而已，因為投了也沒用，那個國家的雜誌肯定不會用。

　　我今天談這個話題，是因為手中翻譯的這本書，出現了幾首有點髒的詩，作為實打實的翻譯，我照譯了，一點也不掩飾。中國的那些編輯要搞中國式的政治正確或文化正確，把裡面的髒話刪去，那是他們的事，跟我無關。反正他們都要生存，不至於為了一個白人的東西，而跟自己的飯碗過不去。

　　第一首是第一次大戰英國人寫的，標題叫《我不想當兵》，作者休斯稱之為「不朽之歌」，吾譯如下：

> 我不想當兵，
> 我不想打仗，
> 我寧可在皮卡迪利地鐵站一帶，
> 溜溜達達閒逛，
> 靠著婊子賺的錢，供我過日子：
> 我不想讓人用刺刀，捅進我的屁眼，
> 我不想讓人用子彈，把我屁股打爛：
> 我寧可待在英格蘭，
> 在愉快可愛的英格蘭，
> 消消停停日屄，過他媽的日子。[183]

---

[183] Robert Hughes, *Things I did not Know*. Random House, 2007 [2006], p. 73. 【譯文為歐陽昱

第二首是一首塗鴉詩，是作者休斯十歲時，在海邊一座碉堡牆上發現的。有點像我們小時候，在廁所上看到什麼「人在人上，肉在肉中」之類，但比那似乎更有點兒詩意，吾譯如下：

蘋果熟了，
就要摘了。
女孩子到了十四歲，
就可以日了。[184]

我就這麼照譯了，出版時是否會遭刪，我不知道。等本子拿到手，我第一個要查的字，就是「日」和「屄」。其他就無所謂了。

敵人

詩人楊邪去年對我做了一個訪談錄，發表在2012年第二期的《華文文學》上，其中有句話我是這麼說的：

> 我不需要知音，也不需要讀者，這從來都不是我的初衷。我寫詩從來都不沖著這些人去。詩就是自己的一條河，出來就出來了，一瀉千里，不是決堤，就是氾濫，還滋潤良田。有人喜歡，很好。沒人喜歡，無所謂。這就是為什麼會在看古巴詩選或希臘詩選或南非詩選（均是英文，不是漢譯）時，會看到很喜歡的詩人，而且並不總是很有名的，他們肯定不是為我寫的。詩歌就是那種卓爾不群，不為任何人生長的花。我寧可我的詩寫到此生完全不可發表的地步，我現在越來越這麼看。

我今天想到引用這句話，是因為我這個每天都要看詩的人，從眾多的詩中看到一首自己覺得很不錯，疊了耳朵，準備譯成英文的詩，寫詩的人是一個我從來沒有聽說過的人，這正應了我上面說的話。在談他那首詩前，我想

所譯。】
[184] Robert Hughes, *Things I did not Know*. Random House, 2007 [2006], p. 137.【譯文為歐陽昱所譯。】

先談點別的。

最近譯書中，有提到達芬奇，說他是個「冷得像條魚，漠然得像座山」的人，對自己弟弟生孩子一事不僅不覺得高興，反而寫信給他說，弟弟「生出了一個敵人，這個敵人會為了爭取自由而耗盡所有精力，這個敵人只有在你死時才能生成。」[185]

他的這種說法，跟前面提到的那個詩人詩中表達的意思何其相似乃爾。詩人說：

> 一個女孩兒
> 在凝視了我片刻之後
> 忽然放聲大哭
> 她說
> 她也殺了人
> 在出生的時候
> 她把媽媽
> 給殺死了[186]

聯想到英國作家John Wain的長篇小說《打死爸爸》（*Strike the Father Dead*）和美國評論家Lewis Mumford說的那句話：「Every generation revolts against its fathers and makes friends with its grandfathers」（每一代人都跟父親為敵，卻跟祖父交友），本來就是同性戀的達芬奇說出那番話來，上面那首詩寫出那段詩來，也就不難理解，也就很有意思了。

憤怒

白人最不喜歡的就是憤怒，中國人也是一樣。一個易怒的人，就像一座不知何時會爆發的火山，隨時爆發隨時傷人。最近看中國的詩，包括寫礦工的，給人一種強烈的粉飾之感，看不到一點點真實的情緒。還不如不看的好，真是浪費時間。

---

[185] 同上，p. 464.
[186] 毓梓，《殺人》，原載《大詩歌》（2011卷）。成都：四川出版集團，2012，p. 158.

詩歌就是一種氣，在內心淤積、鬱積，久而久之，就化氣而出，正所謂憤怒出詩人。

在澳洲，「anger」（憤怒）是一個貶義詞。如果形容誰愛憤怒，那就明顯帶有指責的意思，好像這個愛憤怒的人有罪似的。監獄裡，也包括監獄外，常會開一種學習班，叫Anger Management Class（憤怒管理班），就是對那些愛發怒的人的憤怒情緒進行管理。我因工作關係，接觸到一個華人男性，此人的憤怒是少見的，在法庭上如聽到法官說的似有不公的話，也會急得跳腳，差點大呼小叫，喊起冤來。不是我經常提醒他，這是在法庭，並用手按住他的膝蓋，他可能會什麼都不管不顧，跳將起來的。

其實，憤怒不是壞事，人必有事，才會憤怒。人有怒氣，才會寫詩。有年在武漢，跟一幫詩人吃飯，席間聽他們說起某某，非常讚賞的一副樣子，說那人從不生氣，能夠承受等等，彷彿是個聖人似的，其實我聽著就發煩，不想聽，甚至都不想知道那人是誰。有怒氣卻隱而不發，那不是便秘又是什麼?!

最近到達爾文參加2012年的詩歌節，第一次面對面地接觸到幾個澳洲土著詩人，其中一個是我幾年前翻譯過的詩人，名叫Lionel Fogarty。他的一首短長詩被我翻譯後，收進《當代澳大利亞詩歌選》（上海文藝出版社，2007），我已經忘了是哪首，可跟他一見面，他立刻就準確地說出了該詩的「姓名」，即標題：「Remember something like this」（《記住這種事情》）。吃早飯的時候，我送了一本我的英文詩集*Songs of the Last Chinese Poet*（《最後一個中國詩人的歌》）給他，過後不久，我在酒店外面抽煙時，他也過來抽煙，順便手伸過來，我一看，原來是一本書，送我的。加上頭天在書店買他一本英文詩集，這就是兩本了。回來後都看完了，第一感覺就是，土著人的詩歌中持續地流動著一股滔天的憤怒。

談他們的詩歌之前，先談一下自己。我因早年在澳，寫過一首英文詩，譯成中文就是《操你：澳大利亞》，以及其他一些直抒胸臆的英文詩歌，被澳洲評論界稱為「the angry Chinese poet」（憤怒的中國詩人）。以後每次國家電臺、報紙採訪，都要不斷提到這個問題，十年後如此，二十年後還是如此。我操，真是沒完沒了，到了最後，我都不想再去回答這個問題，而是告訴他們：我已經超越了。

現在看到土著人詩歌後，我的第一感覺就是：我並沒有超越憤怒，也不需要超越之，而是要直截了當地告訴他們，憤怒猶在，當寫還是要寫。

說到土著，他們是澳大利亞的先祖，這塊土地的主人，在白人抵達之

前，已在澳洲生活了四萬多年，但白人一到，就通過法律用拉丁文宣布，他們的這塊土地是terra nullis（無人之地或無主之地），為自己搶佔、強佔其土地打下了法律的基礎。白人對土著的驅趕和虐殺，尤以塔斯馬尼亞島為著，該島從第一個白人登島，到73年後的1876年，把全島兩萬多土著人斬盡殺絕，[187]悲劇之深，罄竹難書。

可以說，從那個時候起，他們就跟白人結仇了。在別的地方可能看不出來，但一讀詩，哪怕是2008年出版的詩，這種怒氣也幾乎能觸摸得到。佛嘎蒂在送我的那本詩集是《關於朋友和家庭的詩》（*Poems about Friends and Family*）的前言中，開門見山就說，英語是「invasionist written word」（侵略者的書面文字）。[188]

Kargun Fogarty大約是佛嘎蒂的親戚，他的詩我是第一次讀到。我們一般對「黑」頗為忌諱，甚至貶低，尤其是漢人，把「白」尊崇為最高的膚色，無論行事做人，總向白人看齊，就是移民，也要移到白人國家。Kargun Fogarty一反「白」態，在一首詩中，就大聲疾呼：

> 但我是黑的
> 對，黑的
> 黑到骨髓
> 黑透了
> 我樣子看起來可能不那麼黑
> 但我的精神是黑的[189]

現在的澳大利亞，有一種政治正確，既然白人早年幹了那麼多壞事，那現在就要不斷懺悔，洗清心中的罪孽，具體做法是：凡是史書，都要提到土著人有四萬多年的歷史，特別是文學史，首章一定要寫土著文學。土著作家如出書，不僅要拿全國最高獎，而且要拿所有各州的文學獎，如Kim Scott的*That Deadman Dance*（《死人之舞》）一書，就把2011年澳洲的所有文學獎都拿盡了。肖像獎大賽中，白人如畫土著，得獎機會就很大，而且也有因此而得獎的。儘管這種表面工作做得很正確，但土著人心裡並沒跟白人想到一

---

[187] 王晉軍，《澳洲見聞錄》。山西人民出版社，1995，p. 49.
[188] 參見：Lionel Fogarty的Introduction，*Yerrabilela Jimbelung: Poems about Friends and Family*, by Lionel Fogarty, with Yvette Walker and Kargun Fogarty. Keeaira Press, 2008, p. 5.
[189] 同上，「Fair Skinned Abo」（《淡膚色的土著人》），p. 12.

塊。Kargun Fogarty的詩中說：

> 所有白白的歷史書籍，操
> 白人為白人寫的歷史
> 不說真話，我絕對不會
> 因為這些一向虛偽的謊言
> 而自鳴得意……[190]

土著人對白人迷戀金錢也極為厭惡，這在Kargun Fogarty的筆下也極為明顯地表現出來：

> 你以為可以用錢買我們的土地
> 你得學會尊重我們的土地
> ……
> 難道你不明白，你們的錢使得我們互相打鬥
> 我們從血液裡就沒有金錢的因素。那完全是錯誤的
> ……
> 你哭著要錢，我哭著要神聖的土地[191]

在中國人的眼中，一向把白人看得很高，而且特別畏懼白人，但土著詩人對白人沒有敬畏之心，在他們眼中，白人貪婪至極，他們「天天偷竊」，都是「宰人的奸商」，「在商店把價格抬到比天還高」，所以，「站櫃臺的那些人都是真正的犯罪分子」。[192]

收進這本詩集的另一個詩人是土著女詩人，名叫Yvett Walker，她的詩看似溫軟，但綿中有勁。她在《黑紅黃》一詩中，就一針見血地指出：「飢餓是詩人生命的一個部分，喝的都是尿／而憤怒則幾乎是我／生命的一個部分。」[193]

憤怒、仇恨、咒罵，等，是前面提到的那位土著詩人佛嘎蒂的詩歌特

---

[190] 參見：Kargun Fogarty的「A Newspaper Society」一詩，*Yerrabilela Jimbelung: Poems about Friends and Family*, by Lionel Fogarty, with Yvette Walker and Kargun Fogarty. Keeaira Press, 2008, p. 14.
[191] 同上，p. 17.
[192] 同上，p. 25.
[193] 同上，p. 59.

徵。當然，他的文字也頗富創造性，有意通過錯誤，扭曲英文，使之產生白人筆下因害怕不正確而幾乎沒有的創造火花。他有句詩說「we'll sunrise de enemy」。「sunrise」是名詞，指「日升」，但他把它當動詞用，如果直譯，意思就是「我們要日升敵人」。[194]漢語難以盡意，甚至達意，但英語變有味道。他還有一句詩說：「gonna undress her lips」（要脫她的唇衣），（p. 9）也特別有意思，還是英文比漢語過癮，尤其是出自土著詩人之手，就更其如此，有出其不意之感。有的詩句甚至很中國，有禪意，如這句：「now full is empty」（此時，滿即空）。（p. 17）

　　他對白人，以及澳大利亞這個白人國家，鞭笞起來絕對無情，稱澳洲社會是「white lawless society」（白人的非法社會），（p. 19）稱白人的過去是「有罪的過去」（a past of sin）。（p. 20）他說：

> 我們相信善良之光
> 我們誠實不欺，直到我們黑死於囚禁。
> 210年來，我們都被白人拘禁。
> 就連我們的家園、土地、天空和空氣都是。你們的法律傷害我們
> 在我們開心時讓我們悲傷
> 讓我們喝酒喝到盡頭[195]

　　他所說的「黑死於囚禁」，是指澳洲土著的在獄死亡率，這在澳洲一直居高不下。很多土著人因為喝酒、吸汽油，打架鬥毆等而被捕入獄。這方面有一項統計說，2009年，可能入獄的土著人數是非土著人數的14倍，全澳在獄人數的25%是土著，1990-2007年間，全澳在獄死亡人數的18%都是土著人。[196]根據調查，這主要是因對土著人的歧視和員警、監獄暴力所造成。因此詩人有言：「我只恨這個社會／就算它全由白人組成。」（p. 120）

　　中國對澳洲土著詩歌關注非常不夠，可能對非洲黑人詩歌的關注，要遠遠超過土著詩歌，尤其是這種氣衝霄漢的詩歌，更可能會在介紹過程中以「雅」為由而加以剔除。要知道，佛嘎蒂的詩歌中髒話很多，語言暴力很多，包括不成文法的詩句，但也因此而更富活力和戰鬥力。值得向中國讀者介紹。

---

[194] Lionel Fogarty, *New and Selected Poems*. Hyland House Publishing, 1995, p. 6.
[195] 同上，p. 20.
[196] 參見：http://en.wikipedia.org/wiki/Aboriginal_deaths_in_custody

這本書看完後，我在書背寫了一首中文詩，開頭兩句是：「今天，我像天空一樣生氣／像烏雲一樣便秘」。

關於索因卡

本人有個特點，也可說毛病，就是不太關注諾貝爾獎，對獲獎詩人也好，小說家也好，一向都比較冷淡。很少去買，也很少去看，即使買了看了，也基本沒有太大的感覺，有很多人的作品，買了之後都看不下去，就永遠折疊在一半處或三分之一處放起來了，可能到死也不會接下去看了。反正這些人已經拿到了獎，有沒有我看也無所謂。

因為這個原因，我自索因卡1986年獲諾獎以來，竟然連他寫的一個字都沒看，這當然也與他主要是劇作家，而不看劇作家的戲，只看其劇作，就很打折扣有關。總之，我直到樹才找我的2012年初，就是沒看他寫的一個字。決定譯他之前，我查了一下他的個人背景，發現他情況好得驚人：上小學時參加文學競賽，得過若干文學獎，20歲到英國讀大學，回尼日利亞後在大學教書，70年代初，還不到四十歲，就在英國拿到榮譽博士學位，從1975到1999年，一直是尼日利亞奧巴費米‧阿瓦洛瓦大學教授，1986年獲得諾貝爾獎，1993年獲得哈佛大學榮譽博士學位，等等。當然，年輕時，他曾因參加政治活動而被捕，坐牢長達22個月。他的戲劇和詩歌活動，也大多圍繞著政治。[197]

跟樹才定下來，翻譯他之後，就趁便去墨爾本一家詩歌專賣書店Collected Works去看了看，那裡面世界各地譯成英文（包括英文）的詩集基本都有，但就是沒有索因卡的。另外一家文人書店Readings也沒有。只好上網到亞馬遜網站購買，購到一本他的《詩選》（Selected Poems），該書把他從1967年以來出版的三部詩集精選了一番，於2001年在倫敦出版。

有幾個諾貝爾獎獲獎詩人，是我相對比較喜歡的，如乾巴有味的辛波斯卡，形式多變的米沃什，以及飄逸勁秀的沃爾科特，書一拿起來，總有數首是必折耳朵，必要拿到課堂向學生推介，進行翻譯的，但索因卡這本書看後，耳朵不是沒有折的，卻沒有那種特別讓我回味、特別不能忘懷、特別想一譯而後快的。這沒辦法，是詩人就是真人，假不了，只能從詩招來，從實

---

[197] 參見：http://en.wikipedia.org/wiki/Wole_Soyinka

招來。這也可能是我尚未看到他的詩歌全貌，也許再多買幾本不同的，看法或許會改變也未可知。

　　譯了三首之後，我就擱下了，去海外度了一個假，回澳洲後，樹才來信，說三首不夠，於是，我重新找到這本書，開始從折疊過耳朵的詩歌譯起。一動筆，也就是一動鍵，我就發現，我的第一印象依然沒變，那就是他的文字較為晦澀，意思很不明朗，但遣詞造句頗有心計、頗有心機，這就給翻譯提出了挑戰。

　　今天譯的這首詩叫「Dreamer」（《夢者》），當時看後自己有個評語說：「不好譯」。這次一個字一個字地跟原文較量時就發現，當時為什麼會產生這種感覺。原來，他有個語言特點，喜歡把動詞名詞化，如「sleep」（睡），就名詞化成「a sleep」（一個睡、一次睡），如這句

　　　　……lay on a sleep of down
　　　　And myrrh.[198]

　　這句怎麼玩？是的，我在課堂上，跟學生很少說「譯」，而是說「玩」：來，張三，你來把這句跟我玩一下怎麼樣？學生倒是很開心，也愛跟我一起玩。我的玩法是下面這樣：

　　　　……躺在絨毛和沒藥的
　　　　一睡之上。

　　這裡面有個講究。看起來，會有人說，你這是否太牽強了一點？非要如此不可嗎？不能把他的名詞動詞化一下，譯成漢語，比如譯成「睡在絨毛和沒藥上」嗎？當然可以，但那是你譯，不是我玩，因為我在翻譯中，尤其譯詩中，比較重直譯。我有個微理論，是這麼說的：直譯即是詩。當年翻譯格裡爾的《完整的女人》，曾寫過一篇後記，現援引其中一段如下：

　　　我的另一個不成理論的觀點是「直譯就是詩」。例如，如果把「although
　　　my smile reaches from ear to ear」翻成「滿面笑容」，「笑容從一個耳
　　　朵延伸到另一個耳朵」這個「原汁原味」就出不來。又如「weepie」

---

[198] 參見：Wole Soyinka, *Selected Poems*. Methuen, 2001, p. 15.

一詞，如果按陸穀孫主編的《英漢大詞典》，是「傷感的電影」，但我翻成了「搞哭片」，道理很簡單，既然有搞笑片，也應該有搞哭片，而且也講得通，不是把大家都「搞哭」了嗎！再如這句：「whether they have any stomach for womenflesh or not」，對我來說，這句話簡直就是為了直譯而事先預設的，所以就有了：「無論他們的嘴是否吃得下女人這塊肉。」翻譯中雖然失去了「胃」（stomach），但卻得到了「嘴」，打了個平手。至於說到其他方面的例子，實在是不勝枚舉，這裡就不一一列舉了。[199]

除非無法直譯，否則，我一定堅持直譯。在這一點上，我與魯迅是相通的，比較贊成他的觀點，哪怕有時顯得生硬，也覺得比假模假樣的所謂「好」譯文來得過癮。當然，這又只是一家之言而已，肯定會遭人詬病，我只能做好挨罵的心理準備。

索因卡也是個很好的文字玩家，比如，這首詩的倒數第二行，他就來了這麼一句：「And throes and thrones」，[200]前面一字是「（分娩時的）陣痛」，後面一詞是「王位」（寶座、登基，等），二者僅差「n」一個字母，但在漢語中卻無法如此完美地嚙合、捏合在一起。

別人怎麼玩我不知道，估計不會玩成、完成我這樣，但我是這麼玩的：「分娩之痛、登基之苦」。

索因卡在另一首詩「Seed」（《種子》）中，也這麼玩了一把，說「Lazarus sheds his rags and tears」。（155頁）漢語中，「脫衣」和「流淚」，分別要用兩個不同的動詞，脫和流，但英文中，二者可共用一個動詞「shed」。那麼，你想在漢語中也讓二者共用一個動詞，就很不容易。最後只能譯作「脫衣落淚」，比較勉強，但無法共用，這是翻譯的遺憾，也是譯者的遺憾。

索因卡雖然是尼日利亞人，非洲人、斐洲人，但他因在英格蘭常來常往，書也不少出版在英國，受大英帝國文化、文學的薰陶頗為不淺，所以特會玩弄詩中的文字，在轉行或斷行處尤見功力。最近看大陸出的一個中文詩集，有個感覺，覺得不少詩人似乎不知道斷行是怎麼回事，敗筆頻生。如有個詩人寫詩說：「沒有人會在乎我／我這異鄉的異客」。[201]我前也可，我後

---

[199] 參見歐陽昱，《後記：再譯格里爾》，原載傑梅茵・格里爾，《完整的女人》（歐陽昱譯）。百花出版社，2002，p. 438。

[200] 參見：Wole Soyinka, *Selected Poems*. Methuen, 2001, p. 15.

[201] 《大詩歌》（2011卷）。四川出版集團，2012，p. 55。

也可，但兩我如此一前一後都來，就——沒法多說了。

　　本人因為也寫詩，中英都來，比較喜歡斷行，細想起來，應該是受英詩影響，現選取一首未發表的詩歌頭兩段，看看如何處理斷行的：

《批評》

　　下半身並不重要
　　的部位是腳
　　曾經有一半
　　的人纏
　　目前逐漸由公車私
　　車取代

　　下半身並不重要
　　的另一個部分是大
　　腸裡面裝滿半
　　消化全消
　　化或尚未消化
　　的東／西
　　……

　　索因卡的斷句，前面已有一例，就是把「down and myrrh」，斷成「down／And myrrh」。客觀上，這在眼睛掃視、掃詩的過程中，看到句子末尾時，會把「down」看出歧義來，因為它既有「下」的意思，也有「絨毛」的意思。割裂開來看，「a sleep of down」簡直是歧義叢生：「一毛之睡」、「絨毛之一夜睡」、「一睡而去的絨毛」、「下面的睡」，等。再看過來，就有一種柳暗花明又一「鎮」、又一「城」、又一「國」或又一「語」的感覺了：哦，原來是「絨毛／和沒藥」。簡直是！

　　在《達格比的駝子》一詩中，有這兩行詩：「But the bell-tower of his thin／Buttocks rings pure tones on Dugbe」，[202]很明顯地在「thin」(瘦)這個地方有意切斷，跟下面的「buttocks」（屁股）分開，造成眼球停在「瘦」而

---

[202] 參見：Wole Soyinka, *Selected Poems*. Methuen, 2001, p. 17.

不是別的字上，不是「瘦屁股」，而是「瘦／屁股」，像這樣：

 ……
 瘦
 屁股
 ……

  這裡我要停一下，講講我對詩歌斷句的一個體會。開車的人都知道，一條大道開下去，前面一目了然，看得清清楚楚，可是突然就要拐入另外一條道了，無論左拐右拐，一拐道，就會出現新的情況，新的人，新的氣象，哪怕是走慣的路也會如此，還不說有颱風下雨或下雪下冰雹或夜間行車等情況。詩歌之所以有存在的必要，就跟七彎八拐，九折十斷的路有必要存在是一樣的，味道就在折和斷中凸顯出來。這個微道理，微比喻，也是我年過五十之後才逐漸體會出來的，之前好像也沒聽任何人說過，應該算是我的首創吧。

  索因卡這兩行詩在「瘦」處斷開，產生了一個大家熟知的現象，即不可譯，也就是說，你如果把詩譯成漢語後，也想在「瘦」處斷開，那幾乎是不可能的。即使譯出，也很勉強。那麼，我就讓你看看我的勉強吧：

 但他瘦削
  臀瓣的鐘樓在達格比上空把純淨的音調敲響

  這就等於把上下兩行本來長短相當的詩，弄成了長短不一的「長短句」了。後來我改譯時這麼改了一下：

 但他瘦削臀
  瓣的鐘樓在達格比上空把純淨的音調敲響

  也就是說，好像把那人屁股切開，從「臀瓣」中一劈兩半了，來了一個有意錯位。不過，最後，我還是向「瘦」投降，再改為：

 但他瘦
  臀的鐘樓在達格比上空把純淨的音調敲響

「長短句」就長短句吧，這是沒辦法的事，在我這邊，只能通過直譯解決。

另外一些時候，這種斷句通過直譯也無法解決，那就只能通過錯位換喻來解決。例如，在《種子》一詩中，有這樣兩句：

……Wash ears

Of corn in rain to await dawn's embassy（155頁）

本來這句話如果拉成一行，就是Wash ears of corn in rain to await dawn's embassy，意思就是：「在雨中洗玉米的耳朵，等待黎明的大使館」（譯者注：很好的詩句耶！）但被狡猾的索因卡一斷行、斷句，就變成了上述那種帶有「洗耳」的意思的詩句了。我未修改前的譯文是：

……洗耳

在雨中洗玉米的耳朵，等待黎明的大使館

修改時，我發現這個譯文有點累贅，就採取了我在翻譯中積累的一個經驗，即換喻。所謂換喻，是指英文的比喻拿到漢語中無法對等時，就拿一個不對等的來對等。例如，英文說「hate someone's guts」（恨之入肚），漢語卻說恨之入骨。又如，英文說「cannot hold a candle to someone」（不能與誰比燭），漢語卻說不能與誰比肩，意思都一樣，但英語說燭，漢語用肩。修改中，我這麼換喻譯了一下：

……在雨中洗玉

米的耳朵，等待黎明的大使館

不過是把「洗耳」換譯成了「洗玉」而已。

相對于其他黑人詩人來說，例如澳洲土著詩人Lionel Fogarty，索因卡的詩還算比較文明、文雅的，沒有太多粗話，這也是我注意到的一個黑人情況。在黃種人和白種人眼中，一向不把黑人放在眼裡，總覺得這是一個低等人種，但其實我接觸過的黑人，一般都還相當文明，而且說話都還細聲細氣，卻並不低聲下氣，人家是頗有尊嚴的。不過，我所讀過的非洲黑人文字，若與澳洲土著詩人相比，則似乎缺乏戰鬥力和殺傷力。我甚至覺得，他們本有的銳

氣，都好像在殖民過程中被打磨光淨的感覺。有一年我在坎培拉大學當住校作家，系裡有個來自斐洲的學生把作品給我看，請我提意見。我很期待，希望看到火山爆發一樣的語言和情感，但晚上回到住地展讀後，卻非常失望，完全沒有感覺。我給他回信告訴他我的真實想法和看法後，他就此消失得無影無蹤，連回音都沒有。索因卡的經歷中，與英國過從甚密，參與的政治活動也主要是針對國內的當權派，筆下——至少在我這本詩集中——看不到有反西方、反殖民的傾向。畢竟他的名聲和榮譽都是西方給的，他總不會像我那樣沖著西方扇耳光。他曾批評桑戈爾的「黑人性運動」，指責那是「不分青紅皂白，懷舊地美化黑非洲的過去，忽視了現代化的潛在好處」。[203]

不過，他的詩中也有粗俗的地方。多少年來，國內譯詩因為求雅，把很多英文中極富活力的詞彙和表現方式閹割得一塌糊塗。隨便把金斯堡的《嚎叫》譯文，跟原文對照一番，就會發現，原文中的「genitals and manuscripts」[204]（生殖器和手稿）被雅譯成了「性器和手稿」。[205]讀來很不爽的一種感覺，原詩的爆發力完全沒有了！這就像用中文罵人：「操你媽B」，卻被人譯成「操你媽性器」一樣滑稽可怕。這兒，我想引用我尚未找到出版社的一部書稿的一個部分，摘抄如下：

Sex

「Sex」指性，又不指性，重在其意所指。這聽起來頗像文革那句話的韻律：有成分論，不唯成分論，重在政治表現。好了，閒話休提，談談北島。

北島在《時間的玫瑰》一書裡，把很多詩人的譯詩挑出來，與他自己的譯詩進行對比，最後得出的結論基本都是，他比別人譯得好。這是很要命的事。在翻譯方面有一條不成文的規定，譯文品質最好由專家評說，自己少說點。

自己如果非說不可，也要講點規矩，那就是，把原文拿出來，放在譯文旁邊，讓有識見的讀者自己去對比評說，得出自己的結論。《時間的玫瑰》這本書獨獨沒做這件該做的事，是其最大的遺憾。不知是不是北島怕，不敢

---

[203] 參見英文的維琪百科索因卡詞條：http://en.wikipedia.org/wiki/Wole_Soyinka【此為歐陽昱的譯文。】

[204] 參見：http://www.poets.org/viewmedia.php?prmMID/15308

[205] 參見中文譯文：http://www.rockbj.com/dixiawenji/200608/1042.html

拿出來讓讀者鑒定，否則為什麼有這麼大的遺漏呢？實在匪夷所思。

我看到該書131頁時，終於感到不耐煩了，在天頭地腳畫了一個大大的問號。問號旁邊北島寫道：「（該詩）首句直截了當提到性（sex）（而非性器），因其普遍性含義更有詩意。」[206]

他得出這個結論之後（也許之前），就把他譯德國詩人策蘭的首句譯成「我的目光落到我愛人的性上」，[207]同時也擺出了王家新和芮虎的合譯，後者的那句翻譯是「我的眼移落在我愛人的性器上」（p. 128）。

我30多年前讀大學，學英語語言文學時，老師到了第二年就有個要求，翻字典一定得看英英字典，而不要過多依賴英漢字典。這個「古訓」，直到現在我還在沿用，要求我教的翻譯學生，在查不到某個字意時，就去英英字典中尋找，往往事半功倍。現在，我就通過這個方式，來查「sex」這個字。我手頭1997年出版的 *The Macquarie Dictionary*（第三版），居然沒有「sex」這個字的性器官之意，與我20多年前的查找經驗完全不同，令我稍感訝然。上網查了 The Free Dictionary，立刻就在「sex」的第7定義下，查到了它的意思，即「The genitals」（生殖器，亦即性器官）。[208]

當年（1986-1989），我在上海華東師範大學讀英澳研究生，在圖書館遊覽時，有一個驚世發現：西方愛情詩歌中，存在大量性愛詩歌，於是開始了我的性愛詩歌翻譯之旅，當時就譯了兩本，一本被禁，另一本後來連手稿都弄丟了。記得當時很喜歡美國詩人羅伯特·梅澤（Robert Mezey）的一首詩，叫《自白》，其中有「black sex」二字，我第一次翻譯時，就怎麼也不明白為什麼一個抽象的「性」字，居然在英文中可以具象，不僅有顏色，而且可以看見。好在我比較認真，比較較真，不想輕易放過這個字，就查了一些字典，當時陸穀孫的《英漢大詞典》還沒出來，那裡面有這個意思，能用的《新英漢詞典》中，是沒有這個定義的，最後一查英英詞典就明白了，原來，「sex」也指器官，一下子恍然大悟：所以是黑的，所以是看得見的。那幾句譯詩是這樣的：

> 偶爾，我看見樹叢中
> 閃爍著一方黃色的光亮，
> 我便越過草坪向裡窺視。

---

[206] 北島，《時間的玫瑰》。Oxford University, 2005, p. 131.
[207] 同上，p. 127.
[208] 參見此處：http://www.thefreedictionary.com/sex

你躺在床上的碩大身體
是白色而赤裸的，我雖像大家一樣
因愛情而飢餓難當，但一見你
黑色的性器官便渾身發冷。[209]

　　北島說，他把「sex」譯成「性」，是「因其普遍性含義更有詩意」，（p. 131）這完全是不對的，是因為他並不理解「sex」的「性器官」的意思。他應該誠實一點，稍微不懶惰一點，查一本英英詞典，這個問題就很好解決。其實，把「性器官」譯成「性」，一點也不詩意，相反，更弄巧成拙。有識者不能不知。講句公道話，王、芮的合譯，對「sex」的理解，是很正確的。

　　說了這麼多，其實就是一個意思，即譯到粗俗之語時，做翻譯的第一要敢於正視，第二要避免雅譯。例如，在《達格比的駝子》一詩中，有這樣兩句：

A horse penis loin to crooked knees
Side-slapping on his thighs[210]

　　該句中的「horse penis」直譯就是馬雞巴，我在第一稿中進行了雅化處理，譯成「馬鞭」。第二稿中就剝去了這層虛偽之皮，譯成下面兩行：

一條馬雞巴垂到畸形的膝頭
來來去去地甩打著大腿

　　記得2003年我翻譯的《新的衝擊》在百花出版社出版後，澳洲一個畫家朋友看後大加讚賞，特別欣賞其中一個字的譯法，即把畢卡索譯成「雞巴男人」那段：「一種接近對女人神聖恐怖的恐懼感。這種恐懼感就是畢卡索這個雞巴男人、這個天藍海岸創造力永不枯竭的種馬形象背後的心理現實，自1945年以來，傳媒和他的法院就一直在忠心耿耿地培植這種形象。」[211]英文原文其實是說，他是個「walking scrotum」（一個行走的陰囊）。

---

[209] 歐陽昱（譯），《西方性愛詩選》。Otherland Publishing, 2005, p. 206.
[210] 參見：Wole Soyinka, *Selected Poems*. Methuen, 2001, p. 17.
[211] 參見：Robert Hughes, *The Shock of the New*. Thames and Hudson, 1991, p. 24.

說到翻譯粗俗話，我就想起我對嚴複「信達雅」教條主義長期以來的不滿和不服，最為厭惡的就是其「雅」，1999年寫過的一詩，自示如下：

《譯者》[212]

法院
我的工作
很簡單
把漢語
變成英文
把英文
變成漢語
把語言還原
我的客戶5花8門
有妓女、賭徒、強姦犯
打離婚者、偷渡客、家庭暴力者
無論語言多麼放肆
我照譯不誤
信達
而

不雅

相對來說，索因卡是比較「詩」，比較雅的，例如，他在《致派珀家的女兒》（1960）一詩中，就有很含蓄的指稱：「尋找——誰又不尋找呢？——美寓於屈服者凹地之美；」頗耐人尋味、玩味。又如：「我不想為了藏匿的精華中／那狹長的豁口而糟蹋你們……」，也是粗中有細，細中有俗。

不過，個人感覺，索因卡的詩歌，黑味不濃，似乎對西方白人詩歌技巧學得很到家，有時晦澀得難下譯筆，難敲譯鍵，比如「And sale fuss of the mad」。[213] 我先直譯為「瘋子的銷售大驚小怪」，後改為「瘋人的銷售自擾」。

---

[212] 參見歐陽昱，《限度》。澳大利亞原鄉出版社，2004，p. 162。
[213] 同上，p. 16.

不知不覺，一口氣譯了十三首，總的感覺還算不錯，但始終沒有一見傾心的感覺，就在這兒直言了。最後給他的詩總結了一下，有這樣一些在各詩中反覆出現的關鍵字：種子、灰、石頭、時辰、尋找、黑暗、雨、睡、消溶、通道、子宮、蛋、木紋、太陽，等。為什麼如此？我不知道。

結束這篇已經過長的文字之前，我想以一首譯詩為例，讓讀者看看翻譯的過程和譯者的取捨：

《歌：無人光顧的市場》

（致巴黎之夜）【注：有致人之詩，沒有致物之詩。】

沃爾·索因卡（著）

歐陽昱（譯）

無人光顧的市場
雨的細流【注：有意避免用「雨水」等雙詞。】
種子滿了你的水溝【注：有意避免用「充滿」等雙詞。】
也滿了痛的長夜【注：有意避免用「痛苦」、「疼痛」等雙詞。】

讓我順著你無盡的巷子
結結巴巴我的生命【注：採取直譯，哪怕有生硬之嫌，因原文都很生硬，但有詩意。】
夜是用來夢的
也是用來睡痛的長床的

我的靈魂會乾【注：有意避免用「乾燥」等雙詞。】
呈現烏木的木紋
別讓它抽芽
在陌生人的痛中

長若一生的夜
黎明來得匆忙卻無益【注：有意避免用「徒勞無益」等用爛的成語。】
一頭白鳥她來了【注：直譯，儘管「她」可省去。】

一口吞下了穀粒

夜在痛的月亮乳房之間
流動
而露水在我躺頭的地方【注：有意沒譯成「頭躺下」。】
沒留下標記

（原詩集的37頁）

十三首譯詩在下、見下：

《夢想者》

比樹高的是一頂神祕的王冠
叛軍之王，三根
荊刺，躺在絨毛和沒藥的
一睡之上。一網
之釘、之肉
之自由開花的文字

樺樹間的劈縫
明年已在收穫時間
水果必將落入尋者之手
滌清了黴菌
黃金的編年史
哀悼一隻全盛期的水果。

這包袱壓彎枝頭，壓到地面
主教教座的腰帶
苦苦的豆莢生出了聲音之子
一環之石
分娩之痛、登基之苦
海水嫋嫋焚香。

《達格比的駝子》

我總在納悶，不知他夜裡
走在何處、躺在何處
他歎氣時，大地是否會
突然分娩。

白天，他彎腰曲背，在公共下水道旁
猛烈地洗澡，要不就洗棉布上的破洞
彷彿孩子糾結潦草的筆跡之上
一隻風吹的螞蟻之重。

路邊精神錯亂者中
一個極度平靜的裸者

一個清醒的夜裡，魔鬼從地獄假釋
而來，花邊窗簾
篩下了輕舞的卵石
篩在他巨大的創世蛋上

交叉的木薯棍
承載著他的水泥攪拌機

不輕蔑，實際上卻免除了
歌聲或恐怖，計程車轉彎
瘋人的銷售自擾，超越了
美醜，而思想封閉

莊嚴地美化了瘋人──世界
在他脊樑上旋轉，呈靜態的幻象。

但他瘦
臀的鐘樓在達格比上空把純淨的音調敲響

一條馬雞巴垂到畸形的膝頭
來來去去地甩打著大腿

他在夜間潛行，一隻沉默
之桶。在他的子宮上
光線的鴿子蛋跳舞，進出於
黑暗。他行走於雜色之中。

《最後一盞燈》

夜皮
上一個蒼白的切口
沿山下而漸小，變弱，流血
從極地到通道，染色
和屍衣

她的陰影
此刻從舞蹈中吸入
在沉默的屋簷上
緊緊地在她周圍聚攏——
一個撒謊的深度

油是溫和的燈
照亮一代代人在變形的門道中
耐心地彎腰，照著一個市場
最終的耐心的

呼吸，和平遭拒……
她是晚禱曲的告別辭，在擯棄的肋骨中
點亮。

《復活節》

這緩慢的一天死了，一種無言的凋萎
沉默的重重暗影在收穫
柔軟的杏仁奶油餅

花粉的翅膀長出荊棘；胸脯
太受歡迎，把晚來的寒氣摟住
把死亡給無辜者送去

更親切的是堅硬的芒果，綠滴
在神祇明顯的耳邊，彷彿在對
墮落的未來賣弄風情。

我們真的不怕流血？我們獵取
手掌的蒼白組織，指頭摸索
越發小心在冠頂。

這些復活節莊稼的粉紅杏仁奶油餅
渴望風；通過微弱的重複
和雨的近親繁殖，

一根樹枝以解百萬之渴？衰頹
填塞大地的中心；被趕走之後，我們去摘
漂白的花瓣，為了夢想者的巢穴。

消極地為此禮物所承載，從風食腐屍者
那兒傷口潑濺，樹葉之香
為暈頭之釀，我騎著我那匹帶翼之驢，勃然大怒──

隨著孩子從肉穗花卉心臟的中心摘下
掌櫚，從中編織黃色複葉。

《致派珀家的女兒》（1960）

尋找—誰又不尋找呢？—美
寓於屈服者凹地之美；
密謀跟把自己染成鮮紅的薄霧躺著、謊著，
你們的大笑
　　　　　意味著，
你們的溫暖，
　　　　　被給予，
和天真
　　　　輕輕地
隨著你們的下一步落腳——無需練習，
先右後左——這，你們的啟示
揭開了過去似是而不是的面具。

我不想為了藏匿的精華中
那狹長的豁口而糟蹋你們或改變
你們慷慨的賜予——然而
給幽會
　　一塊石頭
紅雀
　　高度
數粒珍珠
　　深度與河蚌
玫瑰，你知道，是有刺的。如果
騙人的牧師要幹你們，喘著氣說
你們的臉蛋兒多麼酒紅，就像……！
那就用致命的果核把他打成蜂窩！

我不希望你們衰老。我發誓
我不想要你們在陽光下
過濾灰塵，除非你們——像風——
　　舞動

樹
　　祈禱
鵝卵石
　　吟誦
夜
舞動母親禮拜的歡樂之痛
拆散種子，從你們精華之處迸濺的
更陌生的精髓。願你們
就這樣，永遠永遠不老。

《歌：無人光顧的市場》

（致巴黎之夜）

無人光顧的市場
雨的細流
種子滿了你的水溝
也滿了痛的長夜

讓我順著你無盡的巷子
結結巴巴我的生命
夜是用來夢的
也是用來睡痛的長床的

我的靈魂會幹
呈現烏木的木紋
別讓它抽芽
在陌生人的痛中

長若一生的夜
黎明來得匆忙卻無益
一頭白鳥她來了
一口吞下了穀粒

夜在痛的月亮乳房之間
流動
而露水在我躺頭的地方
沒留下標記

《黑歌手》

（致紐約的馬格）

藤蔓的冷花圈，暗黑地
纏繞著夜；秋天靜脈放空血後
深處有回聲。

一隻奉獻的花瓶，她的喉嚨
把多個靈魂擰成一個傾瀉；多暗呀
葡萄酒成全了夜。

從接不起串、從人行道的汽笛
傷害中浮現肉身，一灘幽暗的
葡萄酒在輕散彈中

抖顫。你是在問
今夜酒如何？暗黑，女士
暗黑，標誌著更深的傷口

又滿是許諾
滿是深而無聲的傷口
滿是幽幽葡萄酒的殘酷片語

歌，聲啊，是寂寞的使節
夜則是葡萄酒漠然流動的水溝。

《致牆上的瘋子》

嚎吧，嚎
你個飽，嚎到心熟透
我可能不會跟你們一起來
你們這些破浮標的伴侶
我可能不會尋找
你們漂浮海岸的港灣。

誰能責怪
你們明智的撤退？你們蹲伏
在你們空間的凸緣上，難道沒有親見
現實之灰奇怪地漂過？
恐怕
你們的大腦已經挑戰了無限
一路返回
去用外語說話。

儘管牆壁
可能把我們共用的
魔力大氅疲倦的縫隙碎裂，但
我可能不會走得更近
儘管我閉上耳朵，反對
出發的音調，但嚎吧
在睡眠的辰光嚎，告訴這些牆壁
人心能容納的絕望
只有這麼多

《瑪瑙壁》

太陽的呼吸，頂著王冠
垂著縐紗和瑪瑙念珠
孩童的聲音在東方的門邊

掀起眼瞼，看著慢吞吞的大地
散漫的硫磺煙氣在甦醒的
湖上升起，你跟太陽狩獵來了

他的手觸到了高枝
面對獎品而猶豫，目光充滿浪遊癖
對人類隔膜的神祕表示質疑

幻象比燃燒的芒果豐富
門關上後，上面敞開了
下午，在他王者的思緒中搖曳

但願你在距離這男人地產半上午
的時候會較不痛苦地發現
外部所失之中，必有一堵所得之牆

你黃昏的笛聲，你喚醒種子的
舞蹈，把夜充滿生長。我聽見
太陽伴著你的星光之歌在悲哀地合唱

《空間》

他出神時大腦無邊無際
他飛起來了，真是一塊澆鑄的沉默
升空，繁複之水
從方舟的子宮中躍出

光之呼吸，無限的織布機的
編織之翅，從祈禱之手的
尖頂，繼而分開，以贖回
第一輛未破損的菲亞特的誓言

他起飛，是為了一根稻草而測試大洪水

它涉水渡過屍布裹起的憤怒河口
來自受人青睞的浮漚之縫
之屋頂的信使，所有喪生者之一

他把一根溫柔的楔子穿過
螢火蟲之網，打進天空的液材
真實得就像朝聖者來到泉邊
把白色陰影鵠的在織布機上

他的豐盛是一項白帳篷，搭在
深藍色的沙上，而他，站在前帆主桅──
免得人家忘記洪水週期──
摘了大篷車一隻棗子。石頭
真正海市蜃樓心石之源
向著東方熊熊火焰的綠洲敞開

它無翅而飛，香火船鑲嵌了
希望的水流，一隻輕霧的箭筒
在無肉體之重的空氣歌聲中蘸了一蘸
月光橢圓的袍子黯淡了
散發沉默之光的一段時期，吸引到
織布機上幽靈的手指

在回到以前上釉的表面
向外的旅途和一瞥之間
沒有租戶的他看見──新生的
灰塵縫隙在量測空間！

他不會回來，這有何奇怪？
他在交錯的風中尋找休憩
放空到一次原初的波動
文字設計的永恆洪水！

《種子》

把石頭滾走，滾進銀色
韁繩收韁時的回聲之中。在雨中洗玉
米的耳朵，等待黎明的大使館
揭開洞穴的另一張嘴
那兒，拉撒路在脫衣落淚。

用果仁中途喂馬之時
與夢摔跤摔醒之時
劈裂木紋，根據恐懼的路徑
昭示藏匿的時間
尋找子宮果實，免得它又沉淪
落進溫吞吞的灰中。

用油鹽，用塊莖
紫木、粉筆和銻
點燃舊爐子
遭受厄運的黑暗祖先
他們能告訴我們什麼？

我發言，以柔雨之聲
以生長之耳語
以光之手腕
我發言，以雲的助產士
風之衰發
以打穀場上的穀捆

我發言，以水之踩動
以苔蘚之指
以未見客人之掌紋
按按屋頂：請進

我服侍輕風揚穀的
流動，服侍元氣之野
採擷入綠耳的歌聲
我服侍雨的攔路搶劫

我翅膀一樣折疊
從嚇呆歲月的沉默中跌落
來到一切睡眠萬物有靈論的時刻
用沙紋或木紋計算
我們將降落在其香噴噴的胸脯之中

就像沉重的世界，作為穀物
而收割田野充滿元氣的編織
給通道的風

作為時刻而降落，消溶於
黑暗烏木精髓的寂寞之中
挽歌、織布機、通道的寥落。

《我往肉上抹油》

（齋戒的第十天）

我往肉上抹油
思想在寂寞的瘦
油中神聖
我呼喚你，呼喚所有的人，到
光明的平臺上來。讓黑暗
撤退。

我往聲音上抹油
讓聲音從此發聲
要不就在你虛空中

獨行時消溶。新的眾聲
在惡重新崛起之時
還將喚起回聲

我往心臟抹油
我躺在心臟的火焰中
你仇恨耗竭的灰燼——
讓惡死去吧。

《未來計畫》

會議召開
讓人厭惡：偽造證件者、誣陷者
捏造謠言者國
際。主席，
一匹暗馬，一匹馬戲團的駑馬成了蒙著眼睛的短跑手

馬赫三
我們給他分級——一級為刀
二級為馬基雅維裡，三級——
通過突然下達的拘留令
打破真理障礙的速度

正在考慮中的項目：
毛澤東與蔣
介聯手。恩克魯瑪與
佛浮爾特
祕密締約，由海斯廷斯·卡穆祖·班達宣誓。

已經證明：阿拉法特
在與
果爾達·梅厄燃情。卡斯楚
和裡查德·尼克森對飲

羅馬教皇的床下，一堆堆避孕藥……

……未完待續

伍小華

在墨爾本上詩歌翻譯課，我的一般做法是，一周中譯英，一周英譯中。英譯中的選材，都是當今中國出版的各類詩歌選本，選好詩人後，把詩歌複印了發下去，就由學生來挑選了，等於是三選：中國的編輯選，我選（其中會槍斃很多自覺不行的詩），最後是從來都不看詩歌的學生選。你還別說，這些不讀詩的學生很有道理，因為沒有能令他們動心的詩。【順便說一下我的詩歌標準：如果一個從不讀詩的人看了你的詩，還想看下去，那你有福了！有一個70多歲的白人讀者親口告訴我，他一生不讀詩，但在圖書館第一次看見我的英文詩，發現自己竟然坐下來，從頭到尾一口氣看下去了。】而且，這些不讀詩的學生，眼力還特別厲害。你可以放心，好詩絕對不會被他們放過。壞詩也不會被他們挑中，包括我本人的壞詩，因為我會把自己的名字拿掉，放在其他也被拿掉名字的詩歌中任他們挑選。這又讓我想起，想編一個詩集，只選詩歌，不放詩人名字。讓讀者享受閱讀的快感，而不是詩歌名人帶來的什麼效應。

伍小華的詩，就是這麼被選中，也是這麼讓我當著學生的面，把投影機打在牆上，一字一字譯出來的，那種感覺極為過癮。後來拿去投稿，一下子就被至為挑剔的女編輯兼詩人Gig Ryan挑中，發表在墨爾本的大報*The Age*（《年代報》）上。順便說一下，這家報紙的稿費不錯，一首譯詩，稿費為220澳元，其中譯者和作者各一半。

可能有一個消息，會令中國搞女權主義的女性高興。在澳大利亞這個國家，當詩歌編輯的人，女性居多。這就意味著，如果筆下帶有歧視女性內容的詩歌，是不大可能被發表的。

先看下面伍的原詩，再看吾的譯詩：

《一大片野花就圍了過來》

從故鄉往西行，走著走著就有

187

一大片野花圍了過來
帶上它們的芬芳帶上
那些幽深莫測的念頭。它們都
手提一小串露珠，和
一顆大大的心跳……
它們攔在路上。它們中的有幾株
還被故鄉吹來的風，刮得
側過了臉去。那一刻
我才真正看見了鄉村的羞澀。但我
怎樣才能繞開它們，輕輕
撥出一條小路，但我不想用城市的皮鞋
傷著任何一株野花
我也不想被任意一株野花絆倒
但是，我的那顆剛剛濯淨的心
還是在某一個微小的細節處
跟蹌了幾下……

選自《2006中國最佳詩歌》

A Wide Spread of Wild Flowers that Came Encircling Me

Translated by Ouyang Yu

Going west from my hometown, I kept walking until
a wide spread of wild flowers came encircling me
with their fragrances, with
those unfathomable thoughts. In their hands
they were holding strings of pearls of dew, and
a big jump of hearts...
they were in the way. Several stems of them
turned their faces around, with the wind
that came from my hometown. In that moment,
I was able to see the real rural shyness. But how

could I avoid them and continue my way?

With a teacher's cane, I gently

parted a path through them although I did not want to

hurt any wild flowers

with my urban leather shoes

Also, I did not want to be tripped by any wild flowers,

either

although my heart, just cleaned,

stumbled a few steps

in a tiny detail……

黃金明

選擇中國詩人的詩譯成中文，有很多我自己的微標準，其中一個就是陳言務去，說得更準確和現實一點，就是成語務去。任何人的詩，無論誰寫的，只要詩中含有任何不用腦筋、不經思考的成語，我是不會選取的。當年看中黃金明的詩，就是因為語言新鮮靈動。我不相信，一首在中文都不好的詩，可以譯成好的英文，哪怕英文再好。我把他這首詩譯成英文後，發表在美國的 *Kenyon Review*，那雜誌辦得真不錯，一起發表的還有我翻譯的盤妙彬、楊鍵和代薇。顯見得，詩若好，是沒有國界的。現把黃詩放下，再把歐譯置後，慢慢看吧。

《大地復甦的聲音》[214]

黃金明（著）

我知道一棵樹的聲音動用了每一片葉子
歌聲從大地的深處傳來
你瞧，一個蘋果墜落的聲音多麼美
它偏離了道德的喉舌與美學的軌道

---

[214] 原詩參見此鏈結：http://www.niwota.com/submsg/5562379

與我所有的詩篇重疊

我知道一棵樹就是一道寂靜的河流

我頭腦裡的冰塊在碰撞、消融。夢中的大海

已從胸口湧上指尖，我聽見了每一滴水細微的呼喊

在春天黑暗的根部，在夜鶯的咽喉深處

傳來玻璃碎裂的聲音

我頭頂上的陽光正在不斷堆積、上升

一群工蜂齊喊著勞作的號子

我聽見大地復甦的聲音，沾有雨水的味道

Sounds of the Earth Coming back to Life

Written in Chinese by Huang Jinming（黃金明）

Translated into English by Ouyang Yu（歐陽昱）

I know the sound of a tree uses every leaf

Songs come from the lungs of the earth

Look, how beautiful an apple sounds when it drops to the ground

by deviating from the throat and tongue of morality and the rails of aesthetics

and by overlapping with all my poems

I know a tree is a still river

In my brain chunks of ice are clashing, melting. Oceans in the dream

are surging to the finger-tips from my chest, I've heard the first drop of a tiny cry

in the dark root of the spring, the glass-breaking sound comes from the depth of

the nightingale's throat

The sunlight above me keeps heaping up, ascending

A group of worker bees are shouting a work song

I have heard the sound of the earth coming to life, stained with the taste of rain

關於成語

　　前面說過，我討厭成語和在詩歌中過量放入古詩片段的做法，因為那是懶骨頭隨口吐出的唾液，放入詩歌時要十分小心。且把1999年世紀將歿時寫的一首嘲弄成語的詩放下面。

　　《成的語》

　　在一個語塞的夜不成寐
　　我騎著一匹黔驢
　　尋找後現代的唱本
　　中午我吃了一個完蛋
　　下午我拋棄了累卵
　　晚上我割了一塊pigs might fly的肉
　　在我用膳的餐館裡
　　素不相識的人都不吃素
　　雞也都不是茅店月下來的
　　多少事從來都不急
　　從前急了會跳牆的狗
　　如今都成走狗
　　在人啊人的前後遛
　　至於說性貓sex cat
　　只只都是好花常開
　　與色狼sex wolf
　　秋波共長天一色
　　張揚的旗和敲打的鼓
　　都很相當
　　踩雞東床下
　　酷然見藍衫
　　爛衫？
　　管她什麼珊
　　逮住老叔的就是好貓
　　人生不滿100

長喝1000歲酒
莫等閒黑了老年頭
醉翁之意不在9
在乎三八之間
玩文字遊戲？
豈有此狗不理
知識就是利亮
民間是個大染缸
原創原創圓房圓房
來一個弟子開一個作坊
大師大師大屎大屎
樓上請
打炮二十塊錢一個
二十年後又是一個好詩人
用白眼睛
尋找黑光明
低鳥盡
壞弓藏
愚蠢的兔子永不死
蠟炬成灰累死了
8千里路雲和太陽
照得人心惶惶眼晃晃
回頭草要吃好馬
兔子要吃窩邊
開放開放尋開心尋開心
涮什麼涮
涮過了別人涮自己
涮完了羊肉涮羊頭
再涮狗肉和肌肉
立場就是力量
站錯了對站過來就是
都是紅衛兵老將
大家彼此彼此娘西皮

哥們哥們割了就成

沉舟側畔無帆過

病樹前頭萬木秋

過冬的時候

暖氣燒得太熱

人老了也沒法學葉芝在爐邊打盹

活到老

日到老

這個時代把你怎麼了

都這麼一副溫情脈脈的小無產階級情調

詩壇是個什麼東西

詩人又都是些什麼東西

東西衝突互相接軌

大家全是2相情願

夢裡不知身是客

2餉貪歡

二十一世紀

不就是

日食一隻雞

食雞食雞拾姬拾姬

拾級而上

高畜不勝寒

天生一個仙人洞

無限風流在

玩死你

李萬機

日窮黔驢

日日新

狗日新

狗且偷生

人何以堪

（1999/11/23寫於北京）

上述這段放進我的博客時，刪去了「愛看看，不看拉倒」數字，以及大腦中形成文字，但沒有下筆的「愛看看，不愛看拉雞巴倒」幾字。說明自我審查，於今尤烈，已經到自審無商量的地步。

拉丁詩人

拉丁詩人整個兒看過來，最喜歡的莫過於Propertius（普羅帕提烏斯）。他寫男女情事的詩相當不錯，現譯一首如下：

《兩個要求》[215]

哦，你這美人兒，你生來就是要
傷我的，要被愛的，要美麗的，
哦，你生來就要把這一切獨享，請
讓我來多看你幾眼。

我的詩會讓你美得出名，
比全世界所有女人都出名。
卡爾瓦斯、卡圖魯斯，饒了我吧，讓
我的詩把你們都比下去！

先談點別的拉丁詩人，回頭再來談普羅帕提烏斯。上面那首詩中提到的卡圖魯斯吧，那是個我80年代後期，在上海讀碩士研究生時，就注意到的一個古拉丁詩人，其實並不太古，生卒年月在西元前84-54之間，當時只活了30歲，現在也才兩千歲多一點。我喜歡他的詩，主要是他對詩歌的一些標準，跟我的很相像，反過來說也是一樣的，即他講究3字：directness（直接），spontaneous（自然生髮）和lucid（明澈）。[216]凡是不好的詩，從反面就可以印證，那就是寫得indirect（曲裡拐彎），conceited（不自然）和obscure（晦澀）。當然，我最喜歡的，就是他的性愛詩，直來直去，過了兩

---

[215] 參見：Michael Grant, *Latin Literature: an Anthology*. Penguin Books, 1978, p. 248.
[216] 同上，p. 85。

千多年，依然像剛剛寫過、剛剛寫過一樣新鮮。僅舉一首如下：

《32》

午休時
叫我到你這兒來
我們來做愛
我的黃金，我的珠寶
我的寶庫
我的小甜甜伊蒲賽提娜
你請我來時
門別上鎖
也別改變主意
走到裡屋去
你要待在家裡
待在自己房裡
做好準備
一跟我見面就來
一來就來九次
事實上，你
應該現在就要
那我立刻就來
在這兒的沙發上
臥躺
雞巴高高地翹起
肚子裡裝滿了食物
我飽了，也要把你
　　　　　餵飽
我的小甜甜伊蒲賽提娜[217]

惜乎我的這個選本裡，把他詩歌從拉丁文譯成英文的這些人，包括拜

---

[217] Catullus, *The Poems*. Penguin Books, 2004 [1966], p. 89.

倫，從17世紀一直到20世紀中期，竟然沒有一首詩看得我中意的，就不譯了。

其他的詩人我一翻而過，對，一翻而過，就是他們存在的意義，什麼Plautus、Cicero、Caesar、Sallust、Virgil，等，我都看不下去，就把這些古典的垃圾翻過去吧。Horace（霍拉斯）還行，找到幾句值得記取的詩行，如「The best is in season best」[218]（季節最佳，時光最佳）。以及這句：「And heirs will seize upon the hoarded gold」（p. 200）（生前囤積黃金，身後繼承人奪取）。還有這句：「we are dust and dreams」（p. 200）（人不過塵與夢）。以及這幾句：

> 不要過於苛責，過於挑剔：
> 最優秀的大師彈琴，也會發出噪音，
> 最嫻熟的箭手，也有不中靶的時候。
> 不過，如若詩寫得優雅，
> 有點小錯我也不會在乎。
> ……
> 　　詩各不同，頗似繪畫，
> 有的可以近玩，有的只能遠觀。
> 有的特別黑暗，有的明亮無比
> 大膽挑戰最銳利的眼睛。
> 有的只經一讀，有的百讀不厭。[219]

誠哉斯言。有意思的是，上述最後那兩段，出自羅斯克蒙伯爵之手（1680）。這之後，拜倫兄于1811年又將該詩重譯，與上有明顯不同：

> 　　正如繪畫，詩亦應不同：有的
> 經得起苛評之眼，靠近看也能悅目，
> 其他的離遠反倒醒目。
> 一種詩尋找的是陰影，另一種則要求光明，
> 哪怕賞者再挑剔，也無所畏懼，
> 但通讀十遍就有十遍的新鮮。[220]

---

[218] 參見：Horace，原載Michael Grant, *Latin Literature: an Anthology*. Penguin Books, 1978, p. 248.

[219] 同上，p. 217.

[220] 同上，p. 221.

好玩，好玩，我邊看，邊這麼叫道。嚴複的信達雅可以休矣，一首詩，哪怕是拉丁文譯成英文，也有這種種變異，就更不用說英詩經不同的手譯成漢語了。那就像不同的手指頭，撥動同一個樂器的琴弦，高下之分立馬可見。

現在，我的書翻到普羅帕提烏斯（Propertius）來了。這是我發現的最喜歡的拉丁詩人。他生卒年月不詳，可能生於西元前54年和48年之間，卒於西元前16年後。好的詩人，往往有不好的命運。請想像一下，再過2000年，那時的人連你我的生卒年月都搞不清了，這種可能性不是沒有的，哪怕你每寫一個字，都在旁邊簽上你的名字。歷史是不管的，忘記了就忘記了。

普羅帕提烏斯影響很大。席勒稱歌德為「德國的普羅帕提烏斯」。他19世紀初在英國受到冷落，但到了二十世紀初，龐德對他推崇備至，專門寫了一首獻給他的長詩。Cyril Connolly的作家名單上，排在前三位的拉丁詩人分別是普羅帕提烏斯，Lucretius（盧克萊修）和卡圖魯斯，其中兩位都是我未經他人推薦，自己發現的詩人，心中不禁小有得意耳。不過，據Michael Grant說，「譯他者鮮有成功」（Yet he has few successful translators）。[221]管他呢，先日一首再說，對不起，我是說，先譯一首再說。（順便說一下，對於好詩，就有那種見了美女就想日，見了好詩就想譯的感覺。）

《走了》

我愛的姑娘離我而去。她離我而去。

朋友，你是在跟我說，我沒有理由難過？
除了我們愛的人外，沒有別的敵人……
把我殺了吧，我就不會那麼生氣。
這個人是我的，曾是我的，最近曾是我的，
我怎麼能看著她又倚在別人肩頭呢？
那我就要大聲對她說：「你是我的」……
可是，昨天的愛情之王，命定要成為
明天的傻瓜。愛情就是這樣。
偉大的國王、非常偉大的領主，都已在塵下湮滅。
從前有座古城叫底比斯，

---

[221] 參見：Michael Grant, *Latin Literature: an Anthology*. Penguin Books, 1978, p. 247.

特洛伊也曾有過高塔。
想一想我送的禮物和我創作的歌曲！
可我佔有她的那時，她從不說一句
「我愛你」。[222]

　　關於普羅帕提烏斯的詩歌，我看時有個評語：「so contemporary」（太當代了），比當代還當代，比中國還拉丁。讀完他之前，還想日他一首，我是說——反正你已經知道，我想說什麼了。

《辛西婭》

上床時，把衣服脫光，
否則我來把你脫光。這時你就知道
我手摸你身體是什麼感覺。
如果我下手過重，
弄破了你的皮膚，早上就可亮給你母親看。
你有啥好藏的呢？
你的乳房好堅實。
生了孩子，也沒留妊娠紋。
趁著命運給我們放假，
我們要飽覽一番愛情：
黑夜即將來臨——
長夜而無白天跟蹤。
我們就這樣緊摟，
像鏈子把我倆拴住，
緊到時光也無法消溶。[223]

　　與普羅帕提烏斯同時期的重要詩人有奧維德（西元前43-17）。他對法律的一段詩文頗有意思，是這麼說的：

---

[222] 參見：Propertius，原載Michael Grant, *Latin Literature: an Anthology*. Penguin Books, 1978, p. 252.
[223] 同上，p. 254.

第一個時代是黃金時代，這時的人嶄新無比，

他不知條例，只知未被腐化的理智。

他以土人的性情，避惡而求善。

他不必用懲罰威脅，也不必令其恐懼，

他說話力求簡單，他靈魂極為真誠。

沒有壓迫的地方，不需要書面的法律。

人類的法律就寫在，他的胸口之上。[224]

這真是一種值得嚮往的時代，但到了最後，則是一幅淒涼的景象，如詩歌最後兩句所說：

信仰逃之夭夭，虔誠因流亡而哀悼，

公正在此處受到迫害，只好重返天堂。[225]

三十多年前，我在大學讀書時，曾有人墮入愛河，但因不會寫詩，而找到我，希望能幫他寫一首愛情詩，送給他的女友。沒想到來澳洲後，也碰到類似的事情。記得我還真寫過一首這樣的詩，是用英文寫的，後來自譯如下【看來，記憶發生錯誤，那首詩我並沒有翻譯。現在先找到詩，然後自譯下來。】。這首英文詩如下：

Untitled[226]

A man asked me to write a poem for him

a love poem to be dedicated

to a girl he's keen on

I had no idea what to write about

and how and what the girl looked

like and if I could fall in love

with her at first sight

he said Don't bother just imagine one

[224] 參見：Ovid，原載Michael Grant, *Latin Literature: an Anthology*. Penguin Books, 1978, p. 259.
[225] 同上，p. 260.
[226] 參見：Ouyang Yu, *Moon over Melbourne and Other Poems*. Papyrus Publishing, 1995, p. 87.

I said no it's not possible I hadn't had
love for years I mean not any girls
for ages and couldn't distinguish
love from fast food readymade dresses
I mean love's so disposable these days
but you are a poet he accused me
yeah I said but not that sort of poet
keen on love which was to me chopsticks
to help me to eat cleanly in a civilized
chinese manner no not really

我的自譯如下：

《無題》

有人要我幫他寫首詩
一首情詩，獻給
他鍾情的女子
我也不知道寫啥
怎麼寫，那姑娘長啥
模樣，以及我是否能跟她
一見鍾情。
他說：沒關係，就隨便想像一個唄
我說：哦，那不可能。我已經
好多年沒戀愛了，就是說，好久沒玩過
女孩子了，沒法分清
愛情和速食、成衣之間有何差別
我是說，如今的愛情太一次性了
可你是詩人啊，他責怪我起來
是啊，我說，但我不是鍾情
愛情的那種詩人，愛情對我來說不過是筷子
能說明我以文明的中國方式
乾乾淨淨地吃飯。我還真不是那種詩人

知道的人就知道，詩人還有一種情況是寫不出詩的，那就是當愛情離你而去之時。至少，奧維德是深有體會的。他在一首詩中說：

　　當我擺脫了丘比特的情熱，
　　我的繆斯啞默無語，寫不出任何悲歌。[227]

奧維德流放多年，他寫流放痛苦的東西，與本人的詩歌頗為相似。他說：

　　你讓我寫詩，以便度過無聊的辰光，
　　免得我雄健的筆力趨於萎頓。
　　朋友啊，這任務太難，因為詩歌應該
　　從自由的大腦川流不息，一經苦難就會拘束。
　　……
　　在這片沒有文字的土地上，詩人吃苦了。
　　無人可以請教，也無人能夠明白。
　　詩寫得再純，此處也無人欣賞。
　　他們自己野蠻的語言只適合他們自己的耳朵，
　　最終我也熟悉了那種野蠻的東西，
　　學會它的同時，也幾乎丟掉了我自己之語。[228]

　　此言極是。我們來澳洲後，下一代就完全如此：「I learn it, and almost unlearn my own」（學會它的同時，也幾乎丟掉了我自己之語）。上次來家的一個華人子弟，說起漢語，聽起來既不像普通話，也不像上海人說的普通話，而像摻雜了多種語素的某種混合體，甚至帶有一種英語味道。
　　以後的詩人如Seneca（塞內加），也不時有精彩之語，如這句：「A violent power no ruler wields for long, ／A moderate lasts and lives.」[229]（君王以暴力施政難以持久，／只有溫文爾雅，方能安穩久長。）
　　又如魯肯（Lucan），他只一句，就足以留存，至少在我腦中：「A style is striking only if it smite.」[230]（動人的風格，就是能打動人的風格）。

---

[227] 參見：Ovid，原載Michael Grant, *Latin Literature: an Anthology*. Penguin Books, 1978, p. 259.
[228] 同上，p. 276.
[229] 參見：Seneca，原載Michael Grant, *Latin Literature: an Anthology*. Penguin Books, 1978, p. 292.
[230] 參見：Lucan，原載Michael Grant, *Latin Literature: an Anthology*. Penguin Books, 1978, p. 317.

馬提雅爾（Martial）寫的短詩很俏皮，他有一首詩以《剽竊》為題，可能是我所見關於該題的唯一一首詩：

　　《剽竊》[231]

　　謠言說，你把我寫的詩，
　　當成你的詩背誦。
　　　　朋友，如果你說這些詩都是我的，
　　　　那我把所有的詩都免費送你。
　　　　要是你把它們都算成你自己的，
　　　　那就把它們買下來吧，都是你的。

　　他還有一首也不錯，沒有讚美，而是挪揄了友誼：

　　《友誼的代價》[232]

　　　　那人，也就是赴你宴的那人，
　　　　你對他的忠心耿耿有多信任？
　　　　他來是為了吃牡蠣、胭脂魚和野豬——
　　　　我給他吃的話，他也會對我忠實。

　　朱維納爾（Juvenal）是我見過的最說直話的一個詩人，至少從他這幾行詩中可見：

　　　　我在羅馬能幹啥？我還是沒學會
　　　　說謊的藝術。如果一本書寫得很壞，
　　　　我不可能說它好，不可能把它拿回家。
　　　　我對星象運動一無所知。
　　　　我也沒法答應某人的兒子，

　　【注：此為歐陽昱譯。】
[231] 參見：Martial，原載Michael Grant, *Latin Literature: an Anthology*. Penguin Books, 1978, p. 344.
[232] 同上，p. 349.

我能保證讓他父親死……[233]

　　真是很可愛。過了兩千年，依然有力。夜已深，還有幾個拉丁詩人，但都是寫散文的，當時一目十行地看過去，沒有留下任何印象，此處就免提了。對當今寫散文的，這也不能不說是一個警示：寫詩，你有長存的可能。寫散文，千年以後無人要看。

　　又及。寫完上述這篇，想起還有很重要的一段沒記，那是普羅帕提烏斯的一段詩，現在翻到地點，譯在下面：

　　我們體內某處出了差錯，

　　瘋狂無比。

　　就我個人來說，

　　只求人盡可妻。[234]

　　如此直抒胸臆，最後兩句非常到位。我不喜歡中國文化的一個地方在於，那個文化極端虛偽。哪怕心裡有想，也不可能寫出這樣的詩。

　　還有一個是普林尼（Pliny），他在《浮游的群島》（Floating Islands）中開頭說的一段話，現在看來依然有效：

　　藝術品或自然作品通常都是我們通過陸路或海路旅行的動機，如果垂手可得，就經常很容易被疏忽冷落——無論這是不是因為我們對身邊事物天生缺乏好奇，而立意去尋找遙遠的東西，或者是因為欲望一旦容易滿足，也就肯定會感到掃興，或者因為我們知道，東西有機會看到，想什麼時候看就可以看，於是儘量推遲不看。無論什麼理由，有一點是確定無疑的，即羅馬城裡或附近，有幾種稀罕之物，不僅是我們見所未見，也是幾乎沒聞所未聞的：然而，如果這些東西來自希臘、埃及或亞洲，或其他任何能向我們展示豐富多彩的奇跡的國家，我們可能早就聽說，早就讀過，甚至親眼見過了。[235]

[233] 參見：Juvenal，原載Michael Grant, *Latin Literature: an Anthology*. Penguin Books, 1978, p. 373.
[234] 參見：見Propertius，原載Michael Grant, *Latin Literature: an Anthology*. Penguin Books, 1978, p. 249.
[235] 參見：Pliny，原載Michael Grant, *Latin Literature: an Anthology*. Penguin Books, 1978, p. 356.

此言極是，不過，我與以前不同之處在於，去再多的地方，新鮮之感與日俱減。這，也不是不能說的。到最後，跑了很多國家，照了許多照片，但一張也不想拿到博客或微博上示人。不想與人分享，就這麼簡單。

十四人

詩歌是什麼？詩歌是歷史射出的精液。澳大利亞歷史上對華人犯下了無數罪行，罄竹難書，但只有一首詩歌，射精般地、精液般地記載了那段歷史中最無情的一頁。該詩出自澳大利亞白人女詩人瑪麗‧吉爾莫（Mary Gilmore）之手，標題是《十四人》（「Fourteen Men」）。

歷史本身就是問題，其最大的問題就是，歷史很容易遺忘，不僅是自忘，被自己忘掉，相當於自亡，也是他忘，被他人忘掉，相當於他亡，而且經常是有意忘掉，比如《十四人》這首詩。

我因參加澳華社區議會（CCCA）2012年8月18日在墨爾本舉行的大會，需要就歷史上的人頭稅問題，要求澳洲政府向全澳華人道歉一事，提交一篇文章。在該文中，我想引用吉爾莫的詩，正好手上有她一本300多頁的詩集，*The Passionate Heart and Other Poems*（《熱情洋溢的心及其他詩》），就找了起來，結果耗去我不少時間才發現，這本首版1948，最後一次版本1979年的書，居然沒有收入這首詩。老實說，這本書我沒看完，當然不是因為沒收此詩，而是因為詩寫得不好，不好看。這本書我2007年9月23日在坎培拉買的，2009年4月5日星期天在墨爾本讀完，用英文記了一筆說：「Can't read this.」（看不下去）。詩人名聲再大，哪怕是女的，不好看我照樣中途停下來不看。在這裡，女權主義不起作用。

談岔了。我接著上網，看能否找到這首詩，但依然沒能找到。這跟澳洲的版權制約有很大關係。不經作家授權，任何人不得把作品拿到網上發表，除非你想付錢給作者。我覺得這是一個很好的政策。至少每年我從版權方面總有少量收入。可是，好政策對我寫作無用。我需要找到這首詩。在用英文關鍵字網上網下徒勞地搜索一番之後，還包括在我那本博士論文，我才想到曾把這首詩拿到翻譯課堂上教過，還譯成了中文。那麼，我不妨試試用「十四人」來搜索怎麼樣？一搜就搜到了。可惜的是，我翻譯該詩時，沒有記錄翻譯時間。根據我採用的資料，應該在2006年之後，因為這本詩集出版於該年。現將我的譯文放在前面，然後將吉爾莫的原文放在下面。

《十四人》

十四人
人人倒掛
從頭到腳
直如木樁

十四人
都是中國佬
用辮子系著
在樹上倒掛

這都是老實的窮人啊
但淘金工大聲吼叫著說：不行！
於是，在一個晴朗的夏日
他們把他們在樹上倒掛

我們的車路過那兒時
他們在那兒倒掛
大人坐在車前
我坐在車後

那就是從前的藍濱灘
直到現在我還能看見
他們每一個人都直挺挺地
在樹上倒掛[236]

"Fourteen Men"

Fourteen men,

[236] Mary Gilmore（馬麗・吉爾莫）（歐陽昱譯），轉引自Noel Rowe（諾爾・饒爾）和 Vivian Smith（衛維恩・史密斯）（合編），*Windchimes: Asia in Australian Poetry*（《風 鈴：澳大利亞詩歌中的亞洲》）。坎培拉：露兜樹出版社，2006年，第51頁。

And each hung down
Straight as a log
From his toes to his crown.

Fourteen men,
Chinamen they were,
Hanging on the trees
In their pig-tailed hair.

Honest poor men,
But the diggers said 'Nay!'
So they strung them all up
On a fine summer's day.

There they were hanging
As we drove by,
Grown-ups on the front seat,
On the back seat I.

That was Lambing Flat,
And still I can see
The straight up and down
Of each on his tree.[237]

　　歷史還有一個特點，就是它在很多地方會發生重合。比如，美國也有一
首詩，與《十四人》類似，譯成中文就是《怪果》（Strange Fruit）。其作
者是猶太裔的Abel Meeropol，全文如下：

[237] Mary Gilmore, 'Fourteen Men', in *Windchimes: Asia in Australian Poetry*, eds. by Noel Rowe
and Vivian Smith. Canberra: Pandanus Poetry, 2006, p. 51.

"Strange Fruit"[238]

Southern trees bear a strange fruit,
Blood on the leaves and blood at the root,
Black body swinging in the Southern breeze,
Strange fruit hanging from the poplar trees.

Pastoral scene of the gallant South,
The bulging eyes and the twisted mouth,
Scent of magnolia sweet and fresh,
And the sudden smell of burning flesh!

Here is a fruit for the crows to pluck,
For the rain to gather, for the wind to suck,
For the sun to rot, for a tree to drop,
Here is a strange and bitter crop.

我的譯文如下：

《怪果》

南方的樹結著一種怪果，
葉子上有血，樹根上有血，
黑屍體倒掛在南方的輕風之中，
白楊樹上掛著怪果。

騎士風度的南方有著田園風光，
有著突爆的眼珠和歪扭的嘴角，
有著木蘭花鮮甜的清香，
還有著突然而至的人肉燒糊的氣味。

---

[238] 參見：http://www.englishforums.com/English/QuestionsAboutPoemStrangeFruitAbel-Meeropol/vrjqh/post.htm

這怪果任由烏鴉亂啄，
它任由雨水採摘，狂風吮吸，
它任由太陽曬爛，從枝頭墜落。
這是一種臻於收成的苦澀怪果。

　　這首詩講的是美國曾氾濫一時的lynching，即白人把黑人處死，倒掛在樹上的極端殘暴的做法。Abel的這首詩1939年發表在《紐約教師》雜誌，後又自己作曲，由家人一起演唱，作為抗議之歌，經黑人歌手Billie Holiday一唱而走紅，發揮了很大影響。有興趣者不妨到Youtube上，可以親見她的演唱。

小鎮風情

　　《小鎮風情》是我以中文寫成，大約應該是1985年前後。在中國沒有發表。來澳洲後，自己譯成英文，在墨爾本的*Overland*雜誌發表。根據記憶，應該是2000年前後【錯誤記憶：實際上是2008年】，該詩後來還於2008年在美國的*Michigan Quarterly Review*發表。

　　這篇詩歌中文如下：

　　《小鎮風情》

這小鎮也有小鎮的風情：
少女放肆的一瞥
能把你的夢也往售票窗口勾引
團團的蒲扇在黃昏的街頭
半掩住鮮血欲滴的紅唇
黑洋傘故意歪著
不讓你貪看那飽滿的弧線
而那些故事：
某家嫂子被某個美少年約到河邊
白等了幾個小時
某個丈夫在舞會上
輕取一個黃花少女的心

一些假姑娘每夜

都摟著新男人

總叫你半信半疑，無法信以為真

當你在街頭漫步

被車屁股揚起的一陣陣灰塵

嗆得透不過氣來

看著一頭肥豬在角落的泥坑中打滾

白天黑夜為了生活忙碌而喘息

你簡直無法相信

這小鎮竟有那樣的風情！

我自譯的這篇詩歌英文如下：

The Romance of a Small Town

This small town has its own romance:

A girl's wanton glances

Can take your dream to the window of a box office

The fat cattail leaf fan in a dusky street

Half conceals the red lips almost dripping with blood

The black umbrella is deliberately diagonal

To stop you from devouring those full curves

And these tales:

Someone's wife had a date with a handsome young man

But waited hours in vain by the riverside

A husband in a dancing party

Easily took the heart of a flowery girl

Every night, some fake girls

Held new men in their arms

These tales made you only half-convinced of their truth

For all you can see, in a stroll along the street

Choked out of breath

In the rains of dust raised by the buttocks of the buses

Is a fat pig wallowing in the mud around a street corner
Day and night gasping for breath, too busy living
You can hardly believe
This small town has such romance!

　　好玩的是，有個叫Judgecoke的網友，在不知情的情況下，把我這首英文自譯詩又譯成了中文。現置於下，供大家欣賞：

《小鎮的羅曼史》

這個小鎮有自己的羅曼史
一個姑娘的迷離眼神
能把你的夢帶到售票處的視窗
肥大的菖蒲葉飄搖在黃昏的街市
半掩著滴著鮮血的紅唇
黑色的雨傘故意排成多邊形
來阻止你把那些完美的曲線吞食
還有這些故事：
別人的老婆約會一個年輕英俊的男子
卻在河邊癡癡苦等了幾個小時
一個丈夫在舞會
輕易地俘獲如花女子的心
每個夜晚都有，一些假的女子
挽著她們新抱的手臂
這些故事
使你對他們說的只能相信一半
蹣跚在長長的街市
被公共汽車屁股濺起的塵雨
憋的沒有呼吸
你眼裡看到的是
一隻街角泥裡打滾的肥豬
在日夜急促呼吸努力生存
你簡直不能相信

這小鎮有這麼多的羅曼史！

（該友網址在此：http://tcpss.com/home/space.php?uid=145&do=blog&id=491）

可以相信，若把這首譯詩譯成英文，跟原來的就會很不一樣了。

喬叟

讀大學時看過喬叟，但2000年後不看了，重要的原因是，2004年，我拿到了澳大利亞理事會獎金，寫一部詩集，取名為*The Kingsbury Tales*（《金斯伯雷故事集》）。稍有知識的人都知道，這跟喬叟的*The Canterbury Tales*（《坎特伯雷故事集》）很接近。其實除此之外，沒有一點接近的。截至我開始寫我的書時，我早已忘記喬叟那本書的內容，只有一個大致印象，細節都忘光了，而金斯伯雷是我從來澳後，一直住了二十多年的地方。

2007年9月23日，我在坎培拉一個書市上，看到一本書，是*A Chaucer Reader*（《喬叟讀本》），僅兩澳元，太便宜了，就買了下來，誰知看看擱擱，看看擱擱，一看就看了五年，直到2012年3月23日早晨從香港至墨爾本的班機上才全部看完。到了此時，我不耐煩的態度油然而現，從我用筆記下的這幾個字可見一斑：「無法忍受了！」

關於喬叟，網上網下資料多的是，省得我在這兒囉嗦。我因為沒有讀者，所以省去了很多廢話，就把我在閱讀過程中注意到的有意思的東西，零零星星陸陸續續記下來。我有個習慣，無論什麼書，包括名人、偉人、著名作家等等的前言介紹之類，我一律掠過不看。我不希望被人告知，該人得過什麼獎，有過什麼輝煌的業績，如何名聲大到到把天撐破的地步。我只需要立刻進入文本，親自體驗一下，在這一點上，跟以身試女（不是以身試法，朋友）的道理是一樣的。因此，這本書，我是在看完全書後，才看前言的。第一個引起我注意的，是喬叟詩歌的靈感，不是來自英國詩歌，而是來自法國詩歌，如Machaut, Deschamps和Froissart等人的詩歌，以及Guillaume de Lorris和Jean de Meun寫的《玫瑰傳奇》（*The Romance of the Rose*）一詩。[239]

---

[239] 參見：*A Chaucer Reader*, ed. by Charles W. Dunn. New York: Harcout, 1952, p. xiii.

指出這一點很重要。我20幾歲讀大學時寫了很多中文詩，但除了受古詩和現代詩（五四到1949年之前）影響之外，很少受當代中國詩歌（1949到1979，包括朦朧詩，我最不喜歡的一種詩）影響，其次就是受英國湖畔派詩歌及其他歐美詩歌的影響。詩歌就是這種奇怪的東西，它是食人而肥，食他人而肥，食外人而肥，對自己身邊的事物一向採取排斥態度的。當年，我對中國刊物發表的所有東西都持嗤之以鼻的態度，絕對看不起，到現在依然如此。正式刊物上發表的東西，好的僅有1%。北京有個發詩的雜誌，一直拒絕接受我的詩。後來我不幸（不是有幸）地看到那本雜誌，以及那本雜誌上發表的東西（不能稱之為詩），才大松一口氣，歎道：原來是這種貨色！不發可矣！

喬叟對他那個時代是沒有好感的，而他筆下那個挨罵的時代特徵，跟我們這個時代竟然十分相似，且看他是怎麼說的：「人們可以盡情哭泣哭喊了，因為，在我們這個時代，除了各種形式的貪婪、欺騙、背叛、嫉妒、毒害、殺人和謀殺之外，是沒有任何好的東西的。」（p. xvii）同意。

喬叟的生卒年代是1343-1400，距今600多年。一個人死掉600多年，手稿如何保存下來？出名重不重要，就可在這兒看出。截至這本書出版的1952年，老喬因名聲之大，光《坎特伯雷故事集》流傳下來的就有84種不同的手稿。（p. xviii）

讀作者簡介時，有時會看到出其不意的東西，例如，包辦婚姻。原來，老喬所在的14、15世紀，如果小喬出嫁了，那是一定要通過「arranged marriage」（包辦婚姻）的，父母撮合這種婚姻時，雙方往往還未成人。（p. xxi）

我一向不喜歡搞批評的，因為搞批評的永遠都不全面，也不可能全面，只能張三說三，李四道四，周五亂說一氣。英國曾有一個女的編了一本書，題為《五百年喬叟批評》（看看，如果出了大名，你就能被人編成這種書！），據她發現，所有批評家都只是選取他們喜歡的老喬特點來稱讚，有的喜歡他的雄辯，有的喜歡他的道德，有的喜歡他的學識，還有的喜歡他的機智，等等。（p. xxii）

老喬受中世紀哲學家波愛修（Boethius）的影響，得出的一個人生結論頗似中國成語「塞翁失馬，安知非福」。據他認為：命運一會兒把人置頂，但很快又會把人置底。這一切都是難以預料的。（p. xxiii）

這篇英文前言看到末尾時，我有了一個驚喜，因為我發現了我翻譯的一首老喬的短詩，這種發現，真像是發現了一個已故譯者的作品。那是老喬在《鳥的議會》（Parliament of Birds）【注意：這個詩的標題不錯。】一詩中說的話：

The life so short, the craft so long to learn! The attempt so hard, so keen the victory! (p. xxxvi)

我的譯文如下：

生命之短，
技藝之長，
努力之難，
勝利之香。

從今日英語的角度來看，喬叟時代所用的英文，很多都是不規範的，甚至是錯誤的。這應該讓學英語的學生增加信心，也讓時刻緊張，生怕學生犯錯誤的教師能夠舒緩一下神經。我隨手就可拈來一些例子，列在下面，正確的在左，喬叟「錯誤」的在右：

England	Engelond
Seek	Seeke
Ready	Redy
Knight	Knyght
Small	Smale
April	Aprill
Root	Roote
Liquid	Licour
Sweet	Sweete
Time	Tyme

這方面的例子層出不窮。當然，如果學漢語的西人把簡體與繁體對照，也會發現，不是簡體錯了，就是繁體錯了，因為「几」和「幾」之間，差別實在太大了，毫無半點相似之處。

由於古英語的原因，我看得很吃力，當年在大學時反倒不像這樣，因為那時比較用功，敢於啃那種啃不動的骨頭，哪怕是英語骨頭，現在覺得完全沒必要了，看不懂，就不求甚解唄，反正又不用考試。反倒是在閱讀過程中，對註腳發生了興趣，從中還學到不少東西，比如在中世紀，猶太人專門

製造和銷售甲冑和武器。（p. 55）又如，在「修女牧師的故事」裡，有一段關於幸運女神的故事說：「男人信任她時，她就不讓他們成功，故意用雲彩遮住她明亮的臉龐。」（p. 66）挺好玩的。

翻譯難做在於，經常有人挑錯，但當翻譯有意誤譯時，那些喜歡挑錯的混蛋就沒轍了。記得早年有位名叫大志的翻譯，是這麼告訴我如何對付那些喜歡挑錯的工程師，乃至高級工程師的。他說：每當我翻譯時，總有一些自以為是的人，覺得我翻得不到位或有誤，於是就會插嘴說，不是這樣的，是這樣的，不是那樣的，是那樣的。我不生氣，也不還嘴。瞅著一個空子，我就藉故上趟廁所，請那位喜歡糾錯的人暫時代替我一下。等會兒我回來，就往旁邊一坐，請他繼續翻譯。那人洋洋自得，以為他英語不錯，其實處處都是漏洞，這時，就輪到我來給他糾錯了，一直糾到他張口結舌，滿頭大汗，不得不叫饒下臺為止。這以後，再也沒人敢隨便插嘴糾錯了。我這個年輕翻譯，得了這一良方，便現學現用，真是立竿見影，效果非凡。現在回到前面提到的有意誤譯。喬叟是不是這方面的大師我不知道，但從一個註腳上得知，他曾故意把一段拉丁語的諺語錯譯，本來是「女人是男人的歡樂和福氣」（Womman is mannes joye and al his blis），卻被他有意誤譯成「女人是男人的禍害」（Woman is man's ruin）。（p. 77）這，應該成為一個創作的典範，不管是寫詩，還是寫小說。

有一個註腳裡，講了一個公雞復仇的故事，很好玩，是說一個名叫Nigel Wireker在十二世紀寫的一首題為《傻驢伯恩那勒斯》（Burnellus the Ass）的拉丁詩裡，說有個名叫Gundulf的年輕人，朝一隻公雞扔石頭，把它腿砸斷了。後來他被任命為律師，在上任那天清晨，公雞為了報仇而有意不啼鳴，導致他睡過了頭。（p. 81）

前面說過，喬叟的時代，時興包辦婚姻，而那時的教會，也贊成聖保羅的訓誡：「妻子，你們要服從你們的丈夫，就像服從上帝一樣，因為丈夫就是妻子的頭，正如基督就是教會的頭一樣。」（pp. 85-6）雖是這麼說，但喬叟通過巴斯婦（Wife of Bath）的故事，卻講述了一個倒反的真理，即女人要求丈夫服從，凡是丈夫對妻子言聽計從的，婚姻一定不會難過。（p. 109）類似的話，我在瑞典，跟一個女教授談話中也聽到過。記得那人說，一個家裡，如果讓女人happy了，全家的人都會happy。

我一般不看《聖經》，因此可說對它一無所知，但從一個註腳中得到的資訊，頗讓我解頤，也想起了Propertius「只求人盡可妻」的那句詩。這就是根據《列王記上》，所羅門王有妻700，妾300。（p. 87）

還有一個註腳故事也很好玩。據當時很流行的一個民間故事說，有一種鳥叫chough（是一種烏鴉），跟主人說，他妻子對他不忠，但妻子說服主人相信，那只鳥在撒謊，結果主人把鳥殺了。（p. 93）

我總說，中西文化是互為倒反的，比如，我們的龍是神龍，西方的龍是毒龍。我們客從遠方來不亦樂乎，西方人是客從遠方來不亦憂乎。我發現，就是在肢體或器官上，我們也不一致，例如，我們是千手佛或千手觀音，西方卻是百眼巨人阿爾嘎斯，就像詩中所說的那樣（Argus with his hundred eyen）。（p. 96）也好，正因如此，東西方這兩個半球才能合在一起，成為整體。

英語用詞有時很有意思，跟漢語很像，但意思不一樣。這當然不是喬叟的話，而是譯者介紹他時用的，如說某某因貪婪而「lost his body and soul to the Devil」（p. 121），這個「lost his body」就很像漢語「失身」的直譯，可漢語的「失身」不指男性，而單用在女性身上。在那句英語裡，這個「lost his body」，則是指「他把肉體和靈魂都丟給魔鬼了」。其次，漢語可說「飽覽」、「看飽了」，等，其實英語也可這麼說，如「seen his fill of…」（p. 121）。唯一的是，你得知道怎麼說。

關於喬叟，就談這麼多。

肉體裡的……[239]

類似「肉體裡的」，「身體裡的」之類的話，現在越來越多地出現在當代中國詩歌中，已經到了令人厭倦，令人厭惡的程度。我一般寫詩，總是有感而發。比如嚴力曾提出：帶母語回家，我就覺得極為做作，所以寫了那首《把》：

《把》[241]

母語
帶

---

[240] 魏克，《空皮囊》，原載《大詩歌》（2011卷）。四川出版集團：2012，p. 131.
[241] 歐陽昱，《限度》。原鄉出版社：2004，p. 2.

回國
讓
大家
操
去吧

我
帶
父語

出
海
把這顆獨種
撒下

　　鑒於當代中國詩人那麼喜歡身體裡的東西，如黃金明的詩中，就反覆多次出現這類字眼，如「被體內凸出的石頭絆倒」；[242]「愛情的瞬間美如鑽石，／劃過體內的玻璃」；（p. 27）「他蹲在自己的軀體中」；（p. 67）；「體內生長著一個原始森林」；（p. 91）「少年聽著體內傳來的轟鳴」；（p. 138）「在身體中祕密旅行」；（p. 141）「從我的身體撲翅而出」；（p. 184）我寫了一首揶揄「體內」的短詩，如下：

　　　　體內有什麼？除了二拉的內容之外
　　　　你說還有什麼?!

　　就連常住中國的美國人也受這個影響。梅丹理的一首詩中就說「你體內繁忙」。[243]體內「繁」什麼「忙」？不就是在消化那點東西，化神奇為腐朽嗎。除此之外，不就是忙著把那點兒水射出來嗎?!
　　看一本詩集，就是對一個人趣味和審美的挑戰，往往都是微挑戰。看過之後不折耳朵，就是對該詩人的詩的否定，無論其人名聲多大。對我來說，

---

[242] 黃金明，《陌生人詩篇》。中國戲劇出版社，2010，p. 23.
[243] 梅丹理，《坤德頌》，原載《大詩歌》（2011卷）。四川出版集團：2012，p. 264.

看過之後在下面折耳朵，就說明我注意到那個詩人存在的問題。例如，出現「大珠小珠」的詩。[244]我對這種不用腦筋地引用古人或暗指古人的東西非常討厭，等於整行都浪費掉了，還不如乾脆說點當代的人話，或者不帶任何詩意的話。這種詩早就有，以後還會有，是懶惰詩人寫的東西，如另一首就有「坐看雲起之後」之類的廢話。[245]有這閒工夫，我還不如去看比這好得多的原詩了！

　　而且，我還很討厭把自己的詩獻給某個所謂的大師，特別是西方大師。黃金明大約受他閱讀的西人作品影響挺大，詩中到處出現梵古之類的名人。《大詩歌》中，也不時出現這類詩歌，把詩獻給「西德尼・謝爾敦」這樣的人。[246]有感而發，我寫了一首詩，如下：

　　《名人》

　　　貝少芬

　　　梵低

　　　海暗威

　　　東緒福斯

　　　毛澤西

　　　荷牛

　　　雨實

　　　低爾基

　　　普希銀

　　　肖叔納

　　　白塞

　　　池田小作

　　　冰萊

　　　李黑

　　　轟魯通

　　　牛爾克斯

[244] 車攻，《雨落在窗玻璃上》，原載《大詩歌》（2011卷）。四川出版集團：2012，p. 11.

[245] 王明韻，《有贈》，原載《大詩歌》（2011卷）。四川出版集團：2012，p. 126.

[246] 陳美華，《世無定事》，原載《大詩歌》（2011卷）。四川出版集團：2012，p. 12.

右拉
笛悲
恨默生
……
夠了

看你還在不在詩中引用
名人！

　　只要看詩，我的腦海中，就會經常浮現出「消滅」二字，一是消滅除了裝飾還是裝飾，完全可以脫光的形容詞，如「孤獨的樹木／和沉默的山」。[247] 這種形容詞用得太容易了，還不如不用，或用個別的更笨拙的，更不常見的。二是消滅不把詩歌當回事而留下的贅疣，如「私有制製造了一場虛驚」。[248] 三是消滅「那」字。不知從什麼時候開始，「那」成了一個似乎充滿詩意的詞，翻譯的詩歌中特別愛用，接著又像傳染病一樣影響了中國的詩人，比如有個詩人的一首不長的詩中，竟出現了9個「那」字，看得人發怵。[249]

　　現在詩人寫詩，大概一揮而就，過後是不看的，這就造成一種我稱之為「詞語不檢點」現象。且舉一例。一般來說，我寧可用「就」，而不用「便」，因為用得不好，就容易「便」意濃濃。我在尚未找到出版社的《關鍵字中國》一書中，[250] 曾談到過「便」字：

　　　　便字如果用得太順手了，就會出問題。最近（2011.11.3）在香港過境時，買了一本關於艾未未的書，版式比較怪，沒有版權頁，找不到任何有關出版者和出版年月的細節，只有一個編者掛名為徐明瀚。正著翻書標題是《影行者的到來：我與艾未未紀錄片小組》，反著翻標題是《誰怕艾未未？一個藝術家的美學政治之路》。我依照傳統香港模式先反著看，一翻開就看到這句話：說艾未未「從小便生長在

---

[247] 趙昕，《歌唱家》，原載《大詩歌》（2011卷）。四川出版集團：2012，p. 172.
[248] 周瑟瑟，《私有制》，原載《大詩歌》（2011卷）。四川出版集團：2012，p. 173.
[249] 白月，《她說：深有體會》，原載《大詩歌》（2011卷）。四川出版集團：2012，p. 190.
[250] 當時寫這篇時「尚未找到出版社」，但現在（2013年12月）已在臺灣出版。

一個荒蕪之地」。（p. 8）接下來，又看到一句說，對艾未未來說，「數大便是美」。（p. 11）

就這兩個「便」字，把一本書便搞壞掉了。看，我也不由自主地加了一個「便」字。

在《大詩歌》上，看到一個女詩人的詩，其中就出現了「便」字問題。如「便洩露了所有弱處」；又如「你面向，便是一世畫卷」；再如「碩大，便大過寰宇」。[251]我不提她的名字。我對任何詩人都沒意見，但我在看詩過程中，實在是沒法不記下這些詩歌中出現的令人難受的東西。不是一定非要雅不可，但──行了，我不說了。

當代的詩，最怕的就是太過於像詩的東西，比如這句：「這是一個多麼富有詩意的名字呀！──」[252]這樣的詩句，應該見一個刪一個，根本不允許進入詩歌！

還有一個字我發現需要消滅，那就是「外省」。這個字我1991年出國時，在中國的話語中是沒有的，後來越來越多，如火如荼地鑽入詩歌，竟然像一顆鏽釘子一樣釘在那兒不走了，被各種各樣的詩人拿來寫東西。一看就來火。「Provincial」（外省、鄉下），那是英語，但「外省」這個好像翻譯的詞從來沒從我舌頭上滾過一回，那是因為我的舌頭拒絕這種見外的東西。至少，我到目前為止，沒在我的詩中用過一次。

《大詩歌》雜誌很好，因為它後面有很多空白頁，給我提供了寫詩的機會，我總共寫了四首詩，都是在後面寫的。

我也發現了幾個我想譯成英文的人：陳衍強（《家在城郊》）、侯馬（《反目成仇》）、樹才（《放下》）、邢浩（《落差》）【在伊沙選入《新詩典》之前】、毓梓（《殺人》）、彌唱（《啞語》）、徐俊國（《一個人想找個地方結束自己》）、謝克強（僅有一句俺喜歡：「水比河還彎，雨後的夕陽把遠遠近近的蛙聲洗亮」，p. 324），以及原筱菲（《指紋裡的真像》）。只要詩歌翻譯課的機會來了，我就會把這些詩首先拿到班上的學生那兒，讓他們事先鑒定一番。

---

[251] 參見《大詩歌》（2011卷）。四川出版集團：2012，p. 313.
[252] 蕭風，《農諺裡的節氣》，《大詩歌》（2011卷）。四川出版集團：2012，p. 320.

嵌入

澳洲有個華裔女詩人，叫Miriam Wei Wei Lo，曾當過華人英語雜誌*Peril*的詩歌編輯。我是在她編輯我翻譯的楊邪一首詩時，才知道她有中文基礎，因為她建議把某個地方改掉，但我堅持沒改。

最近，我一本新詩集的出版社在把我的新書寄來的同時，也夾贈了一本她的小詩集，又叫chapbook，僅16頁，一般也只在20頁內。這本詩集的標題頗得當代詩的三昧，英文叫「*No Pretty Words*」，譯成中文就是【注意：不是「便是」】：《不說漂亮話》。整個看下來，印象不是特別深，但很快就注意到她的「嵌入法」，也就是在英文中，突然不打招呼，也不解釋地嵌入一段中文，如開篇第一首詩《不說漂亮話》中：

> …
>
> the sharp, angry tug
> of an older child on her clothing:
> 媽媽，我要吃飯，媽媽！
> There are no pretty words
> for hunger.
> …[253]

這種嵌入，我比較喜歡，希望更多一點，但後來就沒有了。

黃金明

我一般不大寫中國詩人，尤其不寫當代的，因為我發現，如果沒死，很難蓋棺定論。寫活的很難寫活。不是有拍馬屁之嫌，就是有因嫉妒而攻擊之後怕。再就是很難以誠相待，說重了人家難受，說輕了自己難受。說不到點子上大家都難受。

黃金明的詩，從前看過一些，被其中《大地復甦的聲音》感動了，譯成英文，在美國一家雜誌上發表。感動的原因，就是他的詩中有一種純淨的元

---

[253] Miriam Wei Wei Lo, *No Pretty Words*. Picaro Press, 2010, p. 1.

素，這種元素有一種在記憶中延續的力量，以致墨爾本一位愛詩者問起我來，當今中國你覺得有哪些詩人值得推薦時，我搜遍記憶，居然只能舉出他一個人的名字。也為此，我還專門讓中國的朋友給我買了一本他的詩集，就是剛看完的這本《陌生人詩篇》。

老實說，這本詩我看得不耐煩，主要的原因我責怪編輯，因為沒有好好地去蕪存菁，把最好的東西放進去，而是七七八八好好壞壞一大堆，什麼都有，什麼都放，結果看得很累。我邊看邊把想法和看法記下來，先說不好的。一本詩集想要出得好，有三個要素：寫得好、編得好、招頭去尾前言後記都不要，這是我的經驗之談。黃的這部詩集這三方面的問題都有。有寫得好的，也有寫得重複的，但沒有好好編輯，做一個好的遴選，更被那些我一向都不看的前言後記搞得人心煩意亂。詩就是詩，不要再在這片清水中倒入可口可樂和其他飲料。

看到《散步》這首詩時，[254]我評道：「7個『了』，太多了！」看到《詩人傳》時，[255]我評注道：「他的東西的問題在於，一切來得太容易了，形成了一種程式。」看到他的《拆散的筆記簿》，[256]我評注道：「像譯詩。」看到他的《河水在流動中保持神祕》，[257]我評注道：「這些數字！」看到他的《蘋果爛了》，[258]我評注道：「也是一種垃圾詩，或『爛』詩，如楊邪的《潰爛》。」看到他的《預見》，[259]我在「凡高」二字下劃了一道杠，評注道：「老提，不好。」看到他的《孩子和他的提籃》，[260]我評注道：「基本上都是那首詩的變奏，3而且稍嫌囉嗦。」我說的「那首詩」，指的就是《大地復甦的聲音》。看到《說吧，玫瑰》時，[261]我在標題上打了一個問號，意思是說，這標題很眼熟？現在寫到這兒時，我才想起像誰的標題：納博科夫的《說吧，記憶》。他還有一首詩，標題也是如此：《老虎，老虎》（或黑暗之詩）。[262]這詩一看，就想起William Blake的《老虎》那首，其首二句是「Tyger! Tyger! burning bright／In the forest of the night.」（虎！虎！在夜的森林／燃燒之亮）。我對詩歌有一個認識，那就是詩是一

[254] 黃金明，《陌生人詩篇》。中國戲劇出版社，2010, p. 18。
[255] 同上，pp. 28-29.
[256] 同上，pp. 32-33.
[257] 同上，pp. 48-49.
[258] 同上，pp. 70-71.
[259] 同上，pp. 72-73.
[260] 同上，pp. 89-90.
[261] 同上，pp. 120-124.
[262] 同上，pp. 72-75.

種忌諱的東西，像女人一樣忌諱，標題不要重複，不要在文中用任何可能有拉大旗作虎皮之嫌，如凡高之類的人名，等等。我還對這首詩「4. 對話」一段評注道：「too many像。」請原諒，我是搞雙語的，有時英漢參半，也是難以避免的事。看到162頁時，我下了一個猛語：「已經沒有多少區別了，都是一樣的！」到了165頁時，我已經感到失望，說：「到此不想再看了，只是重複而已！」到了187頁是，我在頁邊說：「還是中國的'大'在作怪！他最大問題：以一種詩歌的全知全能的上帝口吻講話，看到後來就累了、疲了。」看到194頁時，我說：「太饒舌了！」

我沒有好話說嗎？你問。當然有，而且很多，先從單句下手。我在看詩過程中，凡是看到好的句子，就會在下面劃道杠杠，現在就把這些自己劃了杠杠的地方，不加按語地羅列在下面：

　　……我像一把鋒利的鶴嘴鋤
　　挖掘著工業時代的田園詩……（p. 17）

　　……音樂的傷口（p. 20）

　　……一輛壞脾氣的公車（22）

　　……一小塊
　　烤熟的幸福，……（23）

　　……口語噴湧的
　　下水道……（25）【無疑，這表明了詩人對「口語詩」的不屑乃至憎惡。】

　　……廣闊的老年（55）

　　……忘情的擁抱
　　像一把剪刀在合攏……（62）

　　樹木可以踩著自己的肩頭向天空走去（64）

這是一個不斷地告別的年代（66）

他親吻石頭和野花
等於用嘴解開一排甜蜜的紐扣（68）

……，就像大海忍受著污染的河流。（108）

大海……無法消化鋼釘般的魚群（112）

……螢火蟲說
它使黑夜漏洞百出……（117）

更大的災難還在後頭（130）【這是指1949年後。參見前面對「口語
詩」的暗諷。】

……消息傳播的速度
快過了手槍射出的子彈……（143）

……玩過了愛情
就來玩靈魂……（144）

　　黃金明詩歌的最大問題，就是他自己的那句詩：「像我失控的詩篇」。
（179）這與我看到165頁，隨手記下的一筆印象吻合：「至此不想再看了，
只是重複而已。」
　　這裡，我想到一個問題，就是編輯問題。這本書給人最大的感覺，就是
未經編輯仔細遴選和編輯。在澳大利亞，一本好書的出版，跟編輯是否好，
編得是否好，有很大關係。如果一個詩人出一本書的目的，就是不加精選地
把一切都放進去，花最少的錢，出最多的詩，那很可能適得其反。可以引用
美國文學翻譯葛浩文的話：

　　第三個問題（很嚴重），作家不夠細心，也可能是缺少編輯刪改作家
　　作品的傳統，常常出現錯誤連篇的現象。中國作家常要求編輯一個字

223

都不能刪改，而在其他國家，作家都要聽編輯的建議。[263]

　　作為譯詩者，我對好詩的第一反應，就是把它譯過去。這些待譯或可能遭致被譯的詩是：《卑微者之歌》、《我想起大海的孤獨》、《秋天的記憶》、《遼闊》、《誤以為天色已亮》、《像煙花一樣》、《記憶：落日之歌》、《相遇》、《回家》、《山中》、《農婦陳高英的一生》、《反田園詩》和《想像午後的悠閒》，等。

　　順便說一下，一部詩集中，我最不喜歡看的東西有兩個，一個是請別人寫的序、代序等，以及後面搜集的評論家的評語。這些東西，都是可以棄之不看的，至多也是放在最後看。詩歌，必須徑直進入，就像肉體，其他一切都可免了。

重複

　　前面多次提到，不喜歡過於重複的東西。倒是想起自己曾以「重複」為題，寫過一首英文詩，後來被譯成──猜猜什麼語？──愛沙尼亞語。全詩如下：

《山重水複》

repeated mountains
repeated waters

repetitious mountains
repetitious waters

repetitive mountains
repetitive waters

mountains repeating themselves

---

[263] 參見：http://www.poemlife.com/newshow-7065.htm

waters repeating themselves

M M M M M M M M M M M M M M

W W W W W W W W W W W W W

　幾個月前，在廣東中山一所大學就「直譯」話題演講，舉此詩為例，放到這個地方時，觀、聽眾中竟有人舉起手機拍照了，大約是覺得還有點兒意思吧。至於愛沙尼亞語的譯文，咱就不在這兒自炫了。

　最近看完加拿大原籍斯裡蘭卡，後來憑著《英國病人》一書，拿到布克獎的邁克爾・翁達傑的一部詩集，標題為「Handwriting」（《手跡》）。這本書標題不錯，內容還行。看到一個地方，我以為印錯了，就再看了一遍。這首詩叫「Wells」（《井》），寫著寫著，就出現了下面一段：

like diving a hundred times[264]
from a moving train
into the harbour

　　緊接著，這段話又重複了一遍：

like diving a hundred times
from a moving train
into the harbour

　這句話的重複，給我的第一印象是：又印錯了！這導致我前後左右又多讀了幾遍，才確信這是一個有意重複，為了增強詩意。這段詩譯成中文就是：

彷彿跳水一百次
從行駛的火車
躍入海港

　這種重複，在我看過的英文詩歌中並不多見。德里克・沃爾科特的詩

---

[264] 參見：Michael Ondaatje, *Handwriting*. Jonathan Cape, 2011, p. 46.

中，少量地出現過重複，如在「He had left this note」（他留了這張條）後
說：「No meaning, and no meaning」（沒意義，沒意義）。

還有一個詩人叫A. L. Henriks，在一首詩中，把一句話這樣重複了三次：

Her fingers
Her fingers
Her fingers

即

她的手指
她的手指
她的手指

我呢，來澳洲的早年，曾寫過一首中文詩，題為《流放者的歌》，是這
樣結尾的：

在沒有想像的季節
在沒有慾望的季節
在澳大利亞
在澳大利亞

在澳大利亞

當時那種強烈的、無以復加的、說不出話來的感覺，似乎只能通過這種
重複，才能表達於萬一。後來，我把這首詩自譯成英文，很快就被墨爾本的
*Overland*文學雙月刊接受，但編輯建議我把最後兩個「在澳大利亞」拿掉，
理由是太囉嗦，沒必要。

我沒有跟他們堅持，因為我知道，在全球各地，不好的編輯，遠比好的
詩人多。跟他們理論，只能導致自己的詩歌被拒。好在留得肉身在，不怕沒
話說。今年（2012年）我的中英雙語《自譯集》出版，我就還詩歌和歷史一
個真面目，又把這段重複的話加了進去。這首自譯詩從1994年發表到今天，
已經過去了18年。在還歷史真實面目的時序中，應該算是短的。

後來，我還發現馬拉美也有類似的重複：

Je suis hanté. L'Azur! L'Azur! L'Azur! L'Azur!

雨果也有：

Waterloo! Waterloo! Waterloo! morne plaine!

重複其實很自然，自然得就像教堂的鐘聲，日復一日，年復一年，世紀複世紀地敲下去。至少像西安市內每晨必響的那「東方紅，太陽升」的鐘聲，儘管那稍微讓人討厭。

寫到這兒，正準備收攤，卻發現已看完的另一部詩集，即美國女詩人Denise Levertov的「*Selected Poems*」（《詩選》），也有一首詩的結尾，是重複的，如下：

…In youth

Is pleasure, in youth is pleasure[265]

怎麼譯？不知道，但十個人肯定有十種譯法。

看來，這篇關於重複的東西寫不完，因為，剛剛翻到Denise Levertov詩集的後面時，發現她有這樣幾句詩，是我打了邊劃線的：

something you might call blessèd…
something not to be found in the '90s, anyway.
Something it seems we'll have to enter the next millennium…[266]

為什麼，知道嗎？因為，我有一首英文詩（不是自譯，是自寫的），從標題到全篇，都重複了一個字，即someone。我怎麼會把這首詩忘掉呢？真是！

---

[265] 參見：Denise Levertov, *Selected Poems*. New Directions: 2002, p. 59.
[266] 同上，p. 198.

Someone

someone is having a morning coffee

someone is typing up an email letter to send somewhere

someone is glancing out the window at the blue september sky

someone is doing something

someone is faxing something somewhere

someone is receiving a phone call from someone else

someone is dialing a number but that number is busy

someone is going to the toilet

someone is doing something

someone is walking upstairs for an exercise

someone has chosen the lift

someone is going down

someone is coming up

someone is opening a large parcel containing poetry submissions

someone is writing a rejection letter to a novelist

someone is thinking of someone else

someone is doing something

someone is having a little hang-over

someone is chatting on the side

someone's mobile phone is ringing

someone's laptop has just crashed

someone is restarting

someone is getting technical support and listening to the recorded messages

someone is running whose high-heels are being heard

someone is turning his head

someone is having fun

someone is approaching 50

someone is approaching 23

someone is doing something

someone is going to have a smoko outside the building

someone is worried about his marriage

someone is looking forward to her upcoming wedding ceremony

someone is alive

someone is doing something

someone misses yesterday's fish

someone is checking and rechecking a large sum of money

someone is having a meeting

someone is listening to birds singing on his dvd

someone is pouring tea into her pot of frangipani

someone is doing something

someone is looking at his screen

someone is stretching his legs and arms

someone is a little unhappy about a difficult client

someone has just lost in the stock market through a lack of sleep

someone turns his head to see the enormous head of an airplane near his window

someone is meeting someone

　　關於這首詩，我可以稍微再囉嗦兩句。1996年4月28日，澳洲塔斯馬尼亞的亞瑟港發生大屠殺，一個名叫Martin Bryant的28歲澳洲青年，拿槍殺死了35名無辜遊客。我有個詩人朋友，當即就寫了一首詩，給我看了。恕我直言，我並不覺得寫得好，只是一種感受而已，而且是一種很膚淺的感受。9.11發生後，類似的感想式寫詩的人也不少，詩也不少。總的來說，打動人的東西不多，充分說明一個簡單事實：詩是一種需要釀造的東西，像酒，而非飲料。我對任何惡性事件中的無辜死難者，永遠都抱有深切的同情，但這並不等於我會寫詩。我不是應景詩人，更不是應制奉和的詩人。

　　9.11大概過了一個多月，有一天，我坐在電腦前敲鍵，寫東西，門在我左邊，窗在我右邊，好像也像今天一樣，是個陰天。敲鍵期間，我偶爾朝視窗轉過頭去，看了一眼外面的天，就在那一剎那，我彷彿看到一架飛機正朝我飛來，機首已經近在窗邊。我停下手中做的事，建立一個新的文檔，把上面那首詩的最後兩段，放在最下邊，然後開始寫詩，就是你上面看到的。

　　這首詩投到美國去後，發表在*Altantic Review*（《亞特蘭大評論》）雜誌2005年的夏秋合刊，該刊2005年十年精選特刊中，又把這首詩重發了一遍。記得該刊主編發表該詩後給我來信說，有一位美國讀者讀了後，竟然吃

驚得整個兒從沙發裡站了起來。

後來，我被邀請去悉尼大學英文系朗誦詩歌，我選讀了這首。詩一讀完，該校文學刊物*Southerly*（《南風》）雜誌主編Brooks就跟我說：這首詩我要了。美國那個雜誌沒給錢，但《南風》給了，所以我沒有說不。

再後來，我遇到一個也是詩人的白人女詩人，聽了這首詩的朗誦後，竟說它是關於什麼什麼的，與9.11毫無關係。我懶得跟她爭。隨她去了，這也充分說明一點，即一首詩一旦從詩人筆端流出，不再可能只有一種解讀的可能。

這首詩我沒有自譯，想期待有人來譯。

返古歸真

今天在給一個中國詩人的信中，我說：「十多年前，我終於決定，不再翻譯大陸當代的詩人，是有一個很簡單的道理，就是這些人的詩歌發表，拿到稿費後，從來沒有對我說過一句謝謝的話，包括你。我決定，從此只譯死人，最近出版的古典詩歌翻譯，就是那時一氣之下的結果。」

通過翻譯中國古典詩人，我發現了一個近乎真諦的真諦，那就是西方人（至少是澳洲白人），對中國古詩有一種近乎瘋狂的愛好。我譯當代中國詩人的詩，發得再好，也不過三首，但譯中國古典詩人的詩，被接受發表的少則三首，多則六首，有時甚至達到7首，而且似乎有點來者不拒，給多少發多少的味道。儘管篇幅短，不佔空間，但喜歡古詩的況味和境界，應該是大量大批發表的主要原因之一。記得有一次有位澳洲白人詩人朋友發信來說，他注意到，墨爾本《年代報》上有篇書評，談到最近出版的一本文學雜誌，其他都沒談，卻單挑我譯的一首柳宗元的《江雪》，特別欣賞我用的逗號，說正是因為這個逗號，使得全詩似乎飄蕩起來，活了起來。我先把我未經修改的譯文放在下面：

River Snow

birds have vacated a thousand mountains
footsteps erased from ten thousand paths
an old man in a boat, with a straw cape and a bamboo hat
is fishing alone the cold snow

經過幾稿的修改之後，我在最後一句中，用了兩個逗號，

Is fishing, alone, the cold snow

這樣修改，進入了我所稱的「逗號狀態」，使語言格外地生動起來，這也是後來我譯詩時，常會考慮的一個細節。

有一年我在坎培拉三大學當駐校作家，認識了一個住在深山老林的詩人，還去專門拜訪了他一次。見面後，他跟我大談古代中國詩歌如何之好，還把美國一個好像姓Hsu的一個華人合編合譯的古詩集拿給我看。我卻告訴他，不要癡迷於古詩，而要開始多看現當代詩，因為這裡面更有力量，也更能看到新的變化。

最近也好玩，正值樹才來墨爾本，我接到一個電話，是蒂姆，也就是那個深山老林的詩人來的。他告訴我說，他這幾年到北方區去，做了土著領地的醫療總督，等等，臨了說了一句：我接受了你的批評。

我一下子沒反應過來，說：你說什麼？他就說起上次我到山上看他時，批評他不看當代詩的那件事。又說他後來就買了一些中國詩人的詩來看，包括一個叫「伊蝦」的人。當然，我知道這是他不清楚「Sha」（沙）在中文的發音所致。

2003年，我把歷年翻譯的中國古詩，收集在一起，出版了一個手抄本，更具體地說，是一個手製本（hand-made book），當時做了數十本，每本五十塊澳幣，最後一本賣了100澳幣。沒想到，不過幾年的時間，有人要買時，我卻只剩下出多少錢都不賣的一本孤本。當時出價到500澳元，我還是不肯賣。那些已經收藏了此書的朋友，也不肯出賣，還想待高價而沽。真是沒有辦法。

到了2011年，我翻譯的古詩已經有70多首，很多都已在英、美、澳、加、新（西蘭）等國發表。我譯的李白的《靜夜思》，在加拿大溫哥華的 *Prism International* 上，還發了兩次，第二次是成為該刊50周年大慶刊的特選作品。

我不是在這兒晾曬自己的成就，而是順便談談當年的一氣，才有了後來的結果。老實說，譯死人要比活人好很多。不用管死人願不願意。拿了稿費也不用跟死人對半分。而且不存在死人說不說謝謝的事。

最近，我譯的70多首古詩，集成集子在澳門出版，拿回來20本，竟然出現奇蹟：不到五天之內，除我自留的一本之外，其餘全部售罄，包括中國大

陸售出的7本！誰說大陸人不買書？對古詩的這種熱愛，令我妻子感歎道：真是返璞歸真啊。當時聽在我耳朵中，卻聽成了返古歸真，反倒覺得更對應，因為古詩中的意境，與當代澳洲的寧靜平和正相適應。前幾天，一位澳洲朋友買了此書，要我在上面簽名，說是送給他太太的。昨天在Facebook上，就看到他太太的留言，說很喜歡中國古詩，因為把她「帶回到西元828年中國的一個靜夜」。這讓我想起她丈夫，也是一位作家，很久以前曾說過的一句話，大意是「做一個澳大利亞人的中國特性」（the Chineseness of being an Australian），很彆扭，細想一下卻又很有深意的話。

「上帝現在是我男朋友了」

如果正常情況下，我是絕不可能寫出上面這種詩的，無論在用中文還是英文寫詩的情況下，都不可能。

告訴你吧，這一行詩，是在錯讀了一個詩人寫的詩後，意外的一個收穫。這個詩人說「Golf is my boyfriend now」。[267]當時我眼睛從上面一晃而過，馬上停下，對自己說：嗯，妙句：「God is my boyfriend now」（上帝現在是我男朋友了）。跟著眼睛看回去，又是慣常的失望，不過是一個很平凡的句子：「高爾夫球現在是我男朋友了」。

Denise Levertov

已經不記得為什麼要買她的詩了，但好像她是我在讀大學和大學畢業後看到的一個還比較不錯的美國詩人。此話一出，我就去查了一下，發現我錯了。原來她是英國詩人，年輕時投稿，得到艾略特的鼓勵。這麼寫著，我就想起來了。我曾譯過她的詩，收進我利用原鄉出版社出版的《西方性愛詩選》中，關於她，我當時是這麼介紹的：「丹尼絲 · 萊佛托夫，Denise Levertov，1923年生於英國，翻譯此詩時人尚在，1997年去世。美國女詩人。詩集有《雙重形象》、《我們腦袋背後長著眼睛》、《巴比倫的蠟燭》等。」

詩則如下：

---

[267] 參見：Karrie Webb，*Island*, No. 129, p. 35.

《婚姻的痛楚》

婚姻的痛楚：

大腿和舌頭，心愛的人啊，
沉甸甸地壓著痛楚，
牙齒因痛楚而搖動

我們尋求心心相印
反被排斥，心愛的人啊，
彼此分離

這婚姻宛如利維坦，[268]我們
在它腹中
尋找歡樂，一種
身外不可知的歡樂

在婚姻痛楚的
方舟中，卿卿我我，判若兩人。

　　她是詩選我購於2011年2月28日，放在床頭，有時間就看看，有時還帶在身邊，進城坐車時翻看，等到看完時，已經過了一年，是次年的3月29日。該詩集的前後扉頁上，還給我寫下了兩首毫不相關的英文詩，一首題為「Open Street」，11.11.27日晚上寫於床上。另一首題為「Tasmania」，11.10.15日晚上11點前後寫於床上。這種寫詩和讀詩合在一起的做法，現在想起來還很滋潤。
　　她的詩頁上下左右迭頁很多，此處就不一一細細道來。就撿一點自己覺得新鮮的記一記吧。有首詩中說，一株幼樹在春天長得太快了，結果「a late frost wounds it」[269]（一次晚霜把它傷了）。這個「wounds」用得尤好。
　　2004年我和太太去德國旅行，我有一個小發現。那就是，德國人用英文說年代時，說得十分累贅，像機器一樣準確。比如，1949年，英國人說很簡

---

[268] 《聖經‧舊約全書》中象徵邪惡的海中怪獸。
[269] 參見：Denise Levertov, *Selected Poems*. New Directions, p. 87.

單：nineteen forty nine。德國人就不同，是：nineteen hundred forty nine。開始我甚至聽不懂，再問之下才懂，多了之後，就逐漸習慣了，儘管心下仍然覺得怪怪的，就像中國人不說「1949」年，而說「一千九百四十九年」一樣。

看到一處，有這段詩：

This is Hampstead. This
is Judge's Walk. It is nineteen hundred
and forty one.[270]

即：

這是漢普斯台德。這
是法官之道。這是一千九百
四十一年。

看到這兒，我立刻想起2004年在德國的情況。就在旁邊記了一筆：「德國人就愛這樣」。看了她的小傳才知道，她父親是俄國的猶太人。

有一個地方她用字用得很怪，是一個自創的合成詞：「soul-cake」（靈魂的蛋糕），（p. 119）這使我想起，我的一部英文詩集，名字就叫「soul-diary」（靈魂的日記）。那本來是我一部小說中的一個說法，後來被曾經與我共事的一個白人翻譯注意到了，從而也被我注意到了，最後從該字生發，寫了一首長詩，被收在坎培拉一家出版社出版的三人合集中。

讀詩，就是發現，一種發現，或種種發現。我看她的詩時，用了一個書簽，這天打開書時，書簽遮了一半的詩頁，正要移去，卻發現被遮住一半的詩歌，呈現了一種從未有過的面貌，頗具新意。想想之後，又把書簽拿去遮了一下一本小說，也發現了一個從未發現的事實，即當散文被切割成一半時，竟然出現了詩意！於是我把這個發現記在天頭地腳：「詩，其實就是把散文拆成一半的東西」。

寫這篇東西的時候，我在網上查了一下她的詩歌，發現有首詩不錯，題目是「Adam's Complaint」，立刻現場譯了下來：

---

[270] 參見：Denise Levertov, *Selected Poems*. New Directions, p. 112.

《亞當的抱怨》

有些人
無論你給他們什麼
都想要月亮。

給他們麵包，
給他們鹽，
給他們白肉和黑暗，
他們還是飢餓不堪。

給他們婚床，
和蠟燭，
可懷抱裡還是空空如也。

你把土地給他們，
讓他們有立足之地，
可他們還是上路走了。

你給他們水：挖最深的井給他們，
他們還嫌不夠深
因為沒法喝到月亮。

寫得好，我操！東西寫得好的時候，我一般會以罵聲來稱讚。

詩／蛋

　　有個詩人寫了一句詩說：「他必須拿雞蛋當貨幣去換作業本」。[271]

　　這讓我一下子想起，澳洲作家Robert Hughes在他的回憶錄，《我不知道的那些事情》中，說他父母親第二次世界大戰去歐洲旅行時，曾從澳洲帶

---

[271] 鄭玲，《斯人難得──為詩人潘洗塵而作》，《讀詩》，2011年第4卷，13頁。

了很多雞蛋，當做禮物送人的事。因為上述那行詩，使我想起他的下面這段話：

> 這次航程的準備工作十分細緻，（除了別的事情以外），還包括準備了好多打雞蛋。當時，英格蘭對雞蛋有嚴格定量，而且，我母親相信，在歐洲幾乎完全弄不到雞蛋。關於法國和義大利她也許沒說對，但關於英格蘭她的確說對了。因此，她買了好幾箱新鮮的農場雞蛋，還帶了好幾罐東西，名叫「Ke-Peg」。這東西要是塗在雞蛋上，幾乎可以把雞蛋永久保存起來。看上去，摸起來，聞起來，「Ke-Peg」都很像耳垢。我知道，因為我得幹活，曾煞費苦心，用它塗抹每一隻雞蛋。隨著時間的推移，這些保存完好的雞蛋，裝在鐵行渣華有限公司輪「奧利安號」船的底艙，當做小費，拱手送了人。薩沃伊飯店的門童，他為休斯一家招來的計程車司機，以及尤斯頓站的搬運工——所有這些人把手掌伸出來，接受這種慣常的小費，都會發現手裡有只雞蛋，有時會是兩隻雞蛋，我母親從提包裡把雞蛋取出，小心翼翼地放在他們手上。工作人員是否忘恩負義，不肯感激，現在也沒有任何記錄，因此，在戰後不列顛，新鮮雞蛋或許真的像母親想像的那樣很寶貴。[272]

關於詩和蛋，也只能說這麼多了，因為我好像還從未在我的詩歌中寫過蛋，至少沒有寫過雞蛋。

紙與詩

在沒有電腦的時代，詩人要面對紙，在有電腦的時代，他仍然要面對紙，電腦上虛擬的紙。如何把一張白紙，寫滿詩歌的字，不同的詩人，有不同的態度。樹才屬於那種喜歡對空無的概念進行鑽研的詩人，因此，面對一張空空如也的紙，如何使其變成不空而有詩的東西，是頗能激起他想像的，於是寫了那首《為一張白紙寫一首詩》。[273]這兒，不是把紙當成工具，而是把它作為了物件，一個被詩寫的物件。

---

[272] Robert Hughes, *Things I did not Know*. Random House, 2007 [2006], pp. 119-120.
[273] 參見《樹才詩選》。長江文藝出版社，2011，p. 127.

一看了該詩的開頭，我立刻想起了英國詩人Ted Hughes的一首詩，題為「The Thought Fox」，如下：

I imagine this midnight moment's forest:
Something else is alive
Beside the clock's loneliness
And this blank page where my fingers move.

Through the window I see no star:
Something more near
though deeper within darkness
Is entering the loneliness:

Cold, delicately as the dark snow
A fox's nose touches twig, leaf;
Two eyes serve a movement, that now
And again now, and now, and now

Sets neat prints into the snow
Between trees, and warily a lame
Shadow lags by stump and in hollow
Of a body that is bold to come

Across clearings, an eye,
A widening deepening greenness,
Brilliantly, concentratedly,
Coming about its own business

Till, with a sudden sharp hot stink of fox,
It enters the dark hole of the head.
The window is starless still; the clock ticks,
The page is printed.

80年代末在上海讀研究生時，我曾譯過此詩，很欣賞那種把白紙寫滿詩字，從詩思生發，到詩思轉化成筆跡的過程。惜乎二十多年過去，手稿早已失落，只能再譯一次：

《思狐》

我想像半夜這一刻的森林：
除了寂寞的鐘
和指頭移動的這張白紙之外
還有一個活物

窗外看不見星星：
某物靠得更近
但還在更深的暗處
它正進入這孤獨：

狐狸的鼻子冷冷的，碰了一下
枝葉，像黑雪一樣纖巧
一對眼睛同時轉動，又轉動
再轉動，再動，再動，再動

樹木間的雪地上
印下乾淨的印子，一個跛腿的影子
小心翼翼，在樹根邊遲滯，身體
中空，大著膽子越過

林中空地，一隻眼睛
一片綠色加寬變深
耀眼炫目，聚精會神
忙著自個兒的事

突然聞到一股刺鼻的狐臭
它鑽進腦中黑暗的洞。

窗邊仍無星星，鬧鐘仍在走動，
紙上早已印滿字跡。

應該不用解釋了。在這兒，紙和狐是一體的，聞到狐臭，印滿字跡之時，就是詩成之刻。

無

談到「無」，我曾把自己跟蘇軾做了一個比較說，做一個移民遠方的人，首先要面對的，就是一個「無」字。我在1990年代初來澳時，寫過一首詩，題為《流放者的歌》，裡面有句雲：

在沒有愛情的季節　　在澳大利亞
我的肉體　　我的詩歌
在沒有語言的季節　　在澳大利亞
我的干擾　　我的電波
在沒有死亡的季節　　在澳大利亞
我看見黑貓在午後的陽光下永恆
我看見汽車在遠處桉樹上空反光

可以看到，其中有很多都是「沒有」。後來我發現，蘇軾到海南流放四年期間，文中也能讀到他所面對的也是什麼都沒有的狀態。我寫這篇文章時，已經找不到他的原話，只能從自己發表的英文書「*On the Smell of an Oily Rag: Speaking English, Thinking Chinese and Living Australian*」中，抄一段話出來，放在下面：

I found Eastern Slope Su doing the same thing more than eight hundred years ago when he was exiled to Hainan Island where he complained that 「there's no meat to eat, no medications for illness, no house to live in, no friends to go to, no charcoal in winter, no cool spring in summer.」

然後再自譯如下：

我發現蘇東坡也有類似的經歷。800多年前,他被流放到海南島時抱怨說:「此地食無肉,病無藥,居無屋,聚無友,冬無炭,夏無陰。」

因為一時找不到原文,也懶得去找了。或許今後有好事者,找到還可對比一下,看(中英文的)譯文,與原文相去有多遠。

我在讀古羅馬詩人奧維德(西元前43-17/18)時,發現他也居然有著同樣的處境。據他「不停抱怨」說:(他流放的那個地方)沒有葡萄藤,沒有果園,義大利語意義上的泉水並不存在,會唱歌的鳥(即鳴禽)很少。鄉間景色醜陋、粗糙、野蠻、沒有人味。水帶鹹味,反而加重了人的饑渴之感。[274]

在澳洲住了21年後,「無」的狀態還存在嗎?還存在。每隔幾分鐘打開電子郵件,在上面敲擊一下「Send/Receive」,照樣還是沒有一個期待中的郵件過來,這,就是21世紀進入頭12年中依然時刻存在的「無」。不過,它似乎很難進入詩。那也就是說,到了該入詩的關頭了。

口若懸河

我很不耐煩成語,見一個就想毀一個、創一個、改造一個,比如,口若懸海,口若懸空,口若懸宇宙,等。

忙話休提,言歸歪傳。奧維德寫於流放期間的詩歌中,有兩句詩對「eloquence」(口若懸河)一詞,說得十分精闢,他說:

Eloquence is learnt to plead a just cause: ye we find it
　　protecting the guilty, oppressing the innocent.[275]

譯成中文便是:

本來學會口若懸河,是為了正義事業辯護,但我們卻發現,
　　人用它來保護問心有愧者,壓迫清白無辜者。

---

[274] 參見:Ovid, *The Poems of Exile* 的 Introduction by Peter Green. Penguin Books, 1994, p. xxi.
[275] 同上,p. 32.

好。簡潔明瞭，一語中的。它使我立刻想起，一個滿嘴汙言穢語的悉尼犯罪大律師，他到墨爾本來，是為一個關進牢裡的犯人出庭辯護。那天我為他做翻譯，次年，我從另一個律師嘴裡得知，他已經死了。

Wanton

英文的「wanton」一詞，頗似漢語「餛飩」的音譯「wonton」，但它的意思遠比餛飩淫蕩，因為它的本意就是「淫蕩」。若把這兩詞擺在一起，那就成了「wanton wonton」（淫蕩的餛飩），在漢語中的發音還有差異，但在英文中，發音竟是如此接近。

何謂寫詩寫得好？一字盡言：真，所謂詩言真也。中國人（特別是大陸人）寫的詩，玩弄辭藻的居多，說真話的居少。不著邊際的居多，以誠相見的居少。廢話連天的居多，一語中的的居少。

我喜歡奧維德，原因之一是他真。比如，他坦誠他愛寫淫詩：

> 我的《藝術》一書，是為妓女寫的，它在第一頁上，
> 　就警告說：生而自由的淑女，看見該書要當場丟掉。
> 然而，用該書大寫淫詩穢句，卻實在不算犯罪。
> 　貞潔者可讀到，很多不讓讀的東西。
> ⋯⋯
> 但是，有人老問：幹嗎我的繆斯，老是荒淫無度，為什麼我的
> 　書，老是鼓勵人人都去做愛？[276]

一個詩人不寫淫詩，他還能算詩人嗎？頂多只能算一個割了雞巴的詩人。多麼偉大而貞潔的詩人啊，我只能這麼讚道。去死吧，一生一死都萎大的人！

本來寫到這裡，我已經注明寫作日期和時間，準備洗鍵不幹了，卻沒料到，第二頁還有更好的東西，都是我原來看書時做過記號的，譯在下面：

> 是的，我寫過浮蕩的詩，情色的詩——但惡名

---

[276] 參見：Ovid, *The Poems of Exile*. Penguin Books, 1994, p. 33。【此段文字為歐陽昱譯】

從未玷污過我的名字。沒有任何人的丈夫

會懷疑我是其子之父，

哪怕最底層的百姓中也沒有！

請相信我，我的道德與我的詩歌涇渭分明——

　　我的生活方式為人稱道，我的繆斯卻浪蕩輕佻——

而我的大部分作品都屬虛構捏造，

　　我為人拘謹本分，但作品放浪形骸。

人格雖不能憑書來評判，但縱情快樂一下，

　　也能賞心悅目，無傷大雅。

其他方面，阿克休斯殺氣騰騰，特倫斯狂飲無度，

　　所有戰爭詩人都都像燃燒的木頭。最後，我

好像並非寫色情詩的唯一詩人——

　　但我，只有我，為此

而付出了代價。阿納克裡翁是怎麼說的：

　　「吃飽喝足，要做愛，就做它個痛痛快快」！[277]

　　奧維德的這個性格，頗似龐德一首詩中寫到的那個人，筆下淫穢得一塌糊塗，但做人卻極為本分。那首詩是我多年前翻譯的，

《氣質》

9次通姦，12次私通，64次婚前性行為，以及一次類似

強姦的行為

夜夜壓在我們身體虛弱的朋友弗羅裡阿利斯的心頭，

然而這人的舉止卻是那樣文靜，那樣含蓄，

人們都以為他無精打彩，沒有性欲。

巴斯提蒂德斯正好和他相反，無論講話和寫作，只談一個

話題：交媾，

他卻生下了一對雙胞胎，

雖然立下了這個汗馬功勞，他卻付出了一定代價：

不得不四次戴上綠帽子。

---

[277] 同上，p.34。【此段文字為歐陽昱譯】

後來，這首詩被我收進我翻譯編輯的《西方性愛詩選》中。

Lawrence Durrell

這個人的詩集，是常住倫敦的澳大利亞詩人Peter Porter編的，再又降價，降到10澳幣，我才買的，但異乎尋常的是，自己卻沒在首頁上簽上自己的名字，購買日期和開讀日期，對我這個從來都不忘記在每本書上記下這些細節的人來說，這也是夠怪的了，現在再來糾正，已經是不可能的事情了，但應該是樹才來墨爾本，我到飯店看他，經過街頭一個新開張的減價書店那次買的。看完的日子我倒是有記：2012年8月4日下午電車回家途中。

這本詩集無甚可圈可點之處，但正如所有的詩集，總有一些能照亮眼睛的狠話，比如這句：「Only the adjective outlive them」（只有形容詞比他們活得久）。[278]又如這句：「Married unwisely, but died quite well.」（婚結得很不明智，但死得還是很不錯的）。[279]很好玩，不像中國詩，從來都缺幽默。再如這句：「A poem with its throat cut from ear to ear.」（一首從耳朵根到耳朵根，把脖子割斷的詩）。[280]很不錯吧？當然暴力，但比我看到的那些偽裝暴力的東西過癮。

還有一些也不錯的東西，如「Like the sterile hyphen which divides and joins」（就像枯燥乏味的連字符號，既分分又合合）。[281]讀到這兒，我甚至覺得，這個連字符號（hyphen）是有所指的，它所指的就是夾在白人和黑人之間的黃種人，起一種既分又合的作用。

這兩句也不錯：「The earth is budged from its position by the／Merest weight of a little bird alighting on it.」（一隻小鳥飛落在地球上／地球就改變了位置）。[282]好！

還有寫東西，也很不錯，比如這句：「a sky born nude」（生下來就一絲不掛的天空）。[283]真不錯。

英語的形容詞，形容的對象很不一樣。比如，我們可說葉子很嫩，但夜

---

[278] Lawrence Durrell, *Selected Poems*, edited by Peter Porter. Faber and Faber, 2006, p. 16.
[279] 同上，p. 34.
[280] 同上，p. 37.
[281] 同上，p. 45.
[282] 同上，p. 47.
[283] 同上，p. 55.

晚可說「夜很嫩」（tender is the night）。該話語出英國詩人濟慈的《夜鶯頌》，後來成了美國作家菲茨傑拉德的長篇小說的同名標題，結果譯成了一個很爛的中文標題：《夜色溫柔》。再怎麼也得譯成《嫩夜》呀！

Lawrence Durrell的詩集中，把葡萄酒形容成「young」（年輕），這也是英文在運用形容詞方面，跟中文的不同。他那句話說：「taste the young wine」（品嘗一下青春的葡萄酒）。[284]這種描述就很新鮮，換什麼別的字都嫌老氣、嫌做作、嫌漢語。

果不其然，像這樣的好句子就會被人搶走。1986年有一部電影片，就是以這個命名的。

Adrienne Rich

美國當代詩人中，至少兩個我是讀後基本無感覺的，一個是W. S. Merwin，另一個就是他為之寫書背語的女詩人艾德里安·里奇。我當然不會因為她是女詩人，就偽稱我喜歡她的東西。人和人有緣，詩人和詩人，也是需要有詩緣的。中國有些被人很叫響的女詩人，我根本無法讀下去，當然我是不會提這些人的名字的，也肯定不會譯她或她們的詩。能進入我譯筆之下的，往往是與我有詩緣的，而且，一定是寫得很不錯的，或至少某首被譯的詩不錯。

里奇的這本英文詩集327頁，我2012年6月15日買，但奇怪的是看完後沒記日期，應該是2012年8月初讀完的。總的來說折耳朵的地方不多，感覺也不強烈，只是她的自序寫得還行，像某些詩人樣，詩不咋地，但序或訪談錄反倒比詩好。

我依然故我，只寫閱讀過程中留下印象的詩行。比如，她在一個地方說：「Save yourself; others you cannot save」[285]意思是說：「你救不了別人，那就救你自己吧。」這可能是個很自私的想法，但卻與我一向表達的一個想法完全一致：在中國，你不可能救任何人，你只能自救，而拯救自己的唯一出路，就是出國。里奇在美國，所以她的出路不在這裡。

多年前——現在一說什麼，幾乎都是多年前，顯見得人已離開出生之日越來越遠了——曾寫過一首英文詩，題為「Happiness」（《幸福》），下闋

---

[284] 同上，p. 59.
[285] 參見：Adrienne Rich, *The Fact of a Doorframe*. W. W. Norton and Company, 2002, p. 17.

寫道：

Smoking in the doorway
Framed by the light
Of the moon
I am unnerved by the thought of
The title[286]

自譯如下：

我在門道抽煙
月亮的光線
給我加了一道框
想起這首詩的標題
我感到很失常

無獨有偶──這個成語今天用起來會有一點問題，因為「偶」還有「我」的意思──Adrienne Rich有句詩頗跟這個心境接近，儘管她的寫得比我早很多（1963年）。她說：

Happiness! how many times
I've stranded on that word.[287]

我譯如下：

幸福！有多少次
我在這個詞上擱淺。

儘管一般人似乎樂性不疲、樂錢不疲，詩人還是會對這些問題想得很深，問得很毒。她就問過：

---

[286] 參見該詩：http://cordite.org.au/poetry/experience/ouyang-yu-happiness/
[287] 參見：Adrienne Rich, *The Fact of a Doorframe*. W. W. Norton and Company, 2002, p. 32.

親愛的孩子，性的重要性

還能持續多久呢？[288]

是的，當某種東西處於主導地位時，我們會以為它將永遠如此，比如文革時期的那種政治，又比如舊社會的三妻四妾，可眨個眼睛，這些東西就不復存在了。

許多長篇小說或短篇小說的標題，都來自詩，這早就不是祕密了，但對一個讀詩者來說，遇到可做標題的地方，就得留心並隨時記下，比如這句「masturbators in the dark」[289]（黑暗中的手淫者），無論中英都合用。

我後來發現，AR（Adrienne Rich）有同性戀傾向，難怪看她的詩從本質上講，有一種不可逾越的冷。她說：if I am death to man／I have to know it.[290]（如果我對男人來說是死亡／我得知道這點）。我對該詩的旁注是：西方女性就是走到這種絕境，（這是）平等之後的必然。

詩人創新，是我比較關注的。AR有兩個地方，我比較喜歡，一個是她寫的「無標碼浮詩」，很自由。（p. 150）一個是她寫給自己的信，用的是詩歌形式。不錯。（p. 205）

有的地方怪，比如這句：「poems in Cantonese inscribed on fog」[291]（用廣東話寫的詩，鐫刻在霧上）。

這句也好：「the internal emigrant is the most homesick of women and／of all men」[292]（內心的移民，是男男女女中／最思鄉的）。

推陳出新，並非易事。葛浩文認為當代中國文學不行的三大原因之一，就是陳詞濫調特多。他在《中國當代文學之失敗》中說，這個文學的「語言陳腐單調」。[293]當然，他沒有讀過我反成語的東西。我在AR的詩中，也看到了詩歌推陳出新的希望。她竟敢把詩歌寫得不像詩歌，把詞性隨意變動，如「no stranger to bleakness you: worms have toothed at／your truths」。[294]這句詩中的「bleakness」（淒涼）和「tooth」（牙齒），都是不能作為動詞的，

---

[288] 同上，p. 49.

[289] 同上，p. 88.

[290] 同上，p. 109.

[291] 同上，p. 237.

[292] 同上，p. 245.

[293] 葛浩文，《中國當代文學之失敗》，原載《明報》2012年9月，p. 33. 他的另外兩個觀點是，這個文學不是「人的文學」，以及「寫作草率」。

[294] 參見：Adrienne Rich, *The Fact of a Doorframe*. W. W. Norton and Company, 2002, p. 265.

可她就這麼玩了！如果譯，也只能譯得生硬才能生動：「沒有陌生人能淒涼你：蚯蚓已經牙齒了／你的真理」。這讓我想起，我曾在一首詩中這樣玩過成語：明花執仗。成語不是給我做愛的還是什麼?!這是它存在的唯一理由。

已經半夜11.30分。對AR我就不想再多說了。總的來說詩一般。

譯詩

教翻譯，如果學生中有能把中文譯成好英文的，相較于把英文譯成好中文的，遠讓我感到高興。很簡單，讓中文裡好的東西，一步就走向了世界。

最近一學生譯了西毒何殤的詩，被《洛杉磯評論》錄用，發電子郵件給我時，我正在去布里斯班飛機場，準備乘機回到墨爾本的路上。我用手機發去了祝賀，但顯然此事沒完，因為跟著他又發電郵回來說，下面有個問題，我這才看到問題。原來，他譯兩句時感到棘手，始終拿不准。是這兩句：

我愛你
也就願意讓你
啃噬我的根

他譯的是：

I love you
thus am willing to let you
gnaw at my root,⋯

當時看著就怪怪的，果不其然，譯者本人也覺得不如意。我當即發短信告知（因為我的iPhone 4s）不知怎麼回電郵都被拒，可以如下：

As I love you
I am willing enough to let you
gnaw at my root,⋯

他立即回電謝謝，說很好，惜乎那段聯絡的文字因我從手機上刪除，而

連帶著從我家電腦上也被刪除了。

只爭朝（夕）

最近應邀參加布里斯班作家節，與一個來自印度的小說家同台「演出」。在此之前，他的出版社就事先給我寄了一本他的長篇小說，題為 *Narcopolis*。我在飛往布市的途中，就很快把那本書看完了，寫的是孟買一家大煙店的故事，還講了一個原籍武漢，後來流落到印度的國民黨兵的次生故事。其中引用了一段毛澤東的文字，即那兩句人人都耳熟能詳的詩句：「一萬年太久，只爭朝夕。」好玩的是，這位在香港長大，會說一點兒廣東話的印度作家Jeet Thayil，把這兩句譯成了這樣：

Ten thousand years are not enough
When so much remains to be done.[295]

譯成中文，就成了這樣：

一萬年不夠，
太多事情要做。

好玩，好玩，我對Jeet說。這顯然是一個錯譯，但即便錯譯，也體現了中英互譯中的反譯原則。我在該場「演出」中，就用此例做了一個說明。我先把該句正譯了一下：

Ten thousand years are too long
Seize the day and the night.

然後我說，英文有「seize the day」的說法，直譯是「抓緊日子」，意譯是「只爭朝夕」。問題是，英文裡只有「只爭朝」，而沒有「夕」字之意。這是因為中英翻譯中有個英半漢全的「鬼魅」在作怪。凡是漢語說全，英語

---

[295] 參見：Jeet Thayil, *Narcopolis*. Faber and Faber, 2012, p. 108.

都取其半。上述一例就是典例。

當我把「只爭朝夕」的「夕」字譯出來，變成「seize the day and the night」時，Jeet大贊，說很「poetic」（有詩意）。

于堅

多年前，我曾在澳洲看過于堅寄來的兩本詩集，覺得可譯的並不太多，倒是看中了《陽光只抵達河流的表面》這首，決定譯成英文。譯好後投稿，被詩歌編輯Gig Ryan看中，發表在*The Age*報上。該報成立於1854年，有近150多年的歷史，工作日發行量每日19萬多份，週六27萬多份，周日22萬多份，詩歌一周發表一首，在週六文藝版。英文原創詩每首稿費110澳元，譯詩每首稿費220澳元。譯者和原作者各按五五分成。

現將于堅詩放在下面，我的譯詩放在更下面，供大家，特別是學詩歌翻譯的學生參考之：

《陽光只抵達河流的表面》

陽光只抵達河流的表面
只抵達上面的水
它無法再往下　　它缺乏石頭的重量
可靠的實體　　　介入事物
從來不停留在表層
要麼把對方擊碎　　要麼一沉到底
在那兒　　　下面的水處於黑暗中
像沉底的石頭那樣處於水中
就是這些下面的水　　　這些黑腳丫
抬著河流的身軀向前　　就是這些腳
在時間看不見的地方
改變著世界的地形
陽光只抵達河流的表面
這頭鍍金的空心鱷魚
在河水急速變化的臉上　　緩緩爬過

我的譯文如下：

The sunlight only reached the surface of the river

the sunlight only reached the surface of the river
it only reached the upper water
it could not go down any further   it lacked the weight of a stone
a reliable object   to enter things
never stops at the surface level
it either smashes the other party   or sinks to the bottom
where the water is in the dark
like the stone sunken to the bottom remaining in the water
just these waters down here   these black toes
lifting the body of the river forward   just these feet
in a place unseen by time
change the topography of the world
the sunlight only reaches the surface of the river
this gilt crocodile hollow inside
slowly creeping   across the rapidly changing face of the river

可以看到，我採用的譯法是e. e. cummings式的。不用解釋，本科英語的學生就知道e. e. cummings的寫作風格，儘管四十多人中，只有一人舉手表示喜歡詩歌。今天做作業的學生中，立刻有人採用了這種形式的譯法，值得誇獎。

詩不中國

到中國後，我竟至於無詩。不看，也不寫了。雖然偶爾也寫，但那更多的是碎片。這個大得有將近一千萬平方公里的地方，在我住的巴掌之地，已經與世隔絕。周圍沒有可以與之交往的詩人。電子郵件暢通無阻，也沒有可以與之交往的詩人，除了極個別之外，真有置之死地而後死的感覺。人們生活，生到不能再活之活。皮膚之外就是空氣。空氣之外就是空。

人是自身的阻隔。一座小肉山。有自身的流水、流失。不肯對著其他的肉山呼喊。寧願膠著於自己，膠著於自己驕傲的抵制。

在一個一元錢就能搭幾十站的地方，可以看著龍頭滴水而繼續生活。只要節約1000厘，就是一塊錢，就能搭到火車站。臭水橋上坐者兩個青年磕瓜子。手只要上去一推，就會仰面朝天栽進水裡，體驗河水的污染濃度。不是早9晚5，而是早8.30，晚9.30，只在星期一或星期二休息。美好而便宜的國家，適於生存。吃，才是最大的體驗。一直吃到死，一直吃到那人說：只想死，只想快死。快活即快死。

說到底，詩就是活死亡的產物。

第一次

人生有很多第一次。比如，最近我在博客發了消息，告訴大家說，我英譯的一個中國詩人的詩，在澳大利亞發表了。這個詩人留言說，他的詩歌是通過我第一次進入英文。我這才第一次知道，原來還有這樣的第一次。

如此想來，通過我手譯成英文的當代中國詩人還真不少，隨便舉幾個例子，就有潘妙彬、黃金明、楊邪、伊沙、樹、伍小華、白鶴林、瀟瀟等一大批。

正如我第一次在汕頭大學講學，談莫言和諾貝爾文學獎時所說的那樣，我對名人名詩不感興趣。一是名人裝腔作勢，令人討厭，二是別人認為是名詩的東西，我往往覺得根本不值一譯。更重要的一點是，就像我從來不花時間和錢投資房地產，我也不花時間和錢投資名人名詩，比如，抱定一個所謂的大師，把他最精華的東西和最垃圾的東西一古腦兒譯成英文，直到這個人獲得所謂的諾貝爾文學獎，一個在我眼中並不值得褒獎的東西，這種爛事我絕對不幹。

簡言之（必須三言兩語說完，因為已經有點屎意，要去拉了），我做的活兒，是在沙裡淘金，在詩裡淘詩。不好看的東西，沒有感動我的東西，哪怕拿再多大獎，掛再大名銜，我照樣不譯。

由是，許多名不見經傳的小詩人和好詩歌，就這樣通過吾手進入英文。就這麼簡單，就他媽的這麼簡單。

選稿問題

今天下午收到朋友的信，於是就回信了，如下：

鶴林你好！

稿子收到，待譯。

你談的這個想法很有意思，也具可操作性，唯一的問題是，要花大量時間和錢，在澳洲出版社出版的可能性也不是太大。我2002年通過我自己在澳洲的原鄉出版社，出版了一本中國詩歌英譯集，收集了76個中國詩人的詩歌，平均每人一首，多的可達3首。

從錢的角度講，每個詩人收譯詩費不成問題，譯成後，也可在出版前拿到歐美去發表，再賺一點稿費回來，這樣可以返還一些給作者，這一向是我可持續性翻譯的原則。8-10首似乎多了一點，因為還不是譯的問題，光選就要花很多時間。比如你的詩，我選出這9首，就花了大量時間。不是所有的詩都可以翻譯的，有的在中文中好，譯成英文不一定好。有的詩人覺得好，但譯者並不以為然。如果真要做這事，就可能需要考慮選稿費，但那樣一來，又要增加作者負擔，是我不願意做的。

我一直在看朋友送我的黃禮孩的70後詩集（上下冊），從中也在慢慢地選，但這個過程很長，很耗費時間和精力。

最後出版，也可以還是通過原鄉出版社來做，就像我剛跟稚夫做的一本書一樣。這件事還可以再談。

先談這麼多。

歐陽

撞個滿懷

回到澳洲，就出現繁體問題，每次都要用左手指頭，同時按住Shift和Ctrl鍵，有用右手指頭，按住F鍵，才能使之回到簡體，太麻煩了。那就用繁體寫吧。

這天正在翻譯劉澤球的幾首詩，其中出現了這樣兩句：「被同一片沙礫弄濕鞋底，／被一陣冷風撞個滿懷。」

稍微查了一下字典後發現，沒有很如意的字，倒是有個「gatecrash」頗形象，就用了，如下面所譯的：

Our soles wetted by the same patch of gravel,
And us, gate-crashed by a rush of cold wind.

自我感覺還不錯。算是一種創譯。

小滿

中國的節氣其實不難譯，要旨在直譯。味也在其中。劉澤球一首詩題為《小滿》，我上來就譯成了「Little Full」。隨後，他引用了《月令七十二候集解》中的一句話：「四月中，小滿者，物致於此小得盈滿。」

這句話，用直譯就更得其精髓，如我所譯：

'Xiao Man or Little Full, is reached at mid-April, when things are at their little full.'

Annotations on the Seventy-two 5-Day Monthly Terms[296]

當然，是加注了。想想吧，不加注行嗎？

巴馬

一直猶豫是否搞一個大盤子衛星天線，以接收中國的電視節目，這次回來後決定不搞了，原因是可在Youtube上看到任何想看的東西，包括比較無聊的《非誠勿擾》和還很不錯的《遠方的家北緯30度中國行》。

---

[296] A book by Wu Cheng in the Yuan Dynasty.

在後者上，看了一集關於長壽之鄉的巴馬，聽見一個遊覽的日本人說，中國是日本「祖先的」國家，而日本人則是中國的「後代」。這話我愛聽，而且也正應和了我去日本後的一個感覺，當時還把這個感覺用一首詩寫了下來，題為《日下的本本》（全文從略，參見本書140頁）。但因前面沒有介紹此詩寫作的細節，這裏補充一下：此詩2009年5月3日寫於東京觀光的路上；2009年5月10日星期日回到墨爾本後修改而成。

現場寫作（1）

詩有油。最近，詩意總在炒菜時勃發，有一次不得不中途停下，滅了火，抓起紙就寫詩。今天呢，炒的是大白菜，結果因為詩意的絞纏，忘了先放油，炒了一會兒菜後才想起來，臨時把油擱進去，結果聽不到爆炒聲，有點小遺憾。這首詩用手寫成後，紙上已經有了點點油滴。不是打油詩，是炒菜詩。放在下面看看再說吧，反正也不是給你看的，是給自己以後有時間再看的：

《即便》

世界上所有的詩人
包括娘肚子裡還沒出生的
那個
都人手一個地
捧著大獎小獎
我還是要在對獎
充耳不聞
視而不見的
自營環境下
寫詩
一直到死
把詩神
從我筆底、鍵底
奪去

現場寫作，就是時時處處，事事處處，抓住機會就寫。為此，我在金斯勃雷的家中，到處擺滿了筆。1995年回國又回澳洲，我還開始使用起了袖珍答錄機，那東西用起來真過癮，路上想起寫詩，沒帶筆，沒帶紙，抓起來一摁開關，就說起來了。記得那天，應該是1996年吧，我從家中走到La Trobe大學去，路上有一棵小樹擋住了我的去路，在風中搖搖晃晃的樣子，令我詩意頓生，好在那天我正碰巧帶著東西，就說了起來，「說」成了下面這首詩：

《一棵樹》

一棵樹
在風中搖動的樣子

一棵樹
在午後的風中搖動的樣子

一棵樹
在藍天和烏雲前邊搖動的樣子

一棵樹
發出呼嘯聲時搖動的樣子

一棵樹
擋住我去路時搖動的樣子

一棵樹
在我筆下靜止的樣子

　　詩意頓生的時候很多，總在你什麼工具都沒有的時候出現，來得出其不意，來得讓你遺憾，有時當我什麼東西都沒帶時，我會一刻不停地反覆背誦某一個句子，一到家就抓筆寫，就這樣還常常因為一個電話或某件事而被打斷，忘得一乾二淨。我專門針對特別容易產生詩意的情況，如靠窗坐汽車、火車而行之時，夜裡上床拉燈之後的小靜片刻，在高速公路上開車到一百碼，空無一人，黑得只有星光的夜晚，等。有一年，我就是在家中燈全關掉

的夜晚，這麼黑黑地「說」了一首詩，

《我想》

我想寫小說
現在詩人太多

我想寫一些東西
一些想寫的東西

始終想寫
卻一直沒有寫的東西

我想寫詩歌
一種不像詩歌的詩歌

一種沒人寫過的詩歌
一種詩人不寫的詩歌

我想寫髒話
一些刺激女人的髒話

一些女人聽了刺激的髒話

我想寫一些
從下到上的東西

一些從右到左的東西
一些從現在到古代的東西

一些從男人到女人的東西

我最想寫的還是小說

我想寫──

我把我的大車開下山的時候
莫名其妙地想起一個女人

一個我並不認識的女人
事先計算一下我們談話時間的長短

和方式及眼睛怎麼看的──

我想寫十年前的事
我一直沒有時間寫

我想寫二十年前的事
我一直沒有時間寫

我想寫一些平平淡淡的事
一些沒法拍成電影的事

沒法拍成電視連續劇的事
更沒法作曲寫成報告的事

我想寫一些沒法用手寫的東西
一些和思想一樣快的東西
一些和思想一樣黑的東西

我不想寫詩
我們的時代

已經為詩人舉行過了
葬禮

剩下的都是寫詩的人

而不是詩人

包括我自己

我想寫一些
很不實在的東西

待定

一些很不真實的東西

待定

一些很無聊的東西

待定

一些灰濛濛的東西

待定

趁我還未忙死之前
我很想

寫一些東西

　　可以寫詩的地方也多得不計其數。僅舉一例，懶得多言。2011年第一次去西安，看兵馬俑，邊看邊來了感覺。截至此時，我已經拋棄了答錄機，對在小紙片上用手寫更感興趣。因此，我隨身帶的包裡總有一紮正面印著東西，反面空白的廢紙，也是在澳洲學來的環保習慣，越有利用的空間，越覺得有發揮的可能。以後看看另一面與詩完全無關的內容，還能觸發一些別的記憶。那天，我寫了這首：

《作俑》

如果把我們這個時代的男男女女拿來作俑
那就不是跪射俑
而是跪吸俑
不是騎兵俑
而是騎人俑
不是立射俑
而是背射俑
不是陶俑
而是紙俑或者是網俑
不是袖手俑
而是二十指交叉俑
不是陪葬俑
而是陪睡俑
不是鎧甲俑
而是打炮俑
不是踞坐俑
而是開腿俑
不是帝王俑
而是小姐俑
作俑、作俑
吾始作俑

　　最近有個不認識的詩人打電話說，放棄詩歌小說幾年做生意，現在又回頭寫詩了，只因為寫詩不費時，容易。是的，這跟一個澳洲詩人看到我厚厚的長篇小說時不屑一顧，說：寫詩就寫詩，幹嘛也寫小說，誰有時間和精力看那個東西，是一樣的。用我經常打的一個比喻：寫詩，就像做愛，想做的時候就做，做了就做了。甚至比做愛還容易，至少不會遭到矯揉造作的拒絕。

消滅「般」字

此前曾說過，寫詩要儘量消滅「的」，也就說我所謂的缺德（缺的）。還有一個需要儘量消滅的字，尤其在詩歌翻譯中，是「般」字。

舉個例子。英文詩歌中，為了出新意，出創意，常常會把兩個毫不相干的名詞捏合在一起，比如「warehouse eyes」（直譯就是「倉庫眼睛」）。在一首英文歌曲（「Sad-eyed Lady of the Lowlands」）（《低地的哀眼女》中，就有這麼一句說：「My warehouse eyes」，卻被很爛地譯成「我倉庫般的眼睛」。[297]如果真的有那個「般」，英文就應該是「warehouse-like」。這麼翻譯，顯見得翻譯本人不懂詩，而且心裡害怕讀者看不懂，所以盡可能翻得好懂。其實是錯誤的。直接譯成「我的倉庫眼睛」就好。我們的譯者，要相信讀者是有能力的，不要自以為是，或者自以為不是。

在另一首歌曲「Amused to Death」（《好玩死了》）中，也有一句類似的歌詞，說：「This supermarket life」[298]（直譯即是，「這種超市生活」），卻又被很爛、很怕地譯成了「這超級市場的生活」。翻譯，你給我把「的」字拿掉好不好！

還有一首歌，名叫「Sister Moon」，本應譯成《姐妹月》，卻被很粗糙地譯成「姐月亮」。其中有句雲：「My mistress eyes」，本來富有寓意，可以譯成「我的情婦眼睛」，卻又被像上面那樣譯成了「我的女主人的眼」。[299]真臭！恨不得一槍把那個「的」字斃掉。

譯出口語

翻譯最大的問題還不在理解錯誤或用詞不當，而在搞翻譯的人，中文特別缺乏語感。本來人家就很口語，譯成漢語後變得文縐縐的，一點生氣都沒有了。

比如「With or Without You」（《有你還是沒你》）[300]這首歌中的這句，

---

[297] 見《人間、地獄和天堂之歌》（李皖譯）。南京大學出版社，2012年，63頁。
[298] 同上，507頁。
[299] 見《人間、地獄和天堂之歌》（李皖譯）。南京大學出版社，2012年，991頁。
[300] 就是這首歌曲的標題，也譯得沒有語感，被譯成了《擁有你，或者沒有你》。同上，1401頁。

「You give it all but I want more」，本來就是男女發生性關係時的一種直陳，即「你全給了，但我還想要」。要什麼？不就是要日B嘛！可那個不懂口語的翻譯，卻把它譯成了這樣一種累贅的東西：「你把一切給了我／而我還想要更多」。押韻是押韻，雅是雅了，但沒勁，實在太沒勁了。[301]

想起「give it all」，我就想起詩人林子《給他》那首中的一句詩：「只要你要，我愛，我就全給」。[302]對一個男人來說，誰都知道這個「全給」是什麼意思。這個你要的「要」，又是什麼意思。它同英文中的「but I want more」真是一等於一的對等。就是要那事，也就是全給，不用說少，更不用多說。

極致

我承認，我已經無法看幾乎任何當代中國詩人寫的詩了，不管什麼「後」的，哪怕寫作此刻的2013年7月11日下午4.25分後出生的孩子寫的。「後」不重要，重要的是寫得「極致」的東西。

何謂「極致」？只能以排除法來裁定。凡是能在現行期刊或報紙上發表的東西，都不是。凡是能在正式出版社出版物見於鉛字的東西，都不是。凡是自己居然敢於不要臉地放在自己博客上露屁股的，都不是。

什麼是「極致」？我不知道，因為我寫的極致的東西，不會向你張揚，即便給極少數的詩歌朋友顯示，也要囑咐他們不拿出去。極致，在某種程度上講，就是死，就是跟「死」死磕。就是挑戰生，要生不敢發表，發表不了。要生一直等到死才敢考慮。

英國自殺詩人Sylvia Plath有年採訪時說的一句話頗為精當。她說：「poetry is a tyrannical discipline, you've got to go so far, so fast, in such a small space that you've just got to burn away all the peripherals…」[303]什麼意思？翻譯在此：「詩歌是一種暴政的訓練。你得在小得不能再小的空間裡，走得遠得不能再遠，快得不能再快，把所有的邊角廢料全都燒掉。」（引用時請注意，這是歐陽昱的譯文。）

這，就是「極致」。

---

[301] 見《人間、地獄和天堂之歌》（李皖譯）。南京大學出版社，2012年，1401頁。
[302] 參見：http://blog.sina.com.cn/s/blog_487cc6240101829a.html
[303] 轉引自Rabbit, No. 8, 2013, pp. 102-103.

Gwen Harwood

　　這位澳大利亞女詩人的中文譯名是格溫・哈伍德。我之前對她感興趣，是因為她寫了很多性愛詩。現在注意到，她寫詩的經歷並非一帆風順，43歲才出版第一部詩集。有點像我，40歲才出版第一部英文詩集，43歲才出版第一部中文詩集。

　　當年（1987）我翻譯的她一首詩，叫《肉體的知識》，其中有幾段雲：

　　　　我甘心作你的情人，你的傻瓜，
　　　　你溫柔多情的淫婦，
　　　　我要一口口把睡眠的天真咬光，
　　　　喚醒肉體如我手中之杯，
　　　　水手之手建造一個世界，
　　　　創造光明和空間的新動力，

　　　　飛越蔚藍距離的羽翼，橫掃
　　　　你心臟晦暗洞穴的翅鰭，
　　　　舔你的甜蜜的舌頭緊挨
　　　　窗玻璃的樹葉的話語
　　　　混沌哭泣的記憶
　　　　一錘錘敲打成形的啞默的力量

　　　　海天相隔，只剩一道細線，
　　　　讓大地通過我們盲目的吻抱
　　　　塑造它的山崗和玫瑰，
　　　　蔚藍色的空氣，地平線，水流，
　　　　我攫住世界，骨頭貼著骨頭。
　　　　可你是誰，我並不知道。[304]

　　可是，直到今天（2013年7月11日）我才知道，在澳大利亞這個曾經極端歧視女作家的時代，也不過是1960年代和1970年代，格溫・哈伍德為了進

---

[304] 選自歐陽昱（翻譯及編著），《西方性愛詩選》。原鄉出版社，2005年，pp. 97-98。

入一本總數達64人，但女詩人只有11人的詩集（標題是*Australian Poetry Now*【《此時的澳大利亞詩歌》】），竟不得不改名更姓，為自己起了一個男性名字，叫Timothy Kline（蒂莫西・克萊因），還偽造了一個個人小傳，說他有這樣一些愛好：「喜歡滑翔飛翔，喜歡喝酒嫖妓，喜歡罵人、祈禱，還喜歡抽鞭子打人……」[305]

我想我已在其他地方說過，此處就不贅言，也就是，澳大利亞最高文學獎Miles Franklin（邁爾斯・佛蘭克林）獎，是以澳大利亞一位女作家命名的，但糾結的是，這位女作家用的是男人姓名，皆因當年澳洲女作家如不用男性名字，在澳洲就幾乎發表不了作品。

澳洲這個國家，看似很進步，其實很落後。以後有事再說，懶得多說了。

膽子

有一年我寫了《B系列》，投給當時還在香港工作的嚴力，據他發來的傳真說，他想發，但他工作的雜誌「不敢發」。失望之余，也很高興，原來，文學是跟「怕」分不開的。你敢寫，還有人不敢發。從來沒聽見誰說過：你敢寫，我就敢發。由此看來，編輯的膽子，永遠比作者小。

近期的澳洲詩歌雜誌*Rabbit*，玩了一個小花絮，讓每位在該期發表作品的作者，談一下他們最喜歡的已故作家或詩人。有個人就提到了還沒死的法國作家Michel Houellebecq，說曾有人採訪時問他，為何寫作時很有「the nerve」（膽子），他回答說：「Oh, it's easy. I just pretend that I'm already dead」[306]（我譯：「哦，這很容易。我不過假裝我已經死掉了。」）

好玩。是的，膽子就是這麼玩出來的。

肛門

臺灣詩人陳克華在《「肛交」之必要》這首詩中有句雲：「發覺肛門只是虛掩」。[307]我想起這句，是因為看到貝克特的一句詩，那句詩是這麼說

---

[305] 參見：Felicity Plunkett, 'An Interview with Felicity Plunkett', *Rabbit*, No. 8, 2013, pp. 104-105.
[306] 轉引自Fiona Hile, *Rabbit*, No. 8, 2013, p. 127.
[307] 參見該詩：http://www.wretch.cc/blog/donkeydumb/9315624

的：「…all heaven in the sphincter」（所有的天堂都在括約肌）。[308]

我沒查過貝克特是否有同性戀傾向，但他早年的詩中，似乎有很多此類跡象。我興趣不大，故此停筆。

後來，他還有一句也頗類似，說：「先看汝屁眼，再寫作。」（look in thine arse and write）。

Stinking old trousers

詩歌並不是完全關於美的，否則，貝克特就不會在他詩中說這句話：「lash lash me with yaller tulips I will let down／my stinking old trousers.」[309]

啥意思？見我譯文：「用黃色鬱金香，抽我啊抽我，我會脫下／我臭烘烘的舊褲子。」

把髒、爛、差和美好的東西捏合在一起，還用一個不規整有口音的字「yaller」，這才整合成一首詩。管它好詩爛詩，賺不了錢卻賺得了眼睛的，就是好詩。

Scrotum

什麼都可入詩，陰囊也不例外。用得好，能出奇制勝，比如貝克特這句：「the hand clutching the／money-scrotum」。[310]

譯成中文便是：「手揪住了／錢陰囊。」

這使我想起曾有朋友開玩笑說，嫖完之後他「囊空如洗」，其實是「陰囊也空如洗」。

---

[308] 參見：*The Collected Poems of Samuel Beckett*, ed. by Sean Lawlor and John Pilling. Faber and Faber, 2012, p. 12.
[309] 同上，p. 14.
[310] 同上，p. 32.

天肉

詩是什麼？詩就是想不到。凡是你能想得到的，就不是詩，就缺一個「詩」眼。貝克特有一句，讓我一下子就做了一個底線，因為想不到，也沒看過：「thine eye of skyflesh」。[311]

什麼意思？意思就是「汝之天肉眼」或「你的天肉之眼」。很沒意思，但又很有意思。

強調

中國人強調時喜歡說過頭話，什麼一髮千鈞、萬眾一心之類。億眾一心怎麼樣？一發億鈞怎麼樣？Boring！只知道用文字無限加強分量的民族，是只知道說大話的民族。

貝克特在一句詩中強調「moving」這個字時，沒有用任何誇大誇張的詞彙，只用了一個標點符號，如這樣：「That's not moving, that's moving.」[312]

有意思，我對自己說，並在下方再劃了一道線。

這句話翻過來就是：「那不是感動，那是感動。」

說句跟詩歌無關的話。當今那些學文學翻譯的中國學生，對英文中的這種符號，幾乎永遠缺乏敏感，怎麼教似乎也教不醒。算了，不說了，說了也白說。

婊子

貝克特幾乎什麼都寫進詩裡，包括「婊子」，但他不同于常人、常詩人的地方在於，即使寫「婊子」，也寫得富有詩意，比如這句：「Then I shall rise and move moving／to the whore of the snows⋯．」[313]

譯成英文便是：「那我就起身走動，走／向那雪婊子⋯⋯」。我在翻譯中，不喜歡多加任何化妝詞，加一個字，譯成「風雪婊子」好像還行，但還

---

[311] 參見：*The Completed Poems of Samuel Beckett*. Faber & Faber, 2012, p. 38.
[312] 同上，p. 40.
[313] 同上，p. 43.

是不行，還是譯成「雪婊子」吧。有點像中文的三字詞「賤婊子」，但人家不賤，人家是「雪婊子」。

標題

詩無錢，中西皆然。儘管如此，但詩歌存在的一個意義之一，就是可取來用作好書名。例如，美國小說家斯各特·菲茨傑拉德的長篇小說*Tender is the Night*，書名就取自英國詩人濟慈《夜鶯頌》中的一句。

但是，中國那些翻譯小說的人不懂事，不懂詩，卻把*Tender is the Night*這個書名譯成了《夜色溫柔》，不好。它那個「tender」的意思，不是指溫柔，而是指易傷、傷不起、脆弱等意。如果按這個意思譯，那就不能譯得太隨俗，而要有點出人眼目的詩意，比如《夜色脆弱》或《夜易傷》。

說到這兒，我差點忘了寫這篇東西的主旨。我想說的是，那天讀貝克特，看到一句記了下來，因為覺得做下一部詩集或小說的標題不錯，它是這麼說的「in the diadem of his wound…」[314]

也就是「在他傷口的王冠上」。

Wordshed

貝克特用字棒，但這必須看英文，否則就怪不了誰了。

比如，我們說「牛棚」，貝克特創寫了「字棚」或「詞棚」，即頂上那個字：wordshed。硬生生地把兩個幾億杆子打不著的字捏合在一起。有勁、有味。

他還有半句也不錯：「whey of words」。只用耳朵聽的話，跟「way of words」[315]（用詞的方式）一模一樣。如用眼睛看的話，就出了新意：「文字的乳清。」好樣的，貝克特。過癮。

---

[314] 同上，p. 46.
[315] 同上，p. 57.

吃喝拉撒日

中國的垃圾詩人搞得水響，其實人家早就有了。貝克特當年有詩雲（吾譯如下）：[316]

吃、喝、拉、撒、屁、日
假定日B的季節
不隨理智季節的結束而到期

中國詩人們，還想不想得諾貝爾獎？想得又睡不著覺了吧？那就學學人家貝克特吧。人家老貝詩就是這麼寫的，獎早就得過。

非

英文的「非」，就是一個最簡單的字母，即「a」。我們說「非政治」，那是apolitical，我們說「非典型」，那是atypical，我們說「非洲」，那是Africa，哦，對不起，我又開玩笑了。非洲的「a」當不屬此例，那是中國人大國心理作怪的文化後果。此處不提。

我喜歡貝克特，是因為他稱自己為「apoet」，譯成中文便是：「非詩人」。我最見不得的就是詩人，尤其是那種自稱詩人的詩人。別跟我來這一套。對於詩人，我永遠是這句話：少說廢話，拿詩來看。不好看的話，名氣再大，我也把詩照臉扔回去。

貝克特有句雲：I will be an apoet the Apoet too no doubt。這句話是沒法譯的，而且最好不譯，因為就「apoet」這個字，小寫一下和大寫一下，就展現了無限的意義。試譯一下也不是不可：「我要做小寫的非詩人，毫無疑問也是大寫的非詩人。」用英文來寫，前面是「apoet」，而後面則是「Apoet」。很非常的筆法，在英文中都是。

我之所以注意到這個，是因為我曾有意寫一本題為*Poems written by*

---

[316] 英文原文見下，參見：*The Completed Poems of Samuel Beckett*. Faber & Faber, 2012, p. 106.

To eat, drink, piss, shit, fart and fuck,
Assuming that the fucking season
Did not expire with that of reason⋯

267

Someone Who Doesn't Know how to Write Poems（《不知如何寫詩的人所寫的詩》）英文詩集。現在還沒寫，但早就想寫了。

小傳

最恨這樣的詩人小傳，一上來就歷數其業績和獲獎名單，如某一澳洲女詩人，一上來就自稱是一個「award-winning poet」（獲獎詩人），作品收入各種「最佳詩集」，等等等等，不億而足，是的，不是不一而足，而是不億而足，恨不得把世界上所有的獎項都囊括在自己的「小」傳中。比較一下，女詩人特別喜歡這樣，是不是因為特別內虛，所以需要大量外飾？

我注意到，有幾個澳洲男詩人不是這樣，如有一個詩人在介紹自己時，就只說自己寫詩，也寫小說，出了十幾本詩集。整個小傳也就兩行。還有一個詩人也對獲獎情況隻字未提，小傳也僅兩行而已。這兩位詩人的小傳給我留下了印象，他們分別是Kevin Brophy（p. 65）和Michael Farrell（p. 129），我都認識。還有一個男詩人在小傳中自言：「not fond of the bullshit that surrounds it」（不喜歡圍繞著詩歌的那些胡說八道）。（p. 207）[317]

曾有一次，我的詩歌在一澳洲雜誌發表，他們找我要小傳，我這麼寫了一句：「Ouyang Yu is still alive and writing。」譯成中文就是：「歐陽昱依然活著，還在寫作。」屁話少說。得獎或者七七八八的東西，都與詩歌無關。

這時我想起來了，前面我翻譯的那個英文字「bullshit」，不是牛糞，不是狗屎，也不是胡說八道。簡直譯來，其實就是「屁話」。

中國詩壇——澳洲詩壇也一樣，特別是詩人小傳，屁話太多了，浪費時間，不值一看。

弗蘭克・奧哈拉

記不得是誰說的了，但有一天，有個澳洲詩人寫信給我說，我的詩使他想起了美國詩人Frank O'Hara的詩。這個詩人我聽說過，少量讀過，但沒有

---

[317] 參見：Kit Kelen（編著），*Notes for the Translators from 142 New Zealand and Australian Poets*. Macao: ASM and Cerberus Press, 2012.

完整看過。為此，我於2012年8月8日買下了一本他的全集，兩天后開讀，中間於9月份到上海教書，直到2013年1月中旬返回澳洲，才於2月16日讀完，總共586頁，我還在該書後面的空頁上用手寫了4首詩，其中一首是中文。現在寫這篇東西，已經是2013年7月27日的深冬了。

我和奧哈拉除了一個地方不像——他是同性戀，其他有些地方還比較像，比如，據美國詩人John Ashbery說，他隨時隨地寫詩，然後隨手就扔，到了後來需要時，就會出現找不到的情況。因此，Ashbery說，奧哈拉的「整個職業生涯，就是一部未經潤飾，不斷進行之中的作品。」[318]所謂「不斷進行之中的作品」，英文是「a work-in-progress」。這一點，真是說到家了。我1990年代後期創作英文小說*The Eastern Slope Chronicle*時，其中的後半部分就叫「Work in Progress」，而且，我當時對自己特別強調文筆不加修飾的重要性，要不加修飾到就像一根不加洗濯而直接做愛的雞巴。後來編輯把這個部分改掉了。這是後話。

艾什伯裡評價奧哈拉詩中chance（偶發、機緣）因素的注重時說，對奧哈拉來說，重要的不是「anything goes」（什麼都行），而是「Anything can come out」。（什麼都能出來）。[319]也就是都能寫出來，跟我的「瀉」很相近，也就是「寫」即「瀉」。筆注了墨水，才能寫能瀉。有了水，才能流、能瀉。即使行雲，也能像流水那樣流啊瀉的。

艾什伯裡還說，奧哈拉跟其他紐約詩人不同之處在於，他的詩「almost exclusively autobiographical」（幾乎完全是自傳性質）。[320]哈，這也跟我的很相像。其實，對於一個作家來說，只要出自他之手，就都是自傳，哪怕寫的不是他自己。比如福樓拜雖然寫了包法利夫人，卻說過一句真話：「Madame Bovary, c'est moi」（包法利夫人就是我）。[321]

奧哈拉喜歡音樂，經常把音樂入詩，這一點也跟我相像，我20歲出頭時，雖然未經專業訓練，但還做過曲。這絕對是後話，以後再說。

下面隨手摘抄一些奧哈拉引起我注意的句子。比如這句如是說：

我撕破了你的衣服！現在我要把你從中間撕開，吃掉你的精籽！[322]

---

[318] 參見：Introduction, *The Collected Poems of Frank O'Hara*, edited by Donald Allen. Berkeley: University of California Press, 1995, p. vii.

[319] 同上，p. ix。

[320] 同上，p. x。

[321] 參見：http://en.wikipedia.org/wiki/Madame_Bovary

[322] 參見：*The Collected Poems of Frank O'Hara*, edited by Donald Allen. Berkeley: University

「精籽」二字，英文用的是「seeds」，不僅是種子，而且是複數的種子。我翻譯時把「精」和「籽」合二為一了。

　　日常生活中，經常會碰到一些愛說怪話的人。以此評判，奧哈拉的詩中，怪句就很多。比如他說：pouring wine into his ear（把葡萄酒倒進他耳朵裡）（p. 6）。又比如：My feet went blind（我的腳瞎了眼）（p. 12）。再如這句：

　　……記憶
　　是一片無聲的廢墟，一種哀悼的
　　習慣，無橋也無手可築。[323]

還有更怪的，如這句（p. 119）：

　　……我不想把
　　中國人或他們的狗撕成一張智力的笑靨

　　有人愛說怪話，有人愛寫怪句，我呢，比較愛發怪論。愛聽聽，不聽拉雞巴倒。一個從不寫屎尿入詩的人，絕對不可能成為好詩人。只能稱之為「濕人」。奧哈拉有幾句不錯，譯在下面：

　　……我聽見下水道在我明亮的
　　抽水馬桶座位下歌唱，我就知道
　　在某個時間，某個地方，我那東西就會抵達大海：
　　海鷗和劍魚就會發現，它遠比江河豐富。[324]

　　我還有一個怪論，就是凡是歌頌愛情的詩人，都不是好詩人，因為他們不能面對愛情的殘酷現實和愛情的謊言。最好的詩人，永遠都是直面愛情之屎的真人。澳洲女詩人Gig Ryan有首詩我喜歡，標題是《愛情噁心》，首二句就是：「無所謂了／他身上一塊肉我都不想要。」

　　奧哈拉有一段關於愛情的詩句也頗值得譯介：

　　of California Press, 1995, p. 6.
[323] 同上，p. 28，譯文為歐陽昱譯。
[324] 同上，p. 17，譯文為歐陽昱譯。

忙碌的草還可
再生，但愛情是個巫婆
她在毒害著大地[325]

也在毒害著人心。

不過，他描寫愛情，也有比較清秀的時刻，如這句（p. 110）：

我如此之小
還調戲了愛情，
天堂的一個碎片。

把愛情比作天堂的「碎片」，不錯。

1999年11月4日的半夜，我寫了下面這首詩，印象中從未發表，那反而更好：

《靜夜思》

夜裡
我緊緊地抱住自己
我把黑夜
緊緊地抱在懷裡
我從眼睛到心靈
都這樣黑
一黑到底
我是我自己
我永遠
沒法成為
我愛的那個人
被我緊緊地抱在懷裡

---

[325] 同上，p. 44，譯文為歐陽昱譯。

（用口述答錄機創作）

寫作那首詩時，我並沒看過奧哈拉的詩，卻發現他有一句與我如此相像，也如此相通，他說：

啊！我太清楚我的
心有多黑……[326]

奧哈拉有些句子足以成為我以後的英文長篇小說的好標題，如這句：Coldest of Things We Know（我們所知道的最寒冷的東西）。[327]再如這句：The Edge of the Error（錯誤的邊緣）。（p. 172）

再談一個怪論。一個詩人不敢在詩中寫人體器官，特別是生殖器官，這種詩人只能稱之為「閹割詩人」，因為他或她不具備行使愛情功能的器官，只能算寫「詩割的」，割掉器官的割。

奧哈拉有幾句不錯，是這樣寫的：

「我在你裙下的手沒有找到天氣，
天氣雲圖。如果我的陰莖穿過危險的空氣
向上移動，你會否把它像火炬一樣接受？」[328]

中國陽痿的雜誌，百分之百不會發表這樣的詩句，就是到了3013年也不會。

奧哈拉不乏警語，如這句：「…gold/has become the world standard look」（黃金／已經成為全世界的標準像。」[329]

我接著就要來一句：那誰來用硫酸來給它毀容呢？回答是：詩人。

又一個怪句：「as if to flush the heavens」（p. 86）人們在抽水馬桶里拉屎拉尿之後，按一下按鍵，把東西沖掉的「沖」字，英文就是「flush」。上面這句的意思是說，把老天當成抽水馬桶，按一下鍵，把東西沖掉：「好像

---

[326] 參見：*The Collected Poems of Frank O'Hara*, edited by Donald Allen. Berkeley: University of California Press, 1995, p. 52.
[327] 同上，p. 55。
[328] 同上，p. 60。
[329] 同上，p. 85.

把老天的屎尿按水沖掉。」

後來又有一個怪句：「他讓人把他的卵蛋，縫在了他的嘴巴上」。（p. 294）

有時會跑出很棒的一句：「At night the first time it snowed I felt my privacy invaded。」（夜裡，第一次下雪的時候，我感覺，我的隱私好像遭到了侵犯）。[330]

還有一段也不錯（p. 303）：

> 活著，生病；死掉，要死
> 就像愛之吻碰見恨之吻

鄙人一向不喜歡自以為是，自以為寫的東西誰都看不懂的詩人和詩，其實，最簡單的東西最難寫。還有什麼比針更簡單？一針紮下去就見血。還有什麼比刀更簡單？一刀砍下去就見肉。詩歌，要的就是那種鋒利、鋒快。奧哈拉就有一句自歎弗如古人那樣，會「convey…the simplicity of things」（傳達事物的簡單性）。[331]

好句送出：「海岸的／牙齦」（p. 98），「睡眠的橡皮膚」（p. 98），「陰莖的終點」（p. 98），「太陽大腿之劍」（p. 99），「陰囊的背面」（p. 100），「世界興旺了它的七屍」（p. 100），「星星之屎」（p. 100），「我鼻子披上了雨紗」（p. 139），「他發射了我的千眼」（p. 139），「不忘記你就是忘記」（p. 147），「月光的骷髏」（p. 155），月亮是「抽水馬桶，是一泡痰」（p. 157）（這一點頗像我早年的詩，在我寫的《月亮》一詩中，我稱其為「像無意中扭頭髮現粘在褲管上別人擤的一團濃綠的鼻涕」），「到處都是噁心的人，在小道上熙熙攘攘，像高高的野獸」（p. 158），「內在的王國」（p. 173），「我是一支不打仗的軍隊」（p. 174），「一個七十歲的年輕人」（p. 179），「在這個世界上，我比什麼都想要的就是被人要」（p. 182），「在我／風暴的心中安靜下來」（p. 189），「我笑得像一根舊床彈簧」（p. 194），「就像最後一章，沒人要讀，因為情節早已結束」（p. 198），「血液的地平線」（p. 209），「生命的口紅」（p. 212），「反風」（p. 215）（英文是anti-wind，就像反小說、反諷、反夢、

---

[330] 同上，p. 91。
[331] 同上，p. 93.

反人類一樣的反），「她，像月亮一樣，仇恨愛我」（p. 216），「你用牙咬住我的生命／之線」（p. 229），「我對善不感興趣」（p. 241），「總有一天，我要愛弗蘭克•奧哈拉」（p. 242），「真理像叔叔一樣，躺在將死的床上」（p. 254），「我愛惡」（p. 269），「只有黑暗照亮我們的生命」（p. 285），「把夜晚傾覆」（p. 288），「自我的中心永不沉默」（p. 293），「國家／最恨它心臟中的流放者」（p. 313），「不長青苔的大腦」（p. 327）（英文更好，是「no-moss mind」）；「我們都曾幸福、年輕、無牙／這跟老年是一樣的」（p. 328），「我為我這個世紀如此娛樂／而感到害羞」（p. 338），「因為日本的光線尊敬詩人」（p. 343），「當我把城市的潮濕從你／臉上抹去」（p. 353），「眾所周知，我跟上帝合不來」（p. 356），「西班牙堅硬的、嗶嘰色的山巒」（p. 374）（這個非常好，跟我去西班牙見到的那種景色極為切近，尤其是嗶嘰色）；「哪兒有心／哪兒就有錢」（p. 377），「你在中國也不那麼受人歡迎／儘管中國人也日B」（p. 387），「感到風輕柔地吹著我的下體」（p. 421）（當時看到這兒，我評了一句：「嘿，個狗日的」，那意思就是說，我很喜歡）；「糞便一樣明亮的橄欖」（p. 426），「你臭烘烘的國家」（p. 433）（使我想起中國）；「我並不覺得我想贏什麼，我只想不加修飾地死去」（p. 439），「我們到家後，國家就垮了」（p. 458）（令我想起中國）；「我們曾經很年輕，也很醜」（p. 459），「帶著鼻音的雨」（p. 477），（多好呀）；等等等等。

美國詩人，不僅罵人，也罵國，就像我那樣，曾經寫過一首「Fuck you, Austalia」（《操你，澳大利亞》）的詩。奧哈拉就這麼罵國說：「……我要永遠忘記美國，／這個國家就像一次島嶼屠殺的記憶。」。（p. 121）他還說（p. 168）：

> ……我沒有美國的
> 肉體，我只有匿名的肉體，不過
> 你可以愛起它來，如果你也愛
> 文藝復興的屍體；

他又說，他在美國（p. 434）：

> 都找不到一座小到能夠
> 淹死而不被人看到的池塘

你治理你這個可怕的國家和我

　　這麼做並不新鮮，這個國家民主得

　　恐怖，平庸而又疲倦

　　他還評論西方，只一句：「擁擠的西方深淵」。（p. 284）當然還有另一句：「試圖在恐怖的西方世界生活。」（p. 305）

　　詩人能夠平等嗎？這就好像問，詩歌可以平等嗎？奧哈拉的回答是（p. 196）：

　　要求平等？那是最糟糕的

　　難道我們都只不過是淌著泥水的一瞬嗎？

　　拉尿方面，很少看見一首寫得像奧哈拉這樣的，簡直可以稱他為奧哈拉尿（p. 278）：

　　我在拉尿。有只夜壺

　　跟我雙腳形成了一個

　　三角形。我尿液

　　形成的坡度，頗似一隻大腿

　　他談到形式時說：「我假定，你說的那個時代，出現了偉大的／形式，但不要十年，就會被人拆散。」（p. 289）難道不是嗎？唐詩就被宋詞拆散了，宋詞就被元曲拆散了，以後的種種拆散，你自己去算算帳吧。省得我在此囉嗦。

　　奧哈拉有一段詩，我看後覺得特別像我的風格，就照譯如下（p. 427）：

　　我進了離我最近的那家電影院，看了兩場很棒的西部片

　　不過，哎呀呀，我走路時寫的那首特爽的詩只記得這麼多了

　　你幹嘛看我這首詩呢？

　　你可以說不像，但我自己都覺得像，別人還說什麼呢？

　　奧哈拉的詩中經常提及中國，有時筆下的詩，也頗有中國古風，如這兩句（p. 507）：

我獨立。一切都陷入法利賽主義之中。

活到底不是兒戲。

頭一句不是「眾人皆醉我獨醒」又是什麼？

從前，我寫詩是因為我感到憂傷，也就是中國古代詩人常說的那個「愁」字，進入老年，我寫詩的原因雖然也不無愁思，但也有很多其他原因。奧哈拉有句話，與我很投合。他說：「從前，我只有在難受時才寫得出詩，現在，我只有開心時才寫得出詩。」（p. 511）我和他的不同在於，不一定是開心時寫，但寫了之後一定很開心。

奧哈拉40歲那年，被沙灘車撞死。他還有一句話，我記下來了，那是關於詩的。詩歌是什麼？詩歌是「between two persons instead of two pages」（是介乎兩人之間，而非兩張書頁之間的）東西。

···a remote Northness

詩意不一定只產生在詩歌中。很多所謂的詩歌，尤其是正式發表的詩歌，極為缺乏詩意。但一本大路貨的垃圾小說中，有時會突然出現一句頗帶詩意的句子，比如我最近看完的一本英文長篇小說，作者是匿名的，書名就一個字 *Her*（《她》），寫的全是男歡女愛，口交、肛交，等等等等，看到後面就麻木了。倒是有一句話，描寫他自己的陰莖和陰囊握在她的掌中，卻沒有任何感覺，這時作者寫道：她掌心有「a remote Northness」。[332] 一下子就迸發出一種詩意。

所謂詩意，就是一剎那間產生的某種說不清、道不白、也譯不了，但又能被領受的感覺。

這句話譯成漢語大致就是：她掌心有「一種遙遠的北方之感」。但英文還比漢語更隱秘，它用的是「Northness」這個字，如果非要直譯，那就是「北意」，亦即「一種迢遙的北意」。

話又說回來，還是帶有當代口語感的譯法，要比魯迅那種死硬派的硬譯更有詩意。

---

[332] 參見：Anonymous, *Her*. Bantam Books, 1977 [1970], p. 192.

批評

批評有意義嗎？回答是：沒有太大意義，尤其對詩歌來說更是如此，尤其對寫了多少年而且不斷求新的詩人來說，更是沒有意義。

最近看書得知，裡爾克在世時，最不喜歡批評，無論是積極還是消極的批評，他都一概不想知道。他的理由是，藝術品都是「無限寂寞」的產物，容不得一點點批評。[333]

最好的批評，就是不看、不譯、不提。所以，千萬別送詩給人。讓人家自己挑選決定後再買再看，那才是浩然正道。

回信摘抄

今天有一詩人來信，說請我看他的詩並要我「指正」一下。我就回復如下了：

謝謝【名字隱去】。對不起，我不做評點工作。過去有些國內詩人發詩給我看，很「謙虛」地說是要我給意見，但我真的給了意見後，這些詩人無一例外地不再回信。所以，現在我不再做這種不討好的事情。恕我直言。

其次，我當然可以談我對中國詩歌的看法，由此你也可以大致瞭解到我會如何看待別的詩人的詩。那就是，凡是正式刊物發表的詩歌，我基本上一律不看或一律看不上。言為心聲，心為詩聲，現在的詩，太多的是心臟雜音，因為心臟：心-髒。再就是詩歌語言缺乏創新，陳詞濫調居多，沒有思想，沒有獨創性，也沒有敢於長期領受孤獨的勇氣。寫任何一點東西就迅速放上博客，唯恐別人不知道，這是多麼可怕的一種現實。詩人：你敢天天寫詩，十年而不鳴，十年而不屑於鳴嗎？寫一輩子不發，又有什麼關係？寫到沒有人敢發表，何嘗不是一件偉大的事情？誰想要的都是名聲的泡沫。堆起泡沫的其實是文字已經達到多少百萬的垃圾。真是過眼雲字。

還有，在一個假惡醜大行其道，真善美只是胭脂口紅的裝飾的國

---

[333] 參見：Joe Dolce, Introduction, *Hatbox*. Dolceamore Music, 2010, p. 13.

家裡，詩歌也難免不染上這種化妝病。過去說清水出芙蓉。現在，髒水裡照樣出芙蓉，毒芙蓉而已。

　　好了，不多說，就說這麼多。你不用當真。也不用回復，就像以前那些詩人一樣。

　　我現在只做一樣工作，那就是，如果我看到我欣賞的好詩，是會翻譯成英文的。

這封信是我們之間的私信，所以請勿外傳。

謝謝並祝好，

　　　　　　　　　　　　　　　　　　　　　　　　　　歐陽昱

腦寫

　　早上寫了一首詩，落款時注明了一下時間地點等細節，是這樣的：「2013年8月23日星期五晨三屎手寫，9.26am修改並打字寫于金斯伯雷家中」，跟著就列印，跟著就記起，其實並沒有用手寫這首詩。這時就想起來了，原來這首詩的想法從吃早飯時就在腦子裡打轉，一直到拉完大便後還在腦子裡打轉，然後坐到電腦前就開始寫了。

　　既然情況是這樣，我就把下面的落款改了一個字，是這樣的：「2013年8月23日星期五晨三屎腦寫，9.26am修改並打字寫于金斯伯雷家中」。

裡箸

　　昨天編了一天的詩，是一部英文詩集，標題是*Fainting with Freedom*（我把標題自譯成《自由昏厥》，亦可以搞笑式譯成《自由得發昏》）。編詩所用的材料，是我2012年9月12到2013年1月13日在上海教書期間所寫的693首中英文詩。選詩過程中，我發現一首小詩，感覺不是自己寫的，其實卻是自己寫的，寫於2012年10月去浙江拜訪一個詩人朋友期間。全詩如下：

《裡箬》

乾淨的小街
安靜的小街
每個豁口看出去
都是大海

廟裡無人
更無垃圾
廟門前看出去
也是大海

街邊石凳坐下來
跟當地人面對面
互相看一眼
目光又移向海

租金五十塊一個月
我想在此處住幾個月
在石頭的房子裡
靠近石頭的大海

空氣中有魚腥
魚腥般的新鮮
我從石頭上走過去
早上打開窗寫詩

重新「發現」這首詩，令我一時衝動，想都沒想，就把詩發給了這位朋友，很快又得到了他的電郵回復，說：「剛才讀了，明淨，明淨裡有大的東西在，一如裡箬，喜歡！」

今天，我把這首詩寫進《乾貨》時，又把該詩發給了另一個朋友，這次是個女的。她立刻就回復了，說：「這是一首如此平和而胸襟廣闊的詩。淡中有味。」

人們都喜歡聽好話，就像我寫的那個小村，也喜歡聽好話，不用它提，我就自動地把它寫進了說好話的詩歌裡。

挖著讀或花著讀（1）

其實，人類無論怎麼變，只是層出不窮的新工具、新媒介在變，人依然沒變，依然還是那個頭天吃飯，翌日拉屎的東西。妝化得再色，上床之前還是要卸。科技再發達，人還是要把一生大約一半的時間睡掉，把這段時間交給夢或無夢的死睡。

當然，變的不僅是工具和媒介，也是方式，比如寫作，也比如閱讀。

從前我看詩集，總是從頭開始，從前言、自序或第一首詩甚至詩人置頂的自我介紹開始。這樣看書，大約持續了三四十年。後來發現，這樣不行。一是討厭置頂的關於詩人的介紹，如說該詩人曾獲什麼什麼獎，曾被評為什麼什麼幾大詩人，因為緊接著的東西——該詩人寫的東西——卻似乎跟那些什麼什麼獎和那些幾大詩人的頭銜很不相稱，有時甚至讓人對置頂的溢美之詞或自我溢美之詞反感。我在摸索過程中，找到了一種新的讀法，自己稱之為「挖著讀」或「花著讀」，也就是不按順序，不按常規，左手一拿，順勢一翻，翻到哪兒到哪兒，就從那兒開始，管它是誰寫的。

這樣一來，就有意思了。看到的東西，跟詩名無關，跟人名無關，全都是實實在在的東西，喜歡的就折個耳朵，不喜歡的就翻過去。當然，還得做個記號，以免下次翻到同樣的地方時，又把同一首詩再看一遍。

這樣下來，不僅加快了速度，避免了廢話（詩人自我膨脹的廢話），也找到了自己的所愛所喜，數不清一舉幾得了。

最近，我從亞馬遜網站上買了一本*The Penguin Book of Modern African Poetry*（《企鵝當代非洲詩集》），一拿到手就「挖著讀」、「花著讀」起來。沒想到，2013年8月21日隨便翻到的第一首詩，標題就叫「If」（《如果》）。[334]我為何說「沒想到」，是因為當天我寫了一首中文詩，標題是《假如》。這是不是太巧了一點？是的，無巧不成詩。

我通過這麼「挖著讀」和「花著讀」，還真的一見鍾情了好幾首詩，僅

---

[334] 參見：*The Penguin Book of Modern African Poetry*, eds. by George Moore and Ulli Beier. London: Penguin, 1998 [1963]，p. 147.

舉其中一例，翻譯如下：

《我的頭巨大無比》[335]

查理斯‧諾坎（著）

歐陽昱（譯）

我的頭巨大無比
我長著蟾蜍的眼睛
頸項上立著一根牛角
但從我體內
湧出一種魔力的音樂。
什麼樹能釋放出如此罕見的
馥鬱？
黑美人，你如何從蟾蜍的泥沼中
一躍而出？你如何從
寂寞的醜陋中流出？
你，旁觀的你，你以為
我樂器的聲音
能為我買來自由，你以為我是液體，是
能飛的思緒。
不，我體內空無一物
只有一灘悲戚。

寫得好，他媽的，真寫得好。請注意，凡是看到真正寫得好的東西時，對我來說，只有罵聲才能最好地宣洩驚歎的心情。

還有很多要寫，現在不行，得去拉尿了。

---

[335] 參見：*The Penguin Book of Modern African Poetry*, eds. by George Moore and Ulli Beier. London: Penguin, 1998 [1963]，p. 77。2013年8月25日星期日譯于金斯伯雷。

挖著讀或花著讀（2）

　　寫了這麼大的篇幅，我還沒有介紹查理斯・諾坎（Charles Nokan）是誰，哪國詩人。其實我也不知道，我也需要再查。其實知不知道也無傷大詩。原來，他是象牙海岸的詩人。這就夠了，一個國家的成名，應該從詩人開始。

　　是的，還有一個國家的被意識到，也是通過一個詩人，而這個詩人，是我57年的生命中，從來沒聽說過的，直到通過「花著讀」，碰到塞拉里昂詩人Syl Cheney-Coker[336]的一首詩提到他名字時，才反覆念叨這個複雜的名字，趁還沒忘掉之前，到網上一把捉住了他。

　　這個被提到的名字，就是Rabéarivelo，其英文全名是Jean Joseph Rabéarivelo（讓・約瑟夫・拉貝阿日維羅）。網上除了一首他的中文譯詩外，幾乎沒有任何痕跡可尋。[337]

　　那就像兒歌《丟手巾》中唱的那樣，「快點快點捉住他，快點快點捉住他」吧。

　　一查英文資料就發現，讓・約瑟夫・拉貝阿日維羅是非洲的第一位「現代詩人」和馬達加斯加「最偉大的文學藝術家」，生於1901年，卒於（自殺於）1937年，享年36歲。[338]

　　很快，我找到了他的一首英文詩，如下：

The Three Birds[339]

The bird of iron, the bird of steel
who slashed the morning clouds
and tried to gouge the stars
out beyond the day
is hiding as if ashamed
in an unreal cave.

---

[336] 估計這個詩人的詩在中國沒有介紹。果然，上網一查，只有他一本英文的非虛構類作品，而無其他書，更無詩歌，見該書介紹：http://book.douban.com/subject/2082066/

[337] 參見：http://70art.net/wenxue/2010/1011/article_1071.html（2013年8月25日查）

[338] 參見：http://en.wikipedia.org/wiki/Jean_Joseph_Rabearivelo

[339] 該詩參見：http://iseeebirds.blogspot.com.au/2011/03/white-bellied-drongo-another-cop-on.html 注，該詩引用時有點小錯，因為最後六行應與上文分開。另見：http://readwritepoem.org/blog/2010/01/25/obscure-poets-jean-joseph-rabearivelo/

The bird of flesh, the bird of feathers
who tunnels through the wind
to reach a moon he saw in a dream
hanging in the branches
falls in tandem with the night
into a maze of brambles.

But the bird that has no body
enchants the warden of the mind
with his stammering aria
then opens his echoing wings
and rushes away to pacify all space
and only returns immortal.

我的譯文如下：

《三隻鳥》[340]

鐵鳥、鋼鳥
劃破晨雲
試圖剜掉日子之外
展露的星星
在非現實的洞穴中
躲了起來，彷彿害羞。

肉鳥、羽鳥
洞穿了風
抵達他夢中看見的那只月亮
掛在樹枝上
與夜排成縱列
進入荊棘的迷宮。

---

[340] 2013年8月25日譯于金斯伯雷。

但鳥並無肉體
它以結結巴巴的詠歎調
迷惑了心靈的典獄長
接著張開發出回聲的翅膀
一沖而飛，去撫慰一切的空間
只在不朽時返回。

這個詩人，假以時日，我是會慢慢去讀去譯的。

Someone

我曾寫過一首英文詩，被美國一家雜誌發表，該刊十年特刊時，又被入選再發一次。當時主編給我來信說，有一位美國讀者讀完詩後，驚得竟從椅上跳了起來。

後來有一年，我去悉尼大學英文系朗誦，又讀了這首詩。David Brooks，《南風》雜誌的主編也在場，一聽之下他就拍板，說這首詩他要了，不久就在該刊發表。這大約是我的詩未經投稿而直接通過朗誦被選中的一個極少的例子之一。

我還是把這首詩自譯一下先：

《某人》

某人在喝早上的咖啡
某人在敲鍵寫電子郵件準備電往某處
某人往窗外瞟了一眼看了看九月的藍色天空
某人在幹啥事
某人在往某處發傳真
某人正接某人電話
某人在撥號但該號碼是忙音
某人在上廁所
某人在幹啥事
某人走路上樓鍛鍊身體

某人選擇了坐電梯

某人在下去

某人在上來

某人正打開一大包詩歌投稿

某人在給一個小說家寫退稿信

某人在想某人

某人在幹啥事

某人有點兒宿醉

某人趁機在閒聊

某人手機響了

某人的膝上電腦剛剛死機

某人在重啟

某人在找技術支援聽電話錄音

某人在跑能聽見她的高跟鞋聲

某人掉過頭來

某人很開心

某人快50了

某人快23

某人在幹啥事

某人準備到外面抽根煙

某人擔心他的婚姻

某人盼著不久舉行婚禮

某人還活著

某人在幹啥事

某人很懷念昨夜那條魚

某人一遍遍地清點一大筆鈔票

某人正在開會

某人在DVD上聽鳥鳴

某人把茶倒進雞蛋花的杯子裡

某人在幹啥事

某人在看電腦螢幕

某人在伸懶腰

某人因客戶不好打交道有點不高興

某人因沒睡好覺而在交易所受損失

某人掉頭時才看見窗邊一架飛機巨大的頭顱
某人要見某人了

　　這首詩我在悉尼大學英文系讀完後，問了學生一個問題：它講的是什麼？有位學生的回答很到位，於是，我當場送了她一本書。

　　這次在Don Bank（這是一家博物館的名字）朗誦，我讀著這首詩的英文，下面一片寧靜，忽然，響起了鼾聲，而且越來越大。我心血來潮，突然在行間插了一句本來沒有的詩，說：「Someone is snoring」（有人在打鼾）。

　　這一個突如其來的插入，造成了意想不到的戲劇效果。幾乎所有的人都哈哈大笑起來，那個鼾聲戛然而止。過後我注意到，停止打鼾的老者早已離席而去。

　　我借此事要說明什麼呢？我要說明的是，詩歌是可以隨時生成的。不必局限於任何東西。

　　至於這首詩講的是什麼，我想不用說你也知道。那就不說了。

知識

　　下面是我跟一位詩人朋友的回信：

　　　　一直想回這封信，一直沒有時間。

　　　　長期以來，我一直以為，詩歌並不僅僅只是感情的傾訴或噴湧，也不僅僅只是口語的故事敘述，也不僅僅是誰也看不懂的故弄玄虛，也不僅僅是玩弄文字或風花雪月，它還有一個重要的功能，即傳授知識，一種被歷史忽略了的知識，如《莎士比亞》中所表達的那樣。這種知識一旦通過詩歌這種特殊形式來傳遞，所起的作用很可能要比史書更大、更集中，也更凝練。

　　　　好了，不多說了，由於15號返滬，我忙得簡直不可開交。本來還可就此題大大發揮一下，現在也只能三言兩語了。

玩

> 那女的問：哦，你換了學校，那兒好玩嗎？
> 孩子說：不好玩。
> 那女的問：那你原來那個學校好玩嗎？
> 孩子說：好玩。
> 那女的說：那叫你媽媽再送你回原來那個學校去吧！
> 孩子說：嗯，那不行。

上面這段話，是我下午上完課後，從校園走過時，聽到一個阿姨跟一個小男孩之間的對話。他們用的「好玩」一詞，吸引了我的耳朵。我好像第一次意識到，對於一個孩子來說，世上再好的事，莫過於「好玩」。

我基本上沒有什麼想法，只是覺得「好玩」這個字好玩。

晚上，朋友發來他最近猛寫的幾首「清單詩」，我也有詩必複，提供意見。過了一會兒，他發信問：這樣寫行不行？

我發現我的回答竟然是這樣的。我說：

> 當然可以，幾首遠遠不夠，這中間需要開創的空間跟天空一樣大。就要趁著勁玩，詩，只有到了玩的時候，才能寫好。

由此我想到最近見到的一個詩人，聊過之後不好玩，因為他的話語間，充滿了「正統」、「要考慮下一代」之類的字眼。我回去後久久無聲。

如果對孩子老是這樣不行，那樣也不行，那就不好玩了。對詩也是如此。

走步

英國詩人拜倫有一首名詩，題為《麗人行》（She walks in beauty），劈頭兩句就是：「She walks in beauty, like the night／Of cloudless climes and starry skies」。吾譯如下：

> 麗人款步而行，豔若夜空，
> 星光燦爛，萬裡無雲。

很多年後，我買來一本毫不相干的書，叫《傳奇選》，收錄了古代的傳奇、當今的漢語譯文——由此我意識到，我們所說的翻譯，不僅僅是在不同的文字之間進行翻譯，還有在今古相同的文字之間從事翻譯者——以及楊憲益、戴乃迭二位翻譯伉儷的英文譯文。

這天夜裡睡覺之前看了一篇白行簡的《李娃傳》，無非是公子落難，美人相助的陳詞濫調，但開頭寫到鄭生初見李娃，說她如何美麗無比時，現代漢語譯文說了一句話，引起了我的注意，說她「走起路來好看極了。」[341]我立刻在旁邊做了一個記號，同時查對了一下原文，是這麼說的：「舉步豔冶。」[342]

我一下子想起了拜倫那首詩的標題：She walks in beauty。這不就是「舉步豔冶」之謂嗎？而且都是四個字。太絕了！

我的好奇心並未到此結束，因為我還想看看楊、戴二位的英文譯文。不看則已，一看便感到失望，是這樣譯的，說她「moved with such consummate grace that⋯.」[343]還不如把拜倫原話直接引來，說：「walked in such beauty that⋯.」

上述這種中英文穿插交疊的現象，我還在別的詩人那兒發現過。比如，英國詩人A・E・豪斯曼詠櫻花那首，就有「And since to look at things in bloom／Fifty springs are little room」兩句，其中的「things in bloom」，直譯是「花中之事」，其實簡約之，就是古詩中常說的「花事」。宋代王淇《春暮遊小園》一詩中，就有「開到荼蘼花事了，絲絲天棘出莓牆。」其中的「花事」，不就是英文中的「things in bloom」嗎？

清單詩（1）

何謂清單詩，這個中國人、中國詩人幾乎不知道，也極少寫、極少會寫，甚至可能不恥、不屑、乃至不為的詩歌品類，先看了下面這段文字再說。這段文字從本人2013年11月即將在臺灣出版的《關鍵字中國》中截取。

---

[341] 聶鑫森（今譯），《傳奇選》。新世界出版社：2002年，第218頁。
[342] 同上，第200頁。
[343] 同上，第233頁。

詩意

　　詩意是什麼？詩意是無詩之處蘊含的一種可爆發、可閃爍的動力，而不是通常被命名為「詩」或像「詩」的那種東西。我在翻譯極為枯燥無味的科技檔時，突然感到了深深的詩意，於是寫了下面這首英文詩：

Flowers

other growing or flowering endangered plant bulbs etc (including corms, collars, rhizomes, bulbs, stem tubers and root tubers, endive plants rootless cuttings and scions of endangered plants other endangered live plants (except for those used for breeding) fresh cut flowers and buds of endangered plants (used for making bunches of flowers or decoration) endangered cut flowers and buds that are dried or dyed as part of processing (used for making bunches of flowers or decoration, except the fresh) branches, leaves or other parts of fresh endangered plants, and grass (by branches, leaves or other parts, it is meant the ones used for making bunches of flowers or for decoration and that do not have flowers or buds) other similar endangered bulbs with high content of starch or insulin (including marrow and stems of western grain whether sliced or made into balls, fresh, cold or dried) other endangered pine nuts that are fresh or dry (whether shelled or skinned) endangered plants mainly used as spice (including their certain parts whether or not cut, crushed or ground into powder) pine resin of endangered plants in the pine family natural gum and resin of other endangered plants (including natural tree resin and other oily tree resin, such as scented tree resin)[344]

　　我承認，即便是自己寫的英文詩，自己譯成中文困難也很大，甚至幾乎不可能。

　　從前寫詩，有很多講究，要押韻、要韻律、要對仗、要工整，後來又像聞一多那樣，要講究音樂美、繪畫美和建築美，等等，規矩桎梏多了去了。

---

[344] 該詩原文發表在*Southerly*, No. 3, 2009, p. 103.

後來有些詩人不管這些，由著性子寫，甚至像開清單一樣地頻繁列舉同類事物或詞彙，只要能耐著性子一行行讀下去，竟然能夠產生一種奇妙的詩意。你比如臺灣詩人陳黎的《島嶼飛行》這首。我2000年去花蓮，跟他吃飯聊天，一直聊到深夜，回到澳洲，就把他送我的幾部詩集讀完，而他1995年寫的《島嶼飛行》這首，就給我留下了深刻印象，甚至令我不由自主地感到激動，全文如下：

《島嶼飛行》

我聽到他們齊聲對我呼叫
「珂珂爾寶，趕快下來
你遲到了！」
那些站著、坐著、蹲著
差一點叫不出他們名字的
童年友伴

他們在那裡集合
聚合在我相機的視窗裡
如一張袖珍地圖：

馬比杉山	卡那崗山	基寧堡山
基南山	塔烏賽山	比林山
羅篤浮山	蘇華沙魯山	鍛鍊山
西拉克山	哇赫魯山	錐麓山
魯翁山	可巴洋山	托莫灣山
黑岩山	卡拉寶山	科蘭山
托寶閣山	巴托魯山	三巴拉崗山
巴都蘭山	七腳川山	加禮宛山
巴沙灣山	可樂派西山	鹽寮坑山
牡丹山	原菩腦山	米棧山
馬裡山	初見山	蕃薯寮坑山
樂嘉山	大觀山	加路蘭山
王武塔山	森阪山	加里洞山
那實答山	馬錫山	馬亞須山

馬猴宛山	加籠籠山	馬拉羅翁山
阿巴拉山	拔子山	丁子漏山
阿屁那來山	八裡灣山	姑律山
與實骨丹山	打落馬山	貓公山
內嶺爾山	打馬燕山	大磯山
烈克泥山	沙武蠻山	苓子濟山
食祿間山	崙布山	馬太林山
凱西巴南山	巴里香山	麻汝蘭山
馬西山	馬富蘭山	猛子蘭山
太魯那斯山	那那德克山	大魯木山
美亞珊山	伊波克山	阿波蘭山
埃西拉山	打訓山	魯崙山
賽珂山		大裡仙山
巴蘭沙克山	班甲山	那母岸山
包沙克山	苳苳園山	馬加祿山
石壁山	依蘇剛山	成廣澳山
無樂散山	沙沙美山	馬裡旺山
網綢山	丹那山	龜鑑山

（選自：http://dcc.ndhu.edu.tw/chenli/poetry6.htm# 島嶼飛行）

大陸有個詩人叫雷平陽，於2002年寫了一首題為《瀾滄江在雲南南坪縣境內的三十三條支流》的詩，又於2006年發於《天涯》雜誌。一發表後，竟然引起數百萬人展開「激烈爭論」，被詩人兼學者臧棣譽為「有一種固執的不同尋常的詩意」，但另一詩人兼詩評家陳仲義則批之為具有「格式化」特徵。（參見：http://www.gjart.cn/viewnews.asp?id=13477）。最後還被《羊城晚報》評為「2005年中國文壇十大公案」。（參見：http://www.wyzxsx.com/Article/Class12/200803/35054.html）無論其是否值得如此，先看了這首東西再說：

《瀾滄江在雲南蘭坪縣境內的三十七條支流》

瀾滄江由維西縣向南流入蘭坪縣北甸鄉

向南流1公里，東納通甸河
又南流6公里，西納德慶河
又南流4公里，東納克卓河
又南流3公里，東納中排河
又南流3公里，西納木瓜邑河
又南流2公里，西納三角河
又南流8公里，西納拉竹河
又南流4公里，東納大竹菁河
又南流3公里，西納老王河
又南流1公里，西納黃柏河
又南流9公里，西納羅松場河
又南流2公里，西納布維河
又南流1公里半，西納彌羅嶺河
又南流5公里半，東納玉龍河
又南流2公里，西納鋪肚河
又南流2公里，東納連城河
又南流2公里，東納清河
又南流1公里，西納寶塔河
又南流2公里，西納金滿河
又南流2公里，東納松柏河
又南流2公里，西納拉古甸河
又南流3公里，西納黃龍場河
又南流半公里，東納南香爐河，西納花坪河
又南流1公里，東納木瓜河
又南流7公里，西納幹別河
又南流6公里，東納臘鋪河，西納豐甸河
又南流3公里，西納白寨子河
又南流1公里，西納兔娥河
又南流4公里，西納松澄河
又南流3公里，西納瓦窯河，東納核桃坪河
又南流48公里，瀾滄江這條
一意向南的流水，流至火燒關
完成了在蘭坪縣境內130公里的流淌

向南流入了大理州雲龍縣

（取自：http://www.mafengwo.cn/i/544991.html ）

　　1995年的陳黎和2002年的雷平陽，差別就在此。為了這一首本來不錯，但並不是好到那種程度的詩，就引發百萬人來搞什麼「激烈爭論」，真有點少見多怪。我們現在並不知道，雷平陽是否讀過陳黎的詩，儘管我們知道，雷的妻子也叫陳黎。我們更無法知道，雷是否讀過臺灣陳黎的那首「清單」詩。雷的詩作很可能是個巧合，也很可能受了臺灣陳黎的啟發和影響。其實這都無所謂。關鍵的是，這種開清單的方式，的確能對那些從不讀詩或者寫了一輩子詩，都不知道詩為何物的人產生一種詩意的衝擊。

　　實際上，「清單詩」（list poems 或catalogue poems）可一直回溯到聖經時代，幾千年前就存在，西方詩歌中比比皆是。惠特曼的「Song of Myself」（《自我之歌》）的第15部分，就是一首「清單詩」，僅選頭三行如下：

> The pure contralto sings in the organ loft,
> The carpenter dresses his plank, the tongue of his foreplane whistles its wild ascending lisp,
> The married and unmarried children ride home to their Thanksgiving dinner,...

（取自：http://www.infoplease.com/t/lit/leaves-of-grass/ch03s15.html）

隨譯如下：

> 純粹的女低音在風琴台歌唱，
> 木匠在磨光木板，他的粗刨伸出舌頭，打著哨響，上行著發出口齒不清的野性的聲音
> 已婚和未婚的孩子們坐車回家，回到感恩節的晚餐邊，……

　　接下來的每一行都列舉了某一行業的人，如飛行員、海員、農夫，等，逐漸累積成一種宏大的詩意。前面講的《一年裡有十六個月》，也是一首典

型的「清單詩」，如下：[345]

《一年裡有十六個月》

丹麥一年有十六個月

一月

二月

三月

四月

五月

六月

七月

八月

九月

十月

十一月

十一月

十一月

十一月

十一月

十二月

我自己曾寫過一首中英雙語的「清單詩」，如下：

---

[345] 這首詩系丹麥詩人Nordbrandt所寫、我譯（也截取自我的《關鍵字中國》）。一到十一月，丹麥就昏天黑地，冷得像個冰窖，據說雲層低到壓在大樓頂端。所以，其他月份一晃而過，一到十一月，時間就凝固起來，不再往前移動了，真是一個讓人害怕的月份。其中的詩意，因反復吟誦而加強。

Place names Hong Kong, a random sonnet list

Chinese	English	Pinyin	Meaning
九龍	Kowloon	Jiulong	Nine Dragons
長沙灣村	Cheung Sha Wan Estate	changsha wan cun	Long Sand Bay Village
黃竹坑	Wong Chuk Hang	huang zhu keng	Yellow Bamboo Pit
打磚街	Ta Chuen Street	da zhuan jie	Beat Brick Street
銅鑼灣	Causeway Bay	tong luo wan	Copper Gong Bay
尖沙咀	Tsim Sha Tsui	jian sha zui	Sharp Sand Mouth
英皇道	King's Road	ying huang dao	English Emperor Road
油塘	Yau Tong	you tang	Oil Pond
健康街	Kin Hong Street	jiankang jie	Healthy Street
沙田火炭山尾街	Shan Mei Street, Fo Tan, Sha Tin	shatian, huotan, shanwei jie	Mountain Tail Street, Fiery Charcoal, Sandy Field
橫龍街	Wang Lung Street	heng long jie	Cross Dragon Street
環鳳街	Wan Fung Street	huan feng jie	Encircling Phoenix Street
西洋菜街	Sai Yeung Choy Street	xi yang cai jie	Western Foreign Vegetables Street

　　這是詩嗎？你問。我哪知道，我說。反正這首「詩」發在悉尼大學的《南風》雜誌上了。[346]

　　順便說一下，往往最不懂詩，從不看詩，一生連一個子兒都沒花在詩歌上的人，才會問出這種問題：這是詩嗎？

　　我的回答永遠是：誰知道呢？

清單詩（2）

　　我最近寫了一組清單詩，如下：

　　《不是，而是》

　　不是忽悠，而是忽油

---

[346] 見*Southerly*, Vo., 70, No. 2, 2010, p. 142.

不是地溝油，而是地溝YOU

不是特2，而是特3

不是幸福，而是僥倖福

不是民主，而是民煮

不是管理，而是管你

不是自殺，而是自宮

不是百思不得其解，而是半思就得其解

不是精忠報國，而是精終報國

不是為人民服務，而是為人民幣服務或為淫民服務

不是零散努力，而是零努力

不是讀者，而是毒者

不是作品，而是毒品

不是萬象，而是亂象

不是中國，而是終國

《人》

吃瘦肉精的人

打膨脹劑的人

喝三聚氰胺的人

打催肥劑的人

喝地溝油的人

吃假雞蛋的人

吃出蟑螂的人

吃出錫紙片的人

吃臭死豬肉的人

吃噴敵敵畏的幹魚的人

吃防腐劑的人

吃毒韭菜的人

喝含汞雪碧的人

吃毒豇豆的人

吃毒藥火腿的人

吃蘇丹紅肯德基的人

喝黑心米釀酒的人
吃豬肉變牛肉的人
吃染色饅頭的人
吃刷蠟蘋果的人
喝含癌百事可樂的人
吃工業檸檬酸泡金針菇的人
喝豬血變鴨血的人
吃催熟劑香蕉的人

錯了，不是人
是中國人

《在一起》

名和利在一起
利和害在一起

山和水在一起
水和災在一起

偷和情在一起
情和愛在一起

高和樓在一起
樓和跳在一起

天和地在一起
地和獄在一起

天和空在一起
空和虛在一起

孤和獨在一起

獨和蟲在一起

亂和象在一起
象和牙在一起

牛奶與路在一起
銀與河在一起

小和姐在一起
小和妹在一起

陰和道在一起
道和路在一起

陽和具在一起
具和體在一起

陰和陽在一起
陽和歐陽在一起

《尚》

尚未結婚，就已離了
尚未認識，就已日了
尚未生出，就已流了
尚未開炮，就已中槍
尚未受精，就已扔了
尚未出口，就已吞了
尚未長成，就已戀了
尚未被娶，就已三了
尚未結婚，就已媽了
尚未成熟，就已爛了
尚未衰老，就已死了

尚、尚，和尚的尚
尚、尚，高尚的尚

《成問題》

空氣　　成問題
羊肉　　成問題
飲水　　成問題
雞肉　　成問題
雞　　　成問題
霧霾　　成問題
書　　　成問題
就業　　成問題
分居　　成問題
分家　　成問題
分手　　成問題
魚翅　　成問題
抄襲　　成問題
交通　　成問題
交流　　成問題
交媾　　成問題
腦瘤　　成問題
肺瘤　　成問題
心瘤　　成問題
詩霸　　成問題
詩濫　　成問題
詩坂　　成問題
男人　　成問題
女人　　成問題
中國人　成問題

《控》

大便控
文字控
自戀控
詩控
臉控
性控
苦B控
車控
菲律賓控
日本控
印度控
米國控
錢控
腐敗控
愛控
鬱悶控
糾結控
「麵包」控
體控
手機控
不學無術控
吐槽控
賣萌控
斯諾登控
發表控
飯控
鳥叔控
騎馬霧控
騎人控
名人控
空控

生死控

《來主義》

舶來主義
拿來主義
譯來主義
穿來主義
染來主義
學來主義
日不來主義

《正、反》

他們牽手成功	他們分手成功
他們喜結良緣	他們喜離良緣
她成功產下一子	她成功流產一女
他升官	他免職
他得獎	他丟獎
他留學	她流血
他搞詩	他搞事
他黑色幽默	他黃色幽默
他唱紅臉	他唱黃臉
他吃雞	他叫雞
她糾結	她糾纏
他熱愛	她冷愛
他完蛋	她完卵

《愛》

準備洗
準備吸
準備擊

準備射
準備大量

紙

《自》

自言自語的時代
他殺後自殺的時代
在西方自由不自在在中國自在不自由的時代
自我不批評的時代
自我讚美的時代
自相摻沙的時代
自我喜歡的時代
自投自票的時代
自審的時代
自殘自戀的時代
自慰的時代
自相糾結的時代
自淫自樂的時代
人人自微的時代
不甘自弱的時代
自矮自小的時代
自高自大的時代
自我沉淪的時代
自我漲水的時代

自成一詩的時代
自成一史的時代

《色的國》

泥色的國

抹布色的國

煙蒂色的國

地溝油色的國

發表後就呈僵硬之色的國

姓黃色的國

香蕉皮色的國

莧菜色的國

醃菜色的國

鹹魚色的國

月經帶色的國

牙色的國

毒薑色的國

馬屁色的國

管色的國

塑膠袋色的國

拉精色的國

皮蛋色的國

醃豇豆色的國

腐乳色的國

三聚氰胺色的國

H7N9色的國

口罩色的國

豆腐渣色的國

裝修色的國

割草機色的國

脾氣色的國

自殖色的國

卡拉ok色的國

癌色的國

鬱悶色的國

抑鬱症色的國

地震色的國

封閉色的國

口乞色的國

口交色的國

河蟹色的國

死豬色的國

自來水如屎色的國

小色的國

假色的國

肉色的國

血色的國

夜色的國

亡色的國

《被控制》

雞肉被控制

雞，被控制

北京女子編造墜亡女青年遭強姦謠言被控制

鳥被控制

晚會負責人已被控制

好詩被控制

大抵卻還是被控制

我想您就是被控制

決不能被控制

自由、行蹤被控制

品質被控制

有人說她微博被控制

一把火，為了不被控制

我行我素，不習慣被控制

不法分子企圖製造事端顛覆國家統治，已被控制

熱水的最高溫度都被控制

曝光者反倒被控制

當你沒有底線的時候，你就完全被控制

習慣被控制

思想被鉗制，話語被控制

亦是媒體被控制

熱愛自由不想被控制

寧願要蝸居地下不見天日的自由，也不要這種被控制

成熟的人被控制

腦袋被控制

北京襲擊環衛工兩嫌疑人被控制

孩子從小被控制

阿敏隨即被控制

劉＊曉＊波被控制

但是，當下，似乎這一自主權也可以被控制

看來是時候暫時戒掉電腦，不要被控制

我輕而易舉的被控制

最高時速被控制

如果孩子感覺到被控制

假設這些干擾項服從一定規律可以被控制

一名沙特男子目前已被控制

村民給他家打工被控制

英國涉嫌猥褻兒童男子已經在京被控制

現在好多想回到正常生活都難估計被控制

連人行，證監會和各證交所都被控制

輿論的導向總是可以輕易被控制

還是情緒被控制

甚至帳號都被控制

當地相關負責人已被控制

被洗腦被控制

全部一直被控制

後者很容易被控制

相關資料在第一時間都被控制

如若你要接近恐怕被控制

唯一的公休假都被控制

資源大多被控制

所以究竟是人類控制了還是被控制

受虐不是愛，而只是被控制
買了馬鞭草沐浴露我就不會被控制
經營者也已經被控制
上個五月因為胃潰瘍被控制
該學生違反了相關法律法規，已被控制
遊客被控制
中國的產業哪些被外國人控制
女子稱「被外國人控制」
男子在家中殺死妻女被控制
出事篝火晚會負責人被控制
朝鮮兵變金正恩與國家電視臺均被控制
5000瓶假酒9名造假者被控制
入滬問題羊肉70多公斤，早已全部被控制
河南延津民房坍塌致7亡21傷施工負責人已被控制
鳳凰吊橋傾斜橋主已被控制
孟加拉樓塌致430人死事故地市長被控制
BBC孿童人被CCTV控制

哈哈！果然被控制

不想被控制卻
完了，都被控制了～～～
我們生活在#被#中[347]

《雪》

雪愛這個國家的大地
雪在小寒時塞車
雪鋪路
雪鹽交輝
雪封河

---

[347] 詩人注，本詩大多詩行，均直接取自網上 "被控制" 詞條的截取。

雪為冰姐

雪搶鏡頭

雪建國

雪自立為王

雪殖民一切

雪滅上海

雪昭雪

雪詩了

雪，白了松江頭

《主席》

Gan主席

Gao主席

Gou主席

Ji主席

Ba主席

Mao主席

Wang主席

Guo主席

Lu主席

Chi主席

He主席

Wan主席

Jia主席

Da主席

Kong主席

都
主著
流水席

《了》

聚在一起
吃了
喝了
送了
拿了
看了
說了
唱了
朗了
玩了
幹了
睡了
拉了
沖了
淺了
深了
含了
吞了
選了
評了
用了
點了
進了
出了
擦了
倒了
來了

走了
搞了
電了
想了
見了
沒了
不了
算了
好了
蔫了
神了
奇了
怪了
多了
少了
要了
掉了
發了
得了
叫了
響了
醉了
倒了
吐了
屙了
跑了
休了
結了
丟了
空了
累了
完了
快

那都是些什麼人了

《不》

不救國、不救民
救己

不思鄉、不思女
思想

不遊學、不遊擊
遊歷

不在場、不在幫
在地

不假借、不假語
假日

不自戀、不自謙
自愛

不下海、不下作
下面

不買帳、不買春
買書

不搭腔、不搭訕
搭車

不欠錢、不欠情
欠愛

不傷心、不傷人
傷風

不相福、不相禍
相忘

不等你，不等我
等死

《月亮》

像患肺結核病人一雙失眠的眼睛
像蟋蟀從夜露沾濕的草尖迸出第一聲
像倏然分開倏然合攏的一對花下身影
像俯臨深淵的山頂上一塊巨石光滑表面的靜
像割破天邊松林烏黑的鋸齒
像癌腫瘤裝在醫生伸到我鼻子底下的小瓶
像無意中扭頭髮現粘在褲管上別人擤的一團濃綠的鼻涕
像紛紛飄落銹蝕的冬青花
像清風掀動一塊剛洗的大白被單
像幾個狼藉的醉酒人身旁盛著殘酒的玻璃杯
像黃尿潤開鮮豔的玫瑰在幽靜的山谷
像口琴隨著肺葉的起伏在光波下伏動
像作曲的筆在深夜發著哮喘屙著旋律
唉，無論怎樣比喻月亮總是月亮
遙遠而冰涼，喚起許多病態的回憶

《美》

美在肌肉突露的手臂勾住尼龍衫下的柔軟腰肢
美在唇兒相碰時那一微米的間隙
美在「潑喇」擊響耳鼓卻從眼角溜走濺起水花的大魚
美在整座森林一動不動淋著喧響的大雨

美在昏黃的玻璃後藍色透明的窗簾微微顫慄
美在朝陽剎那間點燃向東的幾千面金閃閃的窗戶
美在淨水中的綠樹倒影在晴明的天宇
美在騎車而來的男子背後那雙雪白高跟鞋的尖底
美在深夜中永看不見的那只飛鳴的布穀
美在月光灑在四周深濃的樹蔭下懷中熟睡的情侶
美在隔河遙望一個屈膝坐在花叢中看不清面影的少女
美在胖乎乎的嬰兒像糖躺在小兒車的湯匙讓媽媽輕推過亮湖邊一棵棵
粗大的黑樹
美在白鷺鷥驀然驚起撲喇喇打破陌生人的沉寂
美在心中互相猜測時那探詢的默默對視
美在脫光衣服讓滑嫩的湖水滲進所有毛孔的舒服
美在睡意朦朧中聽見每一片綠葉吹響晨鳥脆亮的銀笛
美在山巒森林村道湖泊炊煙沉浸在露水洗過的靜謐
美在黃昏的大火鮮紅地和粼粼的水波最和諧地擁抱在一起
美在雪白的水鳥忽落進對岸碧深的林中倏然不見蹤跡
美在冬夜無人的小徑上鑽進鼻孔的一縷稍縱即逝的清香
美在遠隔塵囂被人類拋棄的孤獨
美在濛濛細雨等人不來的傘下長久的無語
美在獨自個兒散步身邊掠過一對緊緊擁抱親吻的情侶
美在夜深寒冷的枕上傾聽清醒地敲打階石的雨滴
美在尿脹時拚命宣洩後的無比快意
美在半邊臉眼睛明亮唇兒鮮紅半邊臉瞎子麻子疤子
美在星期天華麗絢爛的街頭一個蓬頭垢面的乞丐
美在年輕姑娘吐在地上的一小堆唾液的痕跡
美在成群的蒼蠅麻麻地綴在噴噴香的油餅上
美在粗獷的小野子互相詬罵著在一起打趣
美在廁所臭氣薰天的環境中創作構思天堂的意境
美在互相蹂躪後投入彼此瘋狂懷抱的陶醉
美在嬌豔的女郎細長的手指夾著香煙一枝
美在青年男子長髮垂腰長裙拖地身披花衣

美在毫無意義毫無道理

《Simile》

我在最黑暗的詩歌時代寫詩
我在詩歌最黑暗的時代寫詩
我在寫最黑暗時代的詩歌
我在寫最黑暗詩歌的時代
我在寫詩歌時代的最黑暗
我在寫時代最黑暗的詩歌
我在寫詩歌最黑暗的時代
我在寫最黑暗的時代詩歌
我在寫最黑暗的詩歌時代
我在最黑暗的詩歌寫時代
我在最時代的詩歌寫黑暗
我在最時代的黑暗寫詩歌

如此而已

　　請注意，最後三首乃吾三十多年前（即1980年代早期）寫於大陸。

清單詩（3）

　　時間還可以更上溯一點，到17世紀，那時，有一位名叫Robert Herrick（1591-1674）的英國詩人，就曾寫過一首二字詩，即每行僅二字。關於每行詩能減縮到幾個字，我要專門談，就放在以後吧。在我看來，他那首詩就是一首早期的清單詩，至少從每行二字這個形式上的角度來講是如此，英文如下：

Upon His Departure Hence

THUS I
Pass by,
And die:

313

As one

Unknown

And gone:

I'm made

A shade,

And laid

I' th' grave:

There have

My cave,

Where tell

I dwell.

Farewell.

我的譯文如下：

《悼亡人》

吾生

已逝

已去：

吾人

無名

無實：

宛若

幻影

無形

入土：

入墓

寓於

穴中

道聲：

珍重。

同一時期的英國詩人Christopher Smart（1722-1771）也寫過一首清單詩，很有名，寫他養的小貓每天都做些啥，英文原文如下：

Cat Bath[348]

She licks her neck.
She licks her nose.
She licks her legs.
She licks her toes.
She licks her tummy,
She licks back.

Then she rubs my leg
To ask for a snack.

我的譯文如下：

《貓澡》

她舔自己脖子。
她舔自己鼻子。
她舔自己腿子。
她舔自己腳趾。
她舔自己肚子。
她舔自己後脊。

跟著她磨蹭我的腿子
找我要東西吃。

好不好，自己鑒別去。不過，問問你自己，如果你是「詩人」的話，寫過這麼簡單的詩嗎？「簡單」？不屑為之？去你的吧，是不知道吧，不

---

[348] 原文見此：http://www.rcowen.com/PDFs/Franco%20Ch%2020%20for%20web.pdf

知如何為之吧?!中國詩人就是這樣的,眼界不開闊,讀的東西不多,知詩甚少啊!

清單詩(4)

　　說來話長,但不說長還不行。若論哪個國家的清單詩寫得最早,可能還要算中國,畢竟一個國家,一個民族,如果有五千年的歷史,那個國家就是屎,也比別的任何國家都拉得長,且不說別的東西了。儘管我最討厭中國人一上來就說:古已有之,但從拉屎這個角度講,我的確承認中國古已有屎、古已有之。西方的多黨民主制,中國人的屎拉得再長,今沒有之,古也沒有之。蘋果電腦也不是中國古已有之的。其他東西再長,又有個屁用,比如鞭炮,吵死人!

　　根據百度百科,《山海經》「是中國先秦重要古籍,也是一部富於神話傳說的最古老的奇書。」[349]只要看看《南海經第一》,就會發現,這不是一首極好的清單詩又是什麼?現僅舉前五段如下:

> 　　南山經之首曰鵲山。其首曰招瑤之山,臨於西海之上。多桂多金玉。有草焉,其狀如韭而青華,其名曰祝餘,食之不饑。有木焉,其狀如穀而黑理,其華四照。其名曰迷穀,佩之不迷。有獸焉,其狀如禺而白耳,伏行人走,其名曰狌狌,食之善走。麗[鹿/旨]之水出焉,而西流注於海,其中多育沛,佩之無瘕疾。
> 　　又東三百里曰堂庭之山。金[木炎]木,多白猿,多水玉,多黃金。
> 　　又東三百八十裡曰猨翼之山。其中多怪獸,水多怪魚。多白玉,多蝮蟲,多怪蛇,不可以上。
> 　　又東三百七十裡曰杻陽之山。其陽多赤金。其陰多白金。有獸焉,其狀如馬而白首,其文如虎而赤尾,其音如謠,其名曰鹿蜀,佩之宜子孫。怪水出焉,而東流注於憲翼之水。其中多玄魚,其狀如龜而鳥首虺尾,其名曰旋龜,其音如判木,佩之不聾,可以為底。
> 　　又東三百里柢山。多水,無草木。有魚焉,其狀如牛,陵居,蛇尾有翼,其羽在[魚去]下,其音如留牛,其名曰鯥,冬死而復生。食

---

[349] 見此:http://baike.baidu.com/view/11017.htm

之無腫疾。

清單詩就談到這裡。不想談了，去睡午覺了。

敘事詩還是敘思詩

　　懶得多說，先給一首我譯的美國詩人Edwin Arlington Robinson的詩「Richard Cory」如下[350]：

　　《理查・柯裡》

愛德華・阿林頓・羅賓森（著）

歐陽昱（譯）

　　理查・柯裡一進城，
　　就把街邊人看得目不轉睛：
　　他從頭到腳，派頭十足，
　　個子挺拔，衣冠楚楚。

　　他穿戴低調，人情味很濃，
　　一說「早安」，人們就怦然心動，
　　他走路的模樣
　　也神采飛揚。

　　他的確有錢，比國王還有錢，
　　養尊處優，讓人歆羨，
　　總的來說——大家都覺得，
　　能過上他那種生活，絕對不錯。

　　大家吃飯沒肉，麵包苦澀，

---

[350] 英文原詩見此：http://www.poemhunter.com/poem/richard-cory/

照樣幹活，等待光明的時刻，

一個安靜的夏夜，理查·柯裡

回到家裡，一槍打穿了自己的顱骨。

這是一首英語名詩，在中國寫論文的多，詩譯得不多，也是司空見慣的，沒什麼值得驚奇。不過，作為敘事詩，寫得很有味。內裡的故事，可以至少寫一個短篇小說了。

這裡，不妨把這首詩跟我的《富人》一首對比一下：

《富人》[351]

對一個富人

最大的懲罰

不是偷他

不是搶他

不是殺他

也不是作踐他

更不是嫉妒他

而是讓他

的寶貝兒子

成為詩人

好玩的是，他那首詩首發於1897年，我這首詩大約首發於2011年（之前是否發表，我已記不得了），之間相隔一百多年，他寫的是富人仇己，我針對的是仇富現象。

其實，不是只有敘事詩的，還有敘思詩。下面這首英國詩人Ted Hughes的「The Thought-fox」即是[352]，我的譯文（參見本書325頁）。

一首寫詩的過程詩，把思想和狐狸聯繫在一起，從只有一個想法，到成為一首整詩，用形象說話，一點點揭開，直到詩成為止，思狐兼濟，創意盎然。其間，我懷疑詩人很可能在自己腋下摸了一把，聞了聞他自己的狐臭，

---

[351] 參見本人詩集《詩非詩》。上海文藝出版社，2011年，第9頁。
[352] 英文原詩見此：http://www.richardwebster.net/tedhughes.html

所以有「騷熱」之感。

不是敘思詩，又是什麼？你說。

拉肯、拉金，還是拉精

Philip Larkin（Philip Larkin, 1922-1985）是英國詩人。我注意到他，是在1988年前後在上海讀研究生時。那時，我注意到英語愛情詩歌中有一種東西，是中國譯介的西方愛情詩中所沒有的，即性愛詩。大凡1949年以來中國譯介的西方愛情詩，基本上都是閹割了性器官的太監詩。乏善可陳、乏詩可陳。

1989年前後，我開始編選、編譯第一部《西方性愛詩選》，進入我視野的一首拉肯創作的詩歌，就是下面被我選譯的這首。我因為不在澳洲，沒有那本我後來漂流到澳洲才通過原鄉出版社出版的本子在手，好在電腦裡有，就直接從中copy了粘貼在這兒，你們先看了再說吧，其中還包括我當時的解釋：

《高高的窗戶》

當我看見兩個小鬼
猜出他在同她胡鬧而她
在吃避孕藥或戴避孕環，
我知道這是每一個老人

夢想了一生的天堂——
鐐銬和做作的姿勢推到一邊
像一架過時的康拜因收割機，
而每一個年輕人溜下長長的滑梯

溜向幸福，源源不斷地。我奇怪假若
轉回去四十年，是否人人都看我，
我曾想：那才叫生活；
不再有上帝，不必在黑暗中流汗

為了地獄和諸如此類的事，不必藏起
你對牧師的看法。他
和他那夥人都將溜下長長的滑梯
像血淋淋的自由小鳥。馬上，

沒有來詞語，來的是高高窗戶的思緒：
理解太陽的玻璃，
玻璃外面，湛藍的空氣，它什麼
也沒顯示，哪兒也不在，而且無窮無盡。

（詩人作於1964年，譯者翻譯於1985年，譯文後在武漢大學一家學生
辦雜誌發表，發表年代和刊名現在都已忘記——譯者2005年4月11日
星期一晚上在金斯勃雷記）[353]

　　2002年我的一本譯著《完整的女人》在百花文藝出版社出版。書中，我
發現了一個有關拉肯的祕密。據說此人一生未娶。其實這也無所謂，反正能
夠像解決吃飯問題一樣解決性的問題就成。關於他如何解決這個問題，該書
是這麼說的，我摘抄如下：

　　在詩人菲利浦·拉肯的遺物中，發現了他搜集的一大批色情雜誌，他
　　作為在性愛上自得其樂的詩人並不覺得有必要把這些雜誌銷毀。[354]

　　《完整的女人》作者格裡爾是個女權主義者，她對拉肯通過閱覽色情雜
誌，消費色情、解決欲望的做法，肯定是不讚許的。她作為女性，當然不懂
男性的生理需要和解決方式。對她這種女權主義者來說，世界上最正確的存
在方式，莫過於把男性全部閹割，這樣就不會再有性別歧視了。
　　拉肯一生豔遇無數，五十歲後，主要在三個女人中間周旋，大概格裡爾
的言下之意，是指責他不該有女人又看色情雜誌。對於這種批評，男人大可
不必當真。拉肯還為他的這些女人寫了不少「祕密詩」。以後有時間，我也

[353] 歐陽昱（譯），《西方性愛詩選》。澳大利亞原鄉出版社：2006年，pp. 109-110。
[354] 見安德魯·莫辛，《菲利浦·拉金：一個作家的生平》（倫敦，費伯&費伯，
　　1993），pp. 222, 234, 266-7, 307。原載歐陽昱（譯），格里爾（著），《完整的
　　女人》。百花文藝出版社，2002年，頁碼待查。

許會找來看看。

話說岔了，也說完了。但就Larkin的名字，我還想囉嗦兩句。十年之後，即2011年，《完整的女人》又在上海文藝出版社再版，但Larkin這個姓，我一直堅持未改，依然譯作「拉肯」，一是因為發音非常近似，二是因為極為討厭中國譯者把他譯成「拉金」。他當然拉不出金來。他豈止不拉金，他簡直就是拒金。1968年，他被授予大英帝國勳章，他卻謝絕接受。1984年，英國封他「桂冠詩人」，又遭他拒絕。聯想到國內那些得獎詩人的嘴臉，就連帶著連他們的詩歌都不想再看了。從這一點上說，他的譯名真可叫做「拉不肯」。

他倒是為那些譯了他卻並不敢譯他性愛詩，也不知道他有長期看色情雜誌，特別喜歡逛色情書店，專看女學生被藤條抽打圖片（他在私信中大談看色情後的感受，殊為直露）[355]習慣的譯者帶來了翻譯稿費和名聲，對他們來說，拉金的確是拉金，為他們拉金、屙金，但對我來說，如真要較真，我看不如把他譯成菲力浦·拉精更貼切，更直觀，也更過癮。

反的

肥與瘦、靜與鬧、大與小，這一切，東西方都是倒著來的。比如，前面介紹的那首詩《理查·柯裡》，描寫他長得「imperially slim」。這個「slim」是苗條的意思。在中國，苗條是女人的專用詞。穿瘦身褲，是為了苗條。說人家顯瘦，也是說她苗條。斷無說一個男人苗條的，除非有同性戀傾向。我教的一個本科班的女生，在一篇英文小小說中，把一個男子形容為長得很「pretty」（漂亮），我就這麼評論過她的用詞不當，其他女生都笑了起來。

英文中說男的長得「苗條」，是說他長得細瘦高挑，故我譯成「挺拔」，還暗指他有錢有閒，經常運動，到處周遊，身上沒有一處閒肉，不像那些沒錢的窮人，無處可去，坐在家裡看電視，吃薯條，喝可樂（其實是喝可憐），肥頭大耳，白胖如豬。肥，在西方發達國家，往往是窮的同義語。而苗條，這個女人詞，在英語中就像男女共用廁所，是可以共用的，用來形

---

[355] 參見此篇英文文章：http://www.independent.co.uk/arts-entertainment/books-mr-miseryguts-philip-larkins-letters-show-all-the-grim-humour-that-was-a-hallmark-of-his-great-poems-but-as-the-years-pass-they-also-chart-the-true-depths-of-his-misanthropy-and-despair-1558190.html

容有錢男，再恰當不過。

　　那首詩裡，形容理查穿衣戴帽的狀況時，說了這麼一句：「he was always quietly arrayed」，其中那個「quietly」，本意是「安安靜靜地」，「不事張揚地」。這個字，讓我想起兩件事。我因工作關係，認識一位澳洲的華裔國際經理，已年過半百，有一天他跟我講，以後不再想希圖升遷，只想做個「quiet individual」。這兩個字，讓我好想。從字面上看，無非是從今往後，安安靜靜地過日子，但加了一個「individual」（個人），就不太好懂，實際上是說，他要不事聲張，安靜做人。

　　另一件事，與法庭有關。在澳大利亞這個英語國家，中國成語「聲如洪鐘」可能不是褒義詞，甚至帶有貶義，一個中國人所到之處，都能聽見他的洪鐘之聲，炸人耳聾，實在令人不爽之至。這是其一。其二，一個有威權的人，如法官，講話是不必提高嗓門的。以我在澳大利亞法院工作的情況看，幾乎所有的法官講話都像蚊蟲嗡嗡，語速又快，難以聽清，只有聚精會神，尖起耳朵，還不能打野，才有可能聽個大概。這個道理很簡單：我講話，你細聽，我沒有必要為了人人都聽清而大聲放慢，你卻有必要為了聽清而集中精力，因為我是至高無上的，你卻是至低無下的。明白了這個道理，也就明白了，在法庭這個地方，法官是人重言輕的，哪像在中國，老師講課，學生在下面看手機的有之，發短信的有之，講小話的有之，掏鼻孔的有之，摳腳趾的有之，自由啊，在中國，小民自由，無所不為，所以要聲如洪鐘，氣壯如牛，唯恐人家聽不見，但聽見了還是個還，一個耳朵進，另一個耳朵很快就出了，比射精還快。

　　所以說，人家穿衣是「quietly arrayed」，也就是那種穿衣方式不是聲如洪鐘、花哨喧鬧式的，而是「安安靜靜」的，就像吃飯，不是張牙舞爪，一片狼吞虎嚥的上牙咀嚼上牙之聲，而是靜得連嚼食一顆米飯的聲音都聽不見。這是高雅，而前面那是低俗。所謂俗，是人字旁，左邊一顆穀子，吃穀子的人，俗人。滿嘴噴飯、噴糞。

　　當然，活在這兩種絕然相反的文化中，兩種我都能接受，都能容忍，都能理解，也都能淡定處之、身體力行之。

　　至於說到大和小，一下子就能想到很多故事。且說三個。有一年，新西蘭總理海倫‧克拉克抵澳訪問，下飛機時，隨行人員僅二三，也無人幫她拎包，她自己可憐巴巴地拎著自己的包包，走向鏡頭，給我留下難忘的印象。我說「可憐巴巴」，是順著時下大陸人的口吻說的，其實，我很贊同她的這種平民作風。

澳洲總理霍華德落選那年，電視中在他親民街訪之時，打了一個現場鏡頭，只見一個80多歲的老頭，走到霍華德面前，用手指著他的鼻子說：I don't like you。（我不喜歡你）。要在中國，此人不僅近不了總理身前，早就被警衛擋在十萬八千里之外，即便讓他近前，他也只能有說謊話的份，而無吐真言之膽。記得霍華德當時聳聳肩膀，兩手一攤，狼狠地一笑，說：Then I can't help it。（那我也沒辦法）。說著繼續往前走，好像啥事也沒發生的一樣。一周之後，大選結果出來，他就落選了。可見一個小民，其所道出的心聲，在很大程度上，反映了大面積的民意。

　　還有一年，一個澳洲白人報紙編輯很喜歡我的「Fuck you, Australia」（《操你，澳大利亞》）一詩，把該詩在其報發表後，因為沒稿費，就請我喝酒。我們先到一個地方喝啤酒，後轉戰別地，到另一個地方喝咖啡。我剛進去，就發現後面進來兩個女的，一看，竟然是時任國民黨總裁的Natasha Despoja女士本人和她的一個什麼隨員吧，沒有保安，也沒有前呼後擁的一大批人。我很激動，因為看見了一個總在電視上看到的名人，忙告訴那位編輯，誰知他冷冷地、不屑地說了一句：Who cares? I'm not interested。（誰在乎呢？我不感興趣）。我再看看周圍，竟沒有一人站起來與之打招呼，連注目禮都沒行，不是繼續喝咖啡，就是繼續喝啤酒。

　　近看微信發來的美國駐華大使駱家輝的一篇文章說，他來中國出任大使，本以為回到了他之根的祖國，結果發現，這個根早已爛掉。他援引了很多例子，其中最著名的是他坐經濟艙和把孩子送進貧民學校一事，說是遭到很多大陸人的嘲笑，甚至譴責。你要問我，我肯定站在他那邊，我認為他是對的。原因還用得著多說嗎?!

　　在《理查‧柯里》這首詩中，有位我教的研究生對「And he was always human when he talked」這一句詩中的「human」一字表示不懂。我告訴他，這是指「人情味」，即他跟人講話時很富有人情味，沒有居高臨下之感。我舉了一例說，在西方，位居高位者跟普通人交流，既願意被人扯去照相，也能平等地與之交流，不像在中國，就連駕了一部汽車，也似乎高人一等，無視就在面前的你，而橫衝直撞過來。記得三十多年前，我在渥太華，從總理府前經過，被人指出，前面大門裡面那個正對我們招手打招呼者，就是時任總理的瑪律羅尼。他左近也未見如臨大敵的警衛保安。

　　肥與瘦、靜與鬧、大與小，這一切，東西方都是反的。還有更多反的事例，以後容我慢慢敘來。

發送

半夜要睡覺時，一個女詩人給我博客發來一個紙條，什麼都沒有，只有她的通訊位址和QQ號碼。

我一看就明白，這是她要我給她寄我最近出的一本英譯詩集，其中收了一首她的詩。

可是，她難道就忙成這樣，連說一個「請」或「謝謝」都沒時間？

我一看就生氣，於是回了一個紙條說：你自己找他們，我的工作到此已經結束。你們可以注意到：我沒有用「請」字，這是故意的，因為要在平常，我肯定是用的。

拉了燈躺下後，我越想越生氣。又爬起來，回了一張紙條，是這麼說的：「補充一句，直言相告：對連謝謝都不肯說、都不會說的粗野之人，我沒有任何好感，也不會做任何事。」

按了數次「發送」，也沒發送出去。又通過電子郵件發，還是沒有發出去。但我明天無論如何也要發出去。要讓這個女傢伙知道：我不喜歡這種粗魯無理，而且肯定也是以無理來對待粗魯無理的。

選詩

我要說的是另一種選詩。2004年春天，我去瑞典斯德哥爾摩大學英文系講學，主持人是Claudia Egerer教授。一般人介紹主講人時，先要介紹一下其背景情況。這是常態。有時是把我發去的個人小傳念一遍，有時因為沒帶，就搶著在開講之前問一下我，這樣介紹時還會出點小錯，也是在所難免的，就不去提它了。

Claudia與眾不同的地方在於，她介紹時，從我見面時剛剛送她的一本英文詩集*Two Hearts, Two Tongues and Rain-coloured Eyes*（《雙心、雙舌和雨色的眼睛》）中，挑選了一首朗誦了一下。這很令我意外，也很感動。在我外出講學中是第一次，說明其人做人細心、溫馨。

時隔十九年（撰寫此篇時，已經接近2013年年尾），我已不太確切地記得，她選的是哪首，手上又無原本，把電腦中的最後交稿版過了一遍之後，約略覺得應該是下面這首，同時還給她發了一封電郵，期望她能告訴我是哪首：

《威廉大街的東方女郎》[356]

我每一次走過你的身邊
都看見你黑夜的肌膚
和雨色的眼睛

我姍姍來遲的想像
從你高跟鞋的三角形中穿過
仰望長統襪的天空

我幻想在一個瘋狂的時刻
將你買去
剝去你黑夜的皮膚

在你雨色的眼睛裡
尋找我靈魂的
註腳

　　說到「註腳」，詩人就是詩歌的最佳註腳。詩人若還在世，最好能趁一息尚存之機，補上這個闕如。根據記憶，這首詩寫於悉尼的威廉大街，那是一條一到晚上就燈紅酒綠，遊人如織，車水馬龍，同性戀、雙性戀、站街女齊集的大街，我在那兒踟躕良久，躊躇數度，始終下不了決心，把那個美麗的站街女暫時地「娶」回自己下榻的飯店，最後以詩代性，寫了這首。

　　依然時隔十九年，但不在斯德哥爾摩，卻在浙江的台州，發音是輪胎的胎、打胎的胎，做了一個關於莫言的發言。主持人也是女的，副教授，姓西，據她講，這是一個很有歷史淵源，跟皇族有關的姓氏，因遭迫害而四處遷徙，往西走的姓西，往南走的姓南，故有此姓。她開門見山，一上來就念了我一首詩，說是從網上找到的，可見是個有心人，又讓我想起了瑞典的Claudia，是我二十多年詩路漂泊旅程中的第二人。她念的那首是《真好》[357]，如下：

---

[356] 這首詩的英文原詩見於 *Two Hearts, Two Tongues and Rain-coloured Eyes* 詩集，2002年由悉尼野牡丹出版社出版。後又自譯成中文，發表在2012年墨爾本Transit Lounge出版社出版的 *Self Translation*（《自譯集》）中。

[357] 後於2012年收入伊沙編選的《新世紀詩典》中。

325

黃昏十分
從北大街走過時
我看見一女
在奶一個孩子
一副很舒服的樣子
我看見她半露的
飽綻乳汁的乳房
也覺得很舒服
那時，人們熙來攘往
沒有一個人對她注意
我想起，在澳洲
女人當眾露乳喂孩子
是法律所禁止的
看到她與孩子陷入的
那種癡迷狀態
我不覺暗叫：真好！

　　如果給這首也加一個註腳的話，那也不妨說一下，這是我2011年8月參加青海湖詩歌節後，造訪西安，一天晚上吃過飯後在西安大街上蹓躂著走回飯店時，根據所見實情所寫的一首詩。誰知當晚在長安詩歌節上朗誦時，讓伊沙一聽即拍手叫好，額手稱慶，先選發在他的網易微博上，後收在詩集中。

　　最近，我去武昌理工學院講學，帶了一大堆我的《詩非詩》送人。兩次講座介紹，都沒有發生這種以詩開頭的奇跡，倒是在晚宴時，有幾個當年的大學同班同學赴宴，都是學英文出身的。席間，我自告奮勇地建議給大家朗誦一下，就把送他們的書拿過來，讀了一首，效果可想而知，是不佳的，這從他們沒有反應的木滯的目光中清晰可見。對幾個二三十年如一日不讀詩不看詩，只做生意或只搞行政管理工作的人來說，一首詩的突然降臨，肯定還不如一隻蚊蟲的嗡鳴。蚊蟲嗡鳴，還能提起大家的警覺，怕被喝血。詩歌的嗡鳴，只能讓人無語。我當即決定，不再續讀，給自己下了一個臺階地說：這樣吧，你們隨便翻翻，如有可讀之詩，挑出來我就給你們讀。

　　搞行政和做生意的同學沒讀，繼續喝他們的酒或茶，倒是另一個喝勁酒的同學，還真的很認真，低著頭在看。末了他說，這兩首不錯，說著把書遞過來，讓我讀《片段》和《六月》。我一看，立刻大贊，說這兩首選得

真不錯，他很有眼光，連我自己都感到驚奇，早就忘掉了，云云。先將《片段》[358]放在下面：

> 再過若干年
> 坐在這兒抽煙的這個人
> 就再也不會坐在這兒了
> 這片照在這張紙上的陽光
> 也不會透過樹影照在
> 這張正在寫詩的紙上
> 不會有人為他豎碑
> 這些水一樣
> 向各個方向移動的人
> 還會繼續向各個方向移動
> 但不一定會是同樣的人了
> 甚至很可能一小時之後
> 一分鐘之後
> 這個人就再也不會坐在這兒了
> （事實上，他坐在自己家裡
> 把那張紙敲打成詩）

　　現在讓我不打詩招一下。這首詩作於何年何月，因我在上海，而不在墨爾本，無法查證，但肯定寫於悉尼，好像是在World Square附近一張長椅上。看著那些來來往往的人，那只要開關打開，就一直噴湧不止的噴泉，我忽然來了詩興，便找出白紙和筆把感覺寫了下來，這是在我就要離開悉尼之時，過後，等到我在「家裡」打字時，已經過了若干小時，回到了我在金斯伯雷的家中。

　　第二首詩，即《六月》，就在下面：

> 記憶中
> 哪年六月都沒有今年這樣慢這樣冷
> 什麼東西都在死去

---

[358] 該詩詳見我的《詩非詩》，上海文藝出版社2011年，第98頁。

想起來黃昏清亮的蟲鳴還是昨天的事
想起來在樓頂一起聊天望月還是昨天的事
想起來做愛時床的一吱一呀聲也還是昨天的事
在這個寒冷的六月
一切都讓人意識到時間緩緩的流逝、流失、流矢
蟲死了
月死了
愛也死了
寫詩的人被時間掏空了記憶
緩緩地
進入時間

　　這首詩，也因人在上海而無法查證具體寫作時間，但寫于金斯伯雷卻是無疑的。

蘄州

　　蘄州是個小地方，但很大，主要是因為產生了李時珍。這次在武昌講學，星期六沒事幹，同學問我想去哪裡。黃州是我故鄉，不想去，因為親人一個都不在世了。朋友說：蘄州怎麼樣？

　　一聽蘄州二字，我來勁了。那地方很小，小得就像四十多年前，我還是個15歲（也可能才十二三歲）的挺奶仔（teenager），去看我爸爸時，他住的那個地方。記憶中有個樓梯拐角，人進去時，頭得往旁偏一下，往下低一下，裡面像個窯洞，黑而暗。除了這個記憶，別的什麼都不記得了，不記得為何去看他，為何在蘄州，怎麼去的，又怎麼回的。

　　在籠罩一切的大霧霾中行車將近兩個小時，還沒有從霧霾中出來，到了蘄州，算是到了霧霾的尾巴，總算能呼吸到些微新鮮空氣了。聽說這個地方曾經脫貧，但地方領導又把貧困縣爭取回來了，大概是這樣可以弄到經費。說是貧困，的確貧困，外表上都可以看得出來，用「凋敝」二字即可概括。城裡沒有鮮亮的外表，只有腐爛的紅磚牆，堆滿垃圾的樓頭，以及全部照進我相機的陋巷、陋象。不必細述，用一句「這地方看上去好像還停留在上個世紀八十年代」就基本能夠總括。

朋友的朋友在當地一家化工廠，為我們準備了豐盛的午餐，有九孔藕（別地的藕祇有十二三孔），有佛手山藥（別地的是鐵棍山藥或長得像粗筒子的山藥），有醃薑，還有其他吃了就忘的東西。倒是外面那座矮矮的江堤，看上去頗似家鄉黃州的矮堤，江上被霧霾俱鎖，也無甚可看。看了一下，就很氣悶地打道回府。

這跟詩有什麼關係呢？當然有，否則就不會寫。

午宴時，我給赴宴的書記、總工和主任一人送了一本《詩非詩》，這三人對詩歌表現各異。吃飯時沒人理會那三本攤在玻璃茶几上的東西。吃完後，主任沒有參加我們的繼續談話，而是走過去拿起書，在木沙發上翻看起來。我以為他會說什麼，但他什麼都沒說。飯後送我們走，到大門邊，我提議合影留念，大家便排成一排，他仨一人一書，舉在胸前，最好玩的是書記拿書的樣子，三根手指，分別是食指、中指和無名指，扣住書的下部，中規中矩地進入了畫面，一下子令我想起了文革時期對所有人拿小紅書提出的要求：必須用三指扣住該書，放在心口，表示「三忠於，四無限」。只是現在書記的舉法，不是放在心口，而是放在肚臍眼上。

我很想知道他們其後是否有時間看我的東西，又對我這個「歐陽作家」（書記對我的稱呼）有何看法或想法，但從今往後，估計不可能再與之見面，那就絕此念想了吧。等於白送三本書，幸好沒有簽字，沒讓他們在等我死的過程中等得焦急。

父親的遺產

父親不是詩人，我從小長到大，直到出國之前（已經三十六歲了），家裡從來沒有過詩人，父親沒有詩人朋友，我也沒有，但父親喜歡詩卻是真實的、真切的。有一年他臥病在床，我陪著他，他竟給我如數家珍地背誦起他喜歡的唐詩來。這個細節，我想我是寫進了我的英文長篇小說The Eastern Slope Chronicle（《東坡紀事》）裡。我之喜歡唐詩，必於此有關。

還有一年，他給我說起了幾個聞所未聞的詩歌改詞的段子，聽得我如癡如醉，暗暗記在心裡，逢友便講，頗能解悶。

今天，我照舊大睡午覺，什麼電話都不接，反正也沒有電話，一睡就是兩三個小時，這是我在上海任教以來養成的一個善習，也來自一個人到晚年時得出的結論性認識：無論寫多少東西，無論發表多少書，無論多麼努力，

永遠不會得人賞識，不會拿諾貝爾獎，不會得中國或澳大利亞的任何大獎，這樣一想，反而輕鬆很多。想寫就寫，不想寫就不寫。

　　躺下兩個多小時候醒來，腦子裡就冒出了一首詩，跟著就是那首詩拿掉一個字後變成的詞，翻來覆去了好一會兒，覺得還是把它寫下來，即便別人不看，自己看也行，畢竟那是父親給我留下的遺產。想到這兒才想起，父親走後，沒有給我留下任何其他有形的物質財富，此為他留下的唯一一份遺產。該詩是王之渙的《出塞》：

> 黃河遠上白雲間，
> 一片孤城萬仞山，
> 羌笛何須怨楊柳，
> 春風不度玉門關。

　　據父親說，後人曾拿掉其中一字，即「間」，就變成了一首同樣給力的詞，如下：

> 黃河遠上，白雲一片，孤城萬仞山；羌笛何須怨，楊柳春風，不度玉門關。

　　父親又講了一個段子，80年代，還沒有段子的說法，但依照現在的市井語言，這應該也算是個段子，端的是說有對戀人來到河邊，男的想送女的一把扇子，並讓賣扇的人在上面題一首詩。賣扇人就寫了起來：東邊一棵柳樹，西邊一棵柳樹，南邊一棵柳樹，北邊一棵柳樹。寫到這兒，男的看得不耐煩了，就說你這人怎麼這麼不會寫詩，再這麼寫下去，還有完沒完。賣扇人也不答話，便大筆一揮，寫了下面一句，頓時死詩活轉過來，完美無缺到令人咋舌的地步，全詩如下：

> 東邊一棵柳樹，
> 西邊一棵柳樹，
> 南邊一棵柳樹，
> 北邊一棵柳樹，
> 任你千絲萬縷，
> 拴不得郎舟住。

父親說：這狗日的，寫得真好！父親稱讚他極為欣賞的詩人或詩歌時，就會用罵人話來形容。我後來發現，一篇東西如果寫得極好，沒有什麼比罵人話更能代表一個人的欣賞心情的。這，也是父親的一個遺產。

這裡說點題外話。我大學畢業後，在三峽工程的主設計單位當翻譯，一年後，無論大小外事活動，都由我獨當一面地參加，譯得好壞與否，不能自己吹噓，但有事實為證。一次翻譯完畢後，加拿大的一個工程師說了一句，我現在還記憶猶新。他說：You did a damned good job！此話若直譯成中文，應該是：你他媽的譯得真好！我當時還很好奇地問他，你怎麼稱讚人時用罵人話？他跟我解釋說，damned一詞實際上是讚美之語，只有做得非常好時才說。

這又讓我想起，我的一個澳洲華人作曲家朋友Julian Yu曾不無驕傲地告訴我，他有一年跟美國作曲家Leonard Bernstein（列昂納德・伯恩斯坦）合作搞一個Master Workshop，伯恩斯坦結束時對他說了一句：You are a fucking genius。譯成中文便是：你他媽屍真是個天才！能被人罵到這個份上，那真是無上光榮。我所讀過的中國搞文學的人中，沒有一個能夠得上讓我這麼罵的。我不屑於罵，連說都不想說。外國只有一個人可以讓我這麼罵一下，那就是用法語寫作的羅馬尼亞人Cioran（蕭沆）。

詩彈簧

最近讓我教的研究生們翻譯特德・休斯的一首名作「The Thought-fox」[359]（《思狐》），提到了英文詩歌中的一個「彎管子」現象，我稱其為「詩彈簧」。所謂「彎管子」，是當年湖北人譏諷省委或省軍區大院那些高幹子弟講的一種混雜著武漢地方話的普通話，沒法用文字敘述，只能親耳聽見才知道是個什麼味道。我稱之為「詩彈簧」是因為，要透徹理解英文詩句，不是逐字逐句翻譯就能夠解決的，有些時候，需要把彈簧一樣的詩句，一行行扳直，弄清了裡面的內在關係之後，再下譯筆。

休斯這首作品「The Thought-fox」中，至少有兩處需要做如此善後處理，其中一段這麼寫道：

---

[359] 該詩原文見此：http://www.richardwebster.net/tedhughes.html

Something more near

Though deeper within darkness

Is entering the loneliness:

此句如果順著譯，就會像某些學生那樣，譯成下面這樣：

某個東西更近了

儘管在更深的暗處

正在進入孤獨：

實際上，這是遠遠不夠的，需要把這個彈簧給它扳直，成為這樣一段散文：

Something more near, though deeper within darkness, is entering the loneliness:

譯成中文便是：「某個東西正在黑暗深處，靠得更近了，正在進入孤獨」。

這麼扳直處理一下之後，再來回車幾下，就能還原該詩，如下：

某個東西正在黑暗深處

靠得更近了

正在進入孤獨：

另一段亦需作如此處理的詩句如下：

… and warily a lame

Shadow lags by stump and in hollow

Of a body that is bold to come

此句不作扳直彈簧處理，勢必譯成下面這樣：

……小心翼翼地，一個跛

影慢騰騰地走過樹椿和窪地

一個肉體大膽地走來

實則不然，先把糾結的英文扳直看看：

　　… and warily a lame shadow lags by stump and in hollow of a body that is
　　bold to come…

這樣看還不太清楚，還得經過二次處理，成這樣：

　　… and warily a lame shadow of a body that is bold to come lags by stump
　　and in hollow…

也就是說：「一個敢於大膽過來的肉體的跛影小心翼翼，慢騰騰地走過
樹樁和窪地……」。
　　再通過回車，處理成詩歌：

　　一個敢於大膽過來的肉體的跛
　　　影小心翼翼，慢騰騰地
　　　走過樹樁和窪地……

　　最後你要問了：幹嗎把「跛」和「影」切斷分開？道理很簡單，這是英
文詩歌中最常見的斷句法，不順利地說「跛影」，而故弄玄虛地在「跛」後
割斷完整的句子，把「影」放在下一行的句首，就像開車開到「跛」這個街
頭，已經無路可走，必須右轉或左轉，那才是柳暗花明又一「詩」，這詩才
有嚼頭，否則就太平鋪直敘了，還不如乾脆寫散文拉倒。

猜

　　最近碰到一個自稱寫詩時間不超過十幾天的女詩人。據她說，她寫的詩
直白，不事修飾，但在微信上「發表」後，被其他那些所謂「懂詩」的人貶
斥、鞭笞，其中被援引得最多的一個原因就是，詩不是這樣的，大凡真詩，
都是需要猜的，不能一看就懂。

又是他媽的猜！就是這個猜字，害死了當代中國詩歌，也害死了當代的澳大利亞詩歌。這個猜字的罪魁禍首，就是朦朧詩，被人猜到今天，也沒有猜出個名堂來，一輩子朦朧下去，下幾億輩子也要朦朧下去了。願意猜的人不妨繼續猜下去，我呢，對其只用一個字：踩！

我在一篇英文文章中談到，[360]澳大利亞詩壇有個怪圈，東西寫得越難懂，就越被那些霸佔文壇的詩歌編輯，特別是女編輯看好，被奉為詩歌的上品、商品，可在詩歌領域中流通的上品、商品。為此，我專門寫了一些特別難懂，特別晦澀，特別不真實的作品，結果如願以償，輕易被發表。我當然不能告訴你我是怎麼玩的，但我可以告訴你的是，寫這種東西實在是太好玩了，簡直易如反掌。

她們、他們喜歡競猜，那就讓他們、她們競猜下去好了。這種東西，跟心靈無關，跟靈魂無關，跟沉思無關，跟哲理無關，只是一種求取功名的玩法，該玩的時候，老子還是會跟你玩一把的，只不過證明它的空洞無物之後，我就不會再繼續玩下去了。

你們繼續猜，我呢，繼續踩！

隱喻

最近一個詩人，把一首詩給我看，說他自己很欣賞，裡面用的都是隱喻。我看後不言，也並不欣賞。但據旁的詩人朋友講，他這種充滿隱喻的詩賣得很好，可見在我們的詩歌市場中，隱喻是大行其道的流通詩歌貨幣。

我厭惡隱喻已經有年了。我厭惡形容詞，也已經有年了。說簡單點，這是因為我不是一個靠詩歌發財出名得獎的詩歌商人，用不著拿這種流通貨幣去做詩歌生意。再說簡單點，我不相信用隱喻去化妝詩歌有什麼意義。詩歌應該有智慧，有知識，有智巧，但它最應該有的是真情、真心，一穿起形容詞的華服麗裳，一用隱喻把詩歌濃妝豔抹起來，這詩歌就只能是那些玩詩歌的狗日的孤芳自賞的東西，一般老百姓連碰都不想碰，把書塞到手中，就像外面發傳單一樣，轉手就被扔掉。

所以，我對那個只寫了不到兩周的女詩人說：詩歌應該卸妝，中國詩歌

---

[360] 參見該文：'Ways of Writing, Reading and Translating: genre-crossing in the 21st century'，發表在澳大利亞網刊*Peril*：http://peril.com.au/back-editions/edition14/ways-of-writing-reading-and-translating-genre-crossing-in-the-21st-century/

尤其要卸妝，中國女性詩歌更要卸妝！

「非誠勿擾」節目上為何男性牽手之前要看「素面朝天」的女生像？道理簡單得不能再簡單：他們要看真貨，不要那些打扮得不知肉高皮厚，美得像假的東西。

所以我說，我要的是素面朝詩，不要隱喻。讓那些詩商人繼續靠這種流通貨幣大賺詩錢吧。

多年前，曾在一個地方看到，有些民族和文化的詩歌，是不用隱喻的。我相信這種不事隱喻的合理性，正如我相信，開口罵人時，是用不著隱喻的，比如說：操你個豬頭！用英語來說，兩個字就夠了：Fuck you！（操你）

惡

曾有一個練法輪功者跟我說，中國是一個邪惡抬頭，邪氣上升的地方，到了這樣一個地步，回國一下飛機，眼中所見的一個個人，都圍裹著一團黑霧，他們自己並看不見，只有練功之人的火眼金睛可以識別。

那在澳大利亞呢？我問。

這個地方的人沒有這種「業力」圍裹，他說，因為這兒風清弊絕，天空是藍的，空氣是純淨的，人心是向善的。

他說這話距今，至少也有十年了。十年後的中國，情況較前似更嚴重。人走動時有沒有業力圍裹我不知道，也看不見，但整個國家幾乎所有的大城市都被業力包裹，卻是每日必須面對的事實。他們把這個叫做霧霾，簡稱霾。回頭想那人說的話，實際上他們被裹的不是「業力」，而是霾，說得好聽點是人氣，說得難聽點，就是人霾。

往深裡說，它不僅是人霾，更是心霾。在人心大壞的時代，老人倒地無人救助，嬰兒被碾視而不見，不到法定年齡的人可以強姦，早就過了法定年齡的人可以無限縱欲，如包養情婦多達140人的貪官。[361]

鑒於這樣一種惡霾籠罩天地，深入人心的普遍狀態，沈浩波寫出《心藏大惡》[362]也就不足為怪了。詩人不是什麼不食人間煙火的妖怪。他要是天天跟一群豬玀在泥坑裡一起泡澡，他決不可能出污泥而不染，這種惡必將抵達

---

[361] 參見《史上包養情婦數量最多的貪官：140餘名包括一對母女》：http://news.ifeng.com/history/zhongguoxiandaishi/detail_2013_07/22/27751266_0.shtml
[362] 沈浩波，《心藏大惡》，大連出版社2004年出版。

其心的根部，必將其心染至黝黑、深黑、爛黑。

　　但是，悖謬的是，吊詭的是，如果你是詩人，你又有一個跟別人，比如那些縱欲無度的B官不同的地方，那就是你必須求真，你必須毫無遮掩、纖發畢露地揭示這種心靈的黑暗，其鏡面便是現實，每個人的心理現實，這，就是他那首小詩所要揭示的。那首詩讀來非常令人不爽，如下：

　　《乞婆》[363]

　　趴在地上
　　蜷成一團
　　屁股撅著
　　腦袋藏到了
　　脖子下面
　　只有一攤頭髮
　　暴露了
　　她是個母的

　　真是好玩
　　這個狗一樣的東西
　　居然也是人

　　《延河》該期（2013年第9期）中，無論眾人的解說和批評，還是沈浩波本人的自衛和辯解，都不能讓我滿意。正如豆瓣網上一位名叫「唔裡哇啦」的成員所評論的那樣：「《一把好乳》的意義比其本身來得過癮，《致馬雅可夫斯基》是本人最喜歡的致敬作品，沈浩波這個惡人，其實只是血性十足」，[364]沈浩波這個「惡人」，把人類殘忍之惡推到了極致，以「好玩」一詞作結。這是絕對藝術家的態度，這跟日常的道德評判無關。可以這麼說，那些道德評判者如果面對此情此景，絕對不會產生一絲一毫的惻隱之心，連多看一眼都不會，連丟一個子兒都不會，即便偶爾入詩，也只會假惺惺地悲天憫人。只有在惡霾掩蓋一切的時代，只有在心霾滲透到社會每一個

---

[363] 參見該詩，原載《延河》，2013年第9期，87頁。
[364] 參見：http://book.douban.com/subject/1763808/collections?start=20

細胞的今天，才有「惡人」的詩人寫出這種詩來。它讓我們看到了一口詩歌唾沫，旋即以「好玩」化解，每個人對痰照鏡，只能照出每個人自己的心靈。說什麼都沒用，虛偽地妄下道德評判，除了說明自己的虛偽，什麼都不能說明。

《乞婆》的確很噁心，很讓人噁心，惡、惡，罪惡的惡，兇惡的惡，窮凶極惡的惡，心藏大惡的惡，亞乎心上、亞於心下之惡，藝術之惡，它同義大利藝術家Piero Manzoni（1933-1963）把自己拉的屎分裝90個罐頭盒，稱之為*The Artist's Shit*（《藝術家之屎》），[365]美國藝術家Andres Serrano（生於1950年）用自己每日攢集的尿，把基督十字架受難像泡起來，做的裝置作品*Piss Christ*（《尿基督》），[366]法國畫家Marcel Duchamp（1887-1968）1917年企圖展出，但被法國獨立藝術家學會拒絕接受，命名為「泉」，用男性尿池所做的藝術品，[367]美國畫家、雕塑家Jeff Koons（生於1955年）創作，[368]表現男女造愛，赤裸裸地展示了男根插入女陰，一半出露在外的*Made in Heaven*（《天造地設》）雕塑作品系列，[369]歐陽昱1990年代初所寫的英文詩「Fuck you, Australia」（《操你，澳大利亞》等絕對會被假道學者斥為大逆不道、大詩不道、大藝不道的作品，具有異「惡」同功之妙。

在商言商，在詩言詩，在藝術，我們只言藝術。

惡、惡，惡作劇之惡，惡作詩之惡，惡作藝術之惡。

今後，那些道貌勃然（我錯了，是岸然嗎）者，你們不需要揚善除惡，你們只需要揚善除詩就行了。

詩人

「詩人，」我聽見你說。「是人品、人格、性格等都有問題的一種人。詩歌的產生，跟他們的這種人品、人格、性格缺陷有很大關係。這些人不學無術，只學有詩，動輒發怒，或遷怒於人，沖著名聲大的發難，為的是吸引別人注意力。不要把這些人太當回事。有詩就好了，有好詩就更好了。」

---

[365] 參見：http://en.wikipedia.org/wiki/Artist's_Shit
[366] 參見：http://en.wikipedia.org/wiki/Piss_Christ
[367] 參見：http://en.wikipedia.org/wiki/Fountain_(Duchamp)
[368] 關於他的創作見此：http://en.wikipedia.org/wiki/Jeff_Koons
[369] 其中片段見此：http://lynnandhorst.blogspot.com/2012/04/any-body.html

我聽見你說。

形容詞

前面曾經談到，我不喜歡形容詞。後來想到，這是多少有點來歷的。早年，在父親影響下，讀了不少古詩。今晨大便時，兩句詩突然鑽進腦海：「雞聲茅店月，人跡板橋霜。」記得這是父親最喜歡的兩句，總愛在我面前念叨，說如何如何好。

58歲的我再想到這兩句時，父親早已不在人世。否則，我會問他，究竟怎麼個好法？

我也覺得好，不光是好在他還健在的那個年代，清晨都能聽到雞聲，鄉村裡沒有茅店也有茅房，與幾千年的古代，還有著那個雞犬相聞的連續性，更好在這樣的詩句中，沒有借用一個形容詞，哪怕譯成當代漢語也沒有：雞在月光下的茅店叫了，打霜的木板橋上印著行人的足跡。

是的，不得不用三個「的」字，但都是必不可少的限定詞，而非形容詞。當代詩歌要想呈現詩歌的真身，必須卸妝，拿掉可有可無的形容詞口紅和睫毛膏。

父親，我想你是會同意我這個看法的，對嗎？

卡瓦菲斯

我從來不看過任何人中譯的卡瓦菲斯的詩，因為我不相信，假道學的中國譯者會去翻譯他的那些同性戀的詩。我希望我被證明是錯誤的，現在就上網去查一下。果不其然，在網上這篇宮寶龍研究他詩歌的文章中，《時間中的裸體與風骨：卡瓦菲斯情詩、歷史詩研究》，[370]雖然談到了他的性愛詩，但沒有看到那些我覺得特別性感、也特別露骨的好詩。為了讓可憐的中國讀者瞭解一下，現在就來譯一首如下：

---

[370] 參見：http://culture.zjol.com.cn/05culture/system/2008/03/12/009294631.shtml

《在小酒館裡》

卡瓦菲斯（著）

歐陽昱（譯）

我在貝魯特的小酒館和妓院裡耗著。

我不想待

在亞歷山大港。泰咪迪斯離開了我；

他跟警察局長的兒子走了，想給自己

賺一套尼羅河上的別墅，城市中的一幢豪宅。

我繼續待在亞歷山大港是不對的。

我在貝魯特的小酒館和妓院裡耗著。

我過著一種浪蕩的生活，沉溺於廉價的酒色。

就像緊纏住我肉體的

耐久的美色、香水

只有一樣東西拯救了我，那就是：泰咪迪斯，

青年男子中最考究的一個，做了我兩年的男人

屬於我的是他，而不是豪宅或尼羅河上的別墅。[371]

　　因為人在上海，我手頭的他那部英譯詩集在墨爾本，我沒法找到他那些好東西，只有暫時將就，這是地理隔閡造成的差距和遺憾。

　　因為仇恨詩歌中的虛偽，我今後要專門翻譯他的性愛詩，讓那些狗日的譯者死去吧。這不，剛剛在網上看到一篇某希臘人寫的關於老卡的文章，專門論述他和其他人作品中「惡的本體論」，開篇就引用了這首詩。很有意思，值得一讀。[372]

　　關於老卡，今天沒有時間多說了，只把最近寫的一首詩放在下面：

《卡瓦菲斯》

　　現在中國人談起卡瓦菲斯

---

[371] 該詩英文原文見此：http://www.poemhunter.com/poem/in-the-tavernas/

[372] 該文英文標題是「The ontology of evil in the works of Cavafy, Hockney, Bacon」：http://manosstefanidis.blogspot.com/2013/09/the-ontology-of-evil-in-works-of-cavafy.html

好像他是個什麼了不起的大神

只有布羅茨基說的一句話
對我來說，小有可記

他說：「早在1900-1910年
（卡瓦菲斯）就開始在詩中剔除詩歌

的一切繁複表達手法」[373]
布氏那篇文章，其他的都看不下去

因為他太不誠實，沒提卡瓦菲斯
是個同性戀，所寫愛情都是同性戀的

也沒提，卡瓦菲斯生前
沒有出版過一本詩集，連自費的都沒有

都是一些手抄本，本本都免費
地送給了自己的幾個朋友

第一部作品
死後兩年才出版

寫詩的人，請你自己想想
那是一種什麼情況

當你自己沒有一首詩發表
沒有拿到半厘錢稿費

甚至好像

---

[373] 引自布羅茨基《論卡瓦菲斯的寫作秘密》，原載《第4屆青海湖國際詩歌節（特刊）》。青海人民出版社，2013年，p. 59.

還一點都不生氣

而許多同時代的垃圾
卻暴得大名，流亡千古

我現隨譯數行如下
取自維琪百科：

他的作品幾乎無人認可
因為其風格

與同時代的主流希臘
詩歌殊為不同[374]

請問：你與同時代的什麼國的詩歌
風格相同嗎？

如果是，你應該羞恥
如果不是，你就有福了

很可能你是卡瓦菲斯轉世
如果你還同性戀的話

可恥

關於這個話題，什麼都不想說，只想把今天寫的一首詩放在下面：

《可恥》

能在官方刊物上發表是可恥的

---

[374] 參見：http://en.wikipedia.org/wiki/Constantine_P._Cavafy

自稱或被稱著名詩人是可恥的
到處魚肉詩歌活動是可恥的
靠詩歌為一己撈取詩歌資本是可恥的
假公濟詩是可恥的
自費出書免費送書是可恥的
要人送書還要人簽字是可恥的
發表詩歌不給一厘錢稿費是可恥的
歌頌現政權是可恥的
活在霧霾中而不寫霧霾是可恥的
對黑暗詩而不見詩耳不聞是可恥的
寫詩是可恥的
不寫詩是更可恥的
不讀詩則是最可恥的

私評

　　所謂私評，就是私下的評論，而不是放在網上的那些東西。我個人玩了一段時間的博客和微博之後決定，不再在上面自淫了，看看那些人（包括自己）把東西放上去，沒有幾個人點評、轉發，有些人還自己「喜歡」自己，真是可憐之極。我總在想，今後發展下去，是不是要把每天拉的屎尿和射出來的精液也放上去與人共賞之呢？

　　不必了，老子連詩都不想與人共用。你不看，老子還不想給你看呢！

　　最近，一個朋友辦藝術網刊，讓我參與，我說：不包括詩歌，我絕不參與。她立刻回信說要，我就給了她一批，從中，她選擇了一首《手淫》，如下：

《手淫》

總是到了一定時候
就會像漲秋池一樣漲滿、脹滿、長滿

尤其是在半夜裡睡醒

下面腫起來，像一隻棒槌

不再夜遺，另外半邊床
睡著的只有書、只有輸

夢裡意象，清晨飄遠
萬裡無雲也是雲，只是無雨

無人可給，自己，也不想要
都給了紙，最飛快的愛侶

從來男兒馬上飛
如今，廉頗老矣，尚能精否？

　　我把新刊發給一些朋友後，大多數絕不回復，這很正常，不怪它們（電腦給的，我覺得還蠻對應，就不改成「他們」了），但有三位的回復給了很有意思的私評。一個說：「尚能精矣」，另一個說：「最後一句很好玩」，還有一個更好玩，說：「去找一個女人吧。」
　　對前面兩個，我回復了了「謝謝」，對後面一個，我沒有回復，也不會回復。詩歌本身就提前解答了。
　　同期，她還發了我另一首詩，如下：

《剽竊》

這天，朋友電郵來一段文字
說很欣賞，如下：

總是很難弄清的。比如在沒人的地方碰面時的低頭看腳。比如你出現時的突然沉默。總是很難弄清的。

然而沒有言語。沒有語言。有很多紙，沒有筆。有很多筆，卻沒有紙。有很多紙和筆，卻沒有手。有手，又沒有思緒和情感。當果子成熟時，樹已到秋天，葉黃了。明年的春天，再不會是同一個意義。

她提醒，那是我的
我卻記不得了，只記得寫這段文字的人早已死了

不過，為了這首詩，我還是把已死的文字剽竊過來
作為自己的

想告就去告吧
我，一個剽竊自我的人

　　關於這首詩，也有幾個私評，一個說，「不錯的詩哦，特別是那首《剽竊》。」另一個說：「很欣賞你的詩【剽竊】。我常常有這種狀態。」

　　其實，這首詩在還沒有拿出來示人之前，我就曾經電郵給一個詩人朋友看了。他回信說：「剽竊自己，好，有創意！」

　　我暫時不擬把這些私評的人亮出來，放在註腳中。這似乎沒有什麼意思。現在我想起來了，那些不回復的「它們」，肯定是不喜歡這兩首詩。不評，其實也是一種私評、私不評。比惡評還糟、還厲害。我能理解。

　　另外一個曾經為第二首詩貢獻了靈感的朋友看了這組詩後沒有給以任何評論，碰到後也只是笑而不答，算是三種私評中的中性「惡評」。我呢，照樣不追問。

詩歌的場所

　　前面談過詩歌發生和寫作的場所，包括計程車和高速公路行車途中，以及做愛等，但直到今天晚上沖澡時才想起，其實沖澡也是最容易來詩（就像來電）的一個地方，隨著溫暖的水沖洗著肉體上積累的污垢，詩意就會從淨身的狀態中冉冉地泌出，糟糕的是，這也是最不適合做詩、寫詩的時候，尤其在寒冬臘月更不適合，全身上下水淋淋的，手機又在幾米之遠的桌子上，不可能，太不可能了，唯一的辦法是反覆不停地在腦中複誦那幾句詩，擦乾身子的時候在複誦，到床邊穿褲子、穿衣服的時候還在複誦，等到披上羽絨衣，才趕快沖到桌邊，抓筆就寫，是這樣幾句：殺詩嚇人；拉大旗，做詩皮；出汗詩而不染。

當然，還有一個場所，那就是在關燈之後即將入睡的床上，這時詩意隨著睡意油然而生，翩然而來，如果旁邊有老伴陪伴，那就只好作罷，不想開燈影響其睡眠而找罵，再說燈一開，詩意就蕩然無存。現在好了，老婆遠在澳洲，每當我詩意和睡意一起襲來之時，我總是將就詩意而委屈睡意，欠欠身子，把身邊的電腦打開，管它三七二十詩，一古腦兒寫下來再說。昨天半夜剛轉鐘時有一首詩，就是這麼寫成的，如下：

《詩》

現在的詩
已經到了完全能發
完全不能看的程度
就像只能看，不能喝的河流

而那些完全不能發
完全能看的詩
埋在詩人的深處，等著他死
就像挖不出來的金子

遮蔽

墨爾本的子軒最近選了我兩首詩，準備發在她編撰的《藝期刊》上，其中一首我以為她不喜歡，標題是《幹》，沒想到她說這是最好的一首，還讓我有點意外。先把詩放在下面：

《幹》

就要一個人
對著整個時代幹

就要寫得你們
都不喜歡看

就要寫得你們
一首也不發表

讓你們自己成為自己
信奉的去遮蔽的反標杆

就要唾棄你們
寫的東西

就要堅決不譯
你們一個字

凡是獲獎者
都從手指下剔除

讓你們統購統銷
我永遠自產不銷

讓你們包產到詩
我永遠單詩獨立

就要一個人
跟全詩類幹到底

　　她剛剛來信，在該郵件標題上說「不很懂」，然後說，她「不是很明白你的那句：『信奉的去遮蔽的反標杆。』」
　　我的解釋如下：

　　上面兩句指的是那些文學刊物的主編們。他們老把「去遮蔽」掛在口上，意思是說，他們要發現那些被「遮蔽」掉的作家（包括詩人，也特別是詩人）和作品，把他們展現出來，常常自命為這方面的標杆。在我看來，其實是反標杆。因為他們在高喊去遮蔽的同時，正在大行遮蔽之道。

這兩句詩，必須像把鐵絲一樣抻直後才好解，即「讓你們自己成為自己信奉的去遮蔽的反標杆」。

每每想到「遮蔽」，我就想到活埋。所謂遮蔽，就是活埋。被人遮蔽，就是把自己活埋。但他們知不知道，有些人寧可自己活埋自己，也不想讓他們去遮蔽。這就有點一語雙關了。

後來，朋友發信問我，是否確定別人都明白。我的回答是：「一首詩，如果不留一點不懂的餘地，那就沒有意思了。再說，也不能把人看成阿斗，總有人會懂的，哪怕70多億中只有一個也行。」

霧霾移民

2014年初，我從微信中收到一則消息，其中出現了一個新詞：霧霾移民，據說形成了中國第四波移民潮。[375]

我不禁感歎，中華民族真是一個苦難深重的民族。國家越發達，災難越深重，已經到了連呼吸都感到困難的程度了。還有什麼可多說的呢？只能用詩歌說話。那天去蘄州回來，我在霧霾深重的武昌，寫了下面這首詩，又是一首清單詩，估計只有被遮蔽、被霧霾的命（寫到這兒，我忽發奇想，以後不要說什麼去遮蔽，就換種說法，叫「去霧霾」吧）：

《霾》

眾志成城之霾
大舉進犯之霾
兵臨城下之霾
滯留不歸之霾
從此不走之霾
江河日下之霾

---

[375] 網上也有報導：《中國第四波移民潮－霧霾移民》：http://www.yiminjiayuan.com/thread-91941-1-1.html

蠻不講理之霾

無所事事之霾

無業遊民之霾

遊手好閒之霾

大氣湯湯之霾

不可勝數之霾

前無古人之霾

後無來者之霾

揚長避短之霾

心無旁騖之霾

急於求成之霾

大功告成之霾

嗆死人不償命之霾

太大氣了，這霾

野心勃勃之霾

志在必得之霾

泱泱大國之霾

我愛你中國之霾

人目寸光之霾

小三德性之霾

人神共糞之霾

世界首屈一指之霾

老子天下第一之霾

天下奇觀之霾

中國最佳旅遊景點之霾

民主集中制之霾

戰無不勝之霾

偉大光榮正確之霾

三十多年改革開放最大成績之霾

玩死你之霾

要你永無出頭之霾

愛你絕對沒商量之霾

老婆走了再也不來之霾

即將成為世界頭號經濟強國之霾

腳底抹油也無處可逃之霾

好大喜功之霾

深情地眷戀著祖國大好河山之霾

好好學習，天天向下之霾

跳進黃河洗不清之霾

全面小康社會之霾

城門失火，殃及池人之霾

心霾

大動霾

萬人坑之霾

天翻地覆慨而不慷之霾

動脈粥樣硬化之霾

這次來了就再也不走之霾

一唱雄雞天下霾

開始生二胎之霾

城下之霾

八千里路雲和月之霾

茫茫九派流中國之霾

發展就是硬道理之霾

獨步中國之霾

星星之火可以燎原之霾

柴米油鹽醬醋茶之霾

非誠勿擾之霾

眼不見不為淨之霾

人心之霾

業力之霾

國將不國之霾

病入膏肓之霾

唯我獨尊之霾

一檔獨大之霾

一統天下之霾

億塌糊塗之霾

神州有毒食品甲天下之霾
品質萬裡行之霾
江山如此多嬌之霾
五千年就盼著這一天到來之霾
從此與Cathay大地結下不解之緣之霾
命中註定與中國牽手之霾
只跟九州有眼緣之霾
濃得化不開之霾
好說不好散之霾
千里冰封，萬裡雪飄之霾
俯首甘為孺子牛之霾
結了婚就再也不離婚之霾
人霾、心霾、腦霾、肉霾、詩霾
患了重度憂鬱症引發重度憂鬱症之霾
億萬富翁也買不來頭大一塊青天之霾
中國夢之霾

霾非霾
霾乃
吾dang之ai

　　有個我搭其車的出租司機居然說：其實根本沒有霾，那都是科學儀器太精密的結果。我看了看他的後腦勺，好像並非開玩笑說的。

小話

　　邊吃飯，邊看電視，間或，會聽到一句普通人的名言，我稱之為「小話」，覺得不錯，就隨手記下來，比如這句，是一個美國華人（名字忘了）說的：平常要「陽剛做事，輕柔做人」。我同時還把它詩了一下，改成「陽剛做詩，輕柔做人」。
　　又有一次，也是一個普通人，說了一句小話，說：「人在做，天在看」。好，順便也詩了一下，改成：「人在做，詩在看」。

350　乾貨：詩話（上）

準備收進我的長詩《詩》中。[376]

靜

寫詩時，人是不是一定要取靜？我的回答是：不一定。我有很多詩，都是在很不靜的狀態下寫的，比如在教室，在電車裡，在飛機上，在大馬路上，等。

但有些時候，比如家中，我卻又喜歡靜，不喜歡被打斷。比如有時我正在寫詩時，老婆到門口叫我吃飯，或幫她個忙，我就會做個動作，叫她別吵，結果令她大為惱火，有時還會為此小口角一下。後來我們事先說好，凡是遇到這類情況，我不出聲，只伸出左手，做個在寫作的動作，她就會知趣地走掉，等我寫好後再過來。執行的情況還不錯。

讀《隨園詩話》發現，古代詩人也討厭寫詩時被干擾。據袁枚講，「薛道衡登吟榻構思，聞人聲則怒；陳後山做詩，家人為之逐去貓犬，嬰兒都寄別家。」[377]

看了這個後我想，那時的詩人是不是聞婆聲也怒，估計不是。現在女人地位比男的還高，詩人恐怕敢怒不敢言，還敢把孩兒寄放在別家？又有哪家願意僅僅為詩而令其寄放呢？

詩歌是個小國

智利不大，75萬多平方公里，小國出了一個大詩人，聶魯達，原名長得不行，叫內夫塔利·裡卡多·雷耶斯·巴索阿爾托，誰也記不住，恐怕他自己也記不住，後來用捷克詩人揚·聶魯達的姓為自己命名。捷克更小，只有7萬8千多平方公里。薩爾瓦多有個詩人不錯，最近在翻譯，名叫洛克·達爾東。他跟聶魯達不同道，曾放言說：我跟聶魯達家沒有任何關係。他來的國家更小，只有2萬1千平方公里。

詩歌是個小國，其國土面積，只有詩人本身大。

---

[376] 已於2016年在台灣出版，書名最後改為《入詩為安》。
[377] 袁枚，《隨園詩話》。北京燕山出版社，2009，第50頁。

標題抄襲

轉道香港回國（回澳大利亞）時，發現架上有本書，書名是《死亡賦格》，一個女的寫的長篇小說。我立刻決定不買，因為它令我想起了德國詩人策蘭的同名詩歌《死亡賦格》。

飛行途中看朱自清的《蹤跡》文集，發現老舍原來寫了一部長篇，標題是《老張的哲學》，不覺「啊」了一聲。為什麼？因為我之前曾翻譯過一個中國詩人的詩，就叫《老張的哲學》。正因為我的無知，而導致我翻譯了該詩，否則肯定不譯。

新淫具

時代的變化，主要反映在工具的變化上，是謂新工具。隨之而來人們動得最多的一根指頭，是以前幾乎從來不動的拇指：接發短信。

詩歌也因工具的變化而變化。十年前，我在丹麥朗誦，發現京不特捧著電腦讀詩。幾年前，我在澳洲朗誦詩歌，第一次使用了手機，使那些白人大吃一驚，也感到驚喜。後在國內，也發現有人這麼幹。

與此同時，還出現了新淫具，別的不說，就說那種跟真人一樣大小的玩偶，男的有了，一輩子不用結婚。

我說這個跟詩歌何干？當然有關係。隨著新工具出現的變化中和變化後的內容，也必須用新的工具、新的形式才能表現。過去那種七律、五律等，形式液晶遠遠不能容納新的內容，正如無法把當代女人的腳，再錘成古代的小腳，而只能用高跟鞋這種淫具、新淫具來裝飾取悅一樣。

我的上述想法，來自戴望舒一段發言。他說：

> 象徵派的人們說：「大自然是被淫過一千次的娼婦。」但是新的娼婦安知不會被淫過一萬次。被淫的次數是沒有關係的，我們要有新的淫具，新的淫法。[378]

---

[378] 戴望舒，《流浪人的夜歌》。雲南人民出版社，2013，p. 236。

用新的方式寫詩，就是這種「新的淫法。」當代中國詩人筆下，還是抱殘守缺的多，玩新淫法的少。吾不屑矣。

國家圖書館出版品預行編目

乾貨：詩話 / 歐陽昱著. -- 臺北市：獵海人，
　2017.10-
　　冊；　公分
　　ISBN 978-986-94766-9-0(上冊：平裝)

887.151　　　　　　　　　106017659

乾貨：詩話（上）

作　　者　歐陽昱
出版策劃　獵海人
製作銷售　秀威資訊科技股份有限公司
　　　　　114 台北市內湖區瑞光路76巷69號2樓
　　　　　電話：+886-2-2796-3638
　　　　　傳真：+886-2-2796-1377
網路訂購　秀威書店：http://store.showwe.tw
　　　　　博客來網路書店：http://www.books.com.tw
　　　　　三民網路書店：http://www.m.sanmin.com.tw
　　　　　金石堂網路書店：http://www.kingstone.com.tw
　　　　　讀冊生活：http://www.taaze.tw

出版日期：2017年10月
定　　價：420元
【全球限量100冊】